GIOCARE SOTTO LA PIOGGIA

SERIE LA FUGA
LIBRO 1

SANDRA J. JACKSON

Traduzione di
SIMONA LEGGERO

RINGRAZIAMENTI

Ringrazio la mia famiglia per aver sopportato i miei lunghi orari e la mia sparizione in ufficio. Soprattutto mio marito che ha preparato i pasti senza lamentarsi quando non riuscivo a staccarmi.

Grazie a Myron Stenzel che mi ha dato il suggerimento di Cecil quando stavo cercando il nome per il mio personaggio malvagio.

Grazie a Sandra Kenny-Veech per essere stata un'ottima lettrice beta per la prima volta e per aver scattato le foto della mia nuova biografia (Another Perspective Photography).

Grazie a Next Chapter; non vedo l'ora di iniziare questo nuovo viaggio editoriale.

.

Per i miei fratelli

PROLOGO

Inclinai la testa all'indietro per guardare il cielo pieno di nuvole. Grandi sbuffi grigi danzavano e turbinavano sopra le nostre teste.

Una goccia d'acqua mi finì sul naso. Portai la testa in avanti e asciugai la goccia con il dito prima che avesse la possibilità di cadere sul mio viso.

Fissai il liquido; un sorriso mi tirò gli angoli delle labbra, stirandoli fino a farmi stropicciare gli occhi. Un'altra goccia si posò sulla mia testa, fresca e umida. Scorreva lungo la parte dei miei capelli, lasciando dietro di sé una scia di pelle formicolante. Mi avvicinai con l'altra mano e la grattai via.

Voci ridenti attirarono la mia attenzione e per un attimo mi distolsero dal cielo gocciolante.

IL SUONO di un sussurro mi riempì le orecchie e interruppe il mio sogno. Le mie palpebre si aprirono. Il lampione fuori illuminava la mia stanza e le ombre danzavano sul soffitto. Il mio cuore ha sussultato quando si sono avvicinate.

I

Girai la testa e aprii la bocca. Prima che potesse sfuggire qualsiasi suono, una mano la chiuse e i miei occhi si riempirono di buio. Lottai contro il peso sulle braccia, mentre le mie gambe cercavano di liberarsi da sotto le coperte. Un suono stridente di strappi fermò i miei sforzi. Per un attimo la mia bocca fu liberata; gridai, ma le mie grida furono soffocate da un grosso pezzo di nastro adesivo. Il mio braccio sussultò quando una punta acuminata trapassò la pelle della mia spalla.

I miei muscoli si allentarono e si rilassarono e i miei movimenti rallentarono. La pressione sulle mie braccia diminuì. Volevo che si muovessero per colpire l'oggetto più vicino, ma rimasero immobili ai miei fianchi. La pelle delle guance e delle labbra si allungò verso l'alto, mentre il nastro adesivo usato per sigillare la bocca si liberava.

Gridai, ma il suono che sentii proveniva dalla mia testa, la mia voce era stata messa a tacere. La benda fu tolta e tornò la luce fioca.

Ombre nere si profilavano di fronte a me, prive di forma o di aspetto: bolle scure e sfocate si muovevano nella notte. Le mie palpebre si chiusero di scatto.

"Spostateli!" Una voce gridò. E poi non c'era più nulla.

1

STERILE

Mi svegliai con il ronzio luminoso e sgradevole delle luci sopraelevate. La stanza bianca e sterile brillava con un'intensità tale da essere quasi accecante.

Succedeva ogni mattina: prima il clic, poi il ronzio. Le mie palpebre si aprirono come se un pulsante di accensione all'interno della mia testa fosse stato spostato sulla posizione "on". Il mio braccio si alzò per coprirmi il viso e ripararmi dalle luci intense. Era stato così per tutto il tempo che ricordavo, che sembrava allo stesso tempo molto tempo e pochi giorni.

Rotolai sul fianco destro e i miei occhi sfrecciarono tra le tre porte scorrevoli sulla parete parallela al letto. La prima, situata proprio di fronte alla mia testa che riposava, era l'ingresso. La porta che attraversavo due volte al giorno, una volta quando uscivo dalla stanza e un'altra quando rientravo.

Il mio sguardo sfiorò un pò più a sinistra. Al centro della parete c'era l'apertura molto più piccola del montavivande. Preferivo quella porta perché ogni sibilo segnalava un pasto o uno spuntino.

Inclinai un pò il mento e guardai verso la terza apertura

all'estremità del muro. La mia attenzione si spostò verso la telecamera di sorveglianza bianca con il suo occhio rosso sempre vigile. Per il momento puntava direttamente sul mio letto, silenziosa e immobile. Tuttavia, una volta che mi fossi alzata, si sarebbe svegliata e avrebbe iniziato la sua routine quotidiana di pedinamento della mia stanza. Resistetti all'impulso di salutare e riportai la mia attenzione sullo scivolo della biancheria. Non era grande come l'ingresso, ma certamente più grande del montavivande. Era abbastanza grande, infatti, da poter contenere due persone di piccola o media statura. *Chi ci avrebbe provato?* Il pensiero mi fece prudere la pelle.

Tutte e tre le porte rimasero chiuse e silenziose, ma presto sarebbero iniziate le procedure quotidiane. Il rumore delle porte scorrevoli avrebbe sostituito il fastidioso ronzio delle luci generali.

Scostai il lenzuolo pallido, i miei occhi sfiorarono la camicia da notte verde e mi alzai a sedere. Il fruscio della macchina fotografica si confondeva con il ronzio delle luci e attirava la mia attenzione. Solo in quei primi minuti della giornata i suoni della stanza erano fastidiosi. Presto i rumori scomparvero sullo sfondo. Si ricordavano solo di notte, quando finalmente si acquietavano.

All'improvviso mi venne in mente un pensiero che cancellò la mia irritazione. Oggi avrei avuto una sorpresa.

Scostai le gambe dalla sponda del letto e appoggiai i piedi sul pavimento di piastrelle bianche. Il calore rilassante irradiava il mio corpo e mi invogliava a sdraiarmi sulla superficie dura.

Il primo fruscio della giornata interruppe i miei pensieri. La porta del montavivande si era aperta: la mia colazione era arrivata. Piccoli gorgoglii nel profondo dello stomaco mi attraversarono l'intestino. Alla fine si conclusero con un brontolio forte e disumano, mentre l'odore di pancetta si diffondeva nella stanza.

Mi precipitai verso il piccolo scomparto dietro il mio tavolo e tirai fuori il vassoio coperto. Inspirai l'odore delizioso. La mano libera si raggomitolò in un pugno stretto al mio fianco, mentre un ricordo lontano e poco chiaro mi balenava davanti. Appoggiai il vassoio sul tavolo, espirando e sciogliendo la mano. Bisognava seguire le procedure del mattino.

Mi affrettai verso la quarta porta della mia stanza, che conduceva al bagno. Era diversa dalle altre e non faceva rumore quando veniva aperta. Si trovava al centro della parete di fondo più vicina alla testa del mio letto. L'unica cosa che rivelava la porta era il piccolo pomello di vetro trasparente che sporgeva dalla parete sbiancata.

La luce si accese nel momento in cui spinsi la porta. Il piccolo bagno era pulito e bianco come il resto della mia stanza. Feci un passo avanti e sobbalzai quando la porta si chiuse dietro di me.

Mi sedetti sulla tavoletta del water e svuotai la vescica. Il suono riecheggiò nella piccola stanza e non potei fare a meno di chiedermi se qualcuno avesse sentito. *Sbrigati!* Mi dissi. Mi chinai in avanti, poggiando i gomiti sulle cosce e tenendomi la testa tra le mani.

Il water si è scaricato da solo. L'acqua è defluita con tale forza che piccole gocce sono schizzate sulla tavoletta. Non mi preoccupai di pulirlo; la stanza si sarebbe pulita da sola.

L'erogatore di sapone fischiò e sputò un liquido schiumoso privo di colore e profumo come tutto il resto. Misi le mani sotto il rubinetto e azionai l'acqua calda. Piccole bolle si formarono tra le mie dita e ricoprirono il dorso delle mani. La schiuma bianca vorticava prima di gorgogliare nello scarico. Il sussurro lontano di una strana melodia fece capolino dalle ombre della mia mente. Gli occhi mi si strinsero e mi sforzai di ricordare il testo. Mentre stavo per formulare una parola, l'acqua si chiuse, segnalando la fine del lavaggio delle mani.

Le mie palpebre si sono aperte e il mio cuore ha saltato quando ho visto il mio riflesso nello specchio. Mi fissai per un secondo. I miei capelli lisci e castano chiaro poggiavano sulla sommità delle spalle, appena tagliati dal giorno prima. La luce lampeggiò come avvertimento, ricordandomi che il mio tempo in bagno era finito. La prossima volta avrei dovuto esaminarmi meglio.

Spinsi il pulsante sulla parete e aprii la porta. L'allarme ronzò; era iniziato il conto alla rovescia di cinque secondi. Superai la soglia e la porta si chiuse dietro di me. Un sibilo udibile mi giunse alle orecchie mentre il vapore bollente riempiva la piccola stanza. Il sibilo suscitò una voce lontana, che sussurrava da qualche parte nel profondo della mia testa. Parole confuse e incomprensibili rimbalzavano e riecheggiavano nel mio cranio. Non capivo altro se non che ero *malata*.

Un bip invadente mi allontanò dalla porta e dai miei pensieri, mentre tornavo al mio tavolo. Mi restavano solo tre minuti per finire la colazione.

L'odore di bacon ha saturato l'aria intorno a me non appena ho tolto il coperchio dal mio vassoio. Tre pezzi di bacon croccante, uova strapazzate e patatine fritte coprivano il piatto di plastica. La mia lingua passò sulle labbra e fissai la colorata disposizione del cibo davanti a me. Purtroppo non avevo molto tempo per assaporarne il gusto, ma questo non mi preoccupava. Il pasto si sarebbe ripetuto tra molti giorni.

Finita la colazione, richiusi le stoviglie nel montavivande. Il fischio della telecamera mi punse le orecchie mentre mi seguiva per la stanza.

La mia semplice cassettiera bianca era nell'angolo, incastrata tra la parete di fondo e la testata del letto. Aprii il cassetto superiore, estrassi una vestaglia di carta bianca avvolta nella plastica e la misi sopra. Tolsi le lenzuola dal letto, le raccolsi tra le braccia e recuperai l'accappatoio ben confezionato.

Guardai il sistema di sorveglianza mentre attraversavo la stanza in diagonale verso di esso e lo scivolo della lavanderia. L'unica cosa positiva era che presto sarei scomparsa dalla sua vista. La telecamera non riuscì a vedermi nell'angolo quando mi trovai sotto di essa.

Premetti un pulsante e la porta dello scivolo della lavanderia si aprì. Ammucchiai le lenzuola all'interno, la confezione di plastica mi penzolò dai denti e mi tirai la camicia da notte sulla testa. I capelli mi si rizzarono, l'elettricità statica crepitò. Mi tolsi la biancheria intima e gettai tutti i miei indumenti da notte sul mucchio. Aprii la confezione di plastica e indossai l'accappatoio di carta. Prima di chiudere la porta, gettai la confezione insieme al bucato.

I miei piedi mi portarono per qualche passo lungo il muro e verso il mio tavolo, dove mi sedetti e aspettai. Fissai la luce rossa soffusa sopra l'ingresso. Pochi secondi dopo essermi seduta, la luce si accese e la porta si aprì.

Attraversò l'ingresso coperto da cima a fondo di bianco mentre spingeva il carrello nella stanza di fronte a lui. L'unica parte di lui che si vedeva erano gli occhi marroni che sbucavano dai buchi della maschera con cappuccio. Sopra la maschera indossava degli occhiali di protezione. L'ho chiamato *lui,* ma non ne ero sicuro. Il vestito largo non lasciava intravedere curve o protuberanze di alcun tipo.

La mia veste di carta si stropicciò quando portai il braccio destro in avanti e lo appoggiai sul tavolo. Piegai il braccio sinistro e lo posizionai davanti a me. Lui spinse il suo carrellino contro il tavolo e si mise dall'altra parte. La mia attenzione si concentrò sulle sue mani guantate di bianco mentre preparava due iniezioni.

Un'altra siringa, già preparata, si trovava sul carrello.

7

Ricordavo di averla già vista, ma non ero sicura del suo utilizzo. Strinsi lo sguardo mentre fissavo l'ago misterioso. Mi balenò il ricordo di una mano guantata che prendeva la siringa, seguita da una puntura pungente e poi dal buio. Rabbrividii e sulle mie braccia sorsero piccole protuberanze. Avevo ricevuto quell'iniezione. Era la conseguenza, se avessi trovato la forza di resistere.

Una delle sue mani guantate di gomma mi teneva il braccio mentre l'altra strofinava una piccola garza sulla spalla. L'umidità fredda fece sorgere altre protuberanze. Il mio naso si stropicciò per il forte odore. Le sue dita gommose comprimevano la pelle della mia spalla. La punta argentata dell'ago trapassò la mia carne. Spinse lo stantuffo verso il basso. Mi concentrai per sentire il liquido chiaro che entrava nel mio corpo, ma non fu possibile. Quando finì, lo tolse e rimise il tampone di garza sul mio braccio. Ripeté il procedimento con il secondo ago. Ancora una volta mi concentrai sul liquido e, come la prima volta, non sentii nulla. Quando estrasse l'ago, tamponò il piccolo punto di sangue rosso che era affiorato in superficie.

"Hai idea di quale sia la mia sorpresa?". Sussurrai. La mia voce suonava estranea alle mie orecchie. *Perché?*

Smise di tamponare per una frazione di secondo, come se il mio intervento lo avesse colto di sorpresa, e poi riprese il suo lavoro. Mi mise una piccola benda sulla spalla, pulì il suo vassoio e uscì di corsa dalla stanza. Le porte scorrevoli si chiusero dietro di lui.

"Non credo", sussurrai alla stanza sterile.

La luce sopraelevata lampeggiò come un avvertimento. Gemetti. "Lo so", dissi a denti stretti mentre mi alzavo e spingevo indietro la sedia. I suoi piedi rivestiti di feltro scivolarono sul pavimento. Mi diressi verso la toilette; la mia vestaglia di carta frusciava a ogni passo. La nuca mi bruciava per la sensazione di occhi che mi guardavano.

Ho arrotolato l'accappatoio di carta in una palla e l'ho messo nel tubo di plastica che pendeva tra il lavandino e il gabinetto. In pochi secondi scomparve, risucchiato via dalla vista con un forte schiocco.

Il piccolo box doccia si trovava nell'angolo di fronte al bagno. La porta di vetro si aprì quando feci un passo verso di essa. Una volta dentro, l'acqua calda sgorgava e io chiusi gli occhi, godendomi il getto rilassante. Avevo solo un minuto o due per godermelo, perché il calore rilassante sarebbe finito presto.

Mi sono lavata i capelli con un liquido cremoso e non profumato, spremuto dal dispenser sulla parete. Sotto c'era il dispenser per il lavaggio del corpo. Un altro gel incolore e inodore che mi colava in mano.

La luce del bagno lampeggiava, avvertendomi che la doccia sarebbe finita in pochi secondi. Mi diressi verso la porta e quando si aprì l'acqua si chiuse. Le setole di gomma del tappetino mi solleticarono i piedi quando li calpestai. Dalla parete dietro di me, dal soffitto e dal tappetino sul pavimento usciva aria calda.

Girai un lento cerchio; rivoli d'acqua scorrevano lungo il mio corpo ed evaporavano. Pettinai le dita tra i capelli e sciolsi alcuni dei grovigli che si erano formati durante il lavaggio. Mi chinai; l'aria calda mi scompigliava i capelli in modo selvaggio. Resistetti all'impulso di chiudere gli occhi e fissai invece i miei piedi. Presto la luce si sarebbe spenta e il tempo trascorso nella soffieria sarebbe finito.

Aprii l'armadietto dei medicinali. Dentro c'erano molti spazzolini da denti incartati in plastica e bustine di dentifricio monouso. Ne scelsi uno e chiusi lo sportello. Lo spazzolino era come tutto il resto della stanza: bianco e temporaneo. Lo strappai dal suo bozzolo di plastica trasparente e lo ricoprii con ogni pezzetto di pasta presente nella confezione. Le setole massaggiarono le gengive e i denti, rimuovendo ogni traccia di cibo e batteri. Una volta terminato, ho tenuto tutto in mano al tubo e ho guardato come veniva risucchiato via dall'esistenza.

Fissai lo specchio e mi pettinai i capelli con le dita. Mi avvicinai, quasi a toccarlo con il naso, e mi guardai negli occhi azzurri.

"Chi sei?" Sussurrai.

2

SORPRESA

NEL CASSETTO centrale del mio comò c'erano diversi pacchetti contenenti un reggiseno bianco e un paio di mutande semplici. Scelsi un paio e lo tirai fuori. L'involucro di plastica si stropicciò. La telecamera ronzava dietro di me, con un rumore meccanico più forte del solito. Perché mi ero liberata della vestaglia? Il pensiero mi fece annodare lo stomaco.

La mia domanda era retorica; conoscevo la risposta. Era quello che avevo sempre fatto. Ma per qualche strana ragione, essere nuda mi dava improvvisamente fastidio. Se non fosse stato per l'avvertimento, sarei ancora in bagno a cercare un modo per coprirmi. Indossai la biancheria intima e respirai più facilmente mentre il mio corpo si rilassava.

Aprii il cassetto inferiore con troppa forza. Scivolò fuori con facilità, ma la mia prontezza di riflessi lo fermò prima che si liberasse dalle guide e atterrasse sui miei piedi. Tirai fuori il vestito verde rimasto all'interno e chiusi il cassetto.

I miei vestiti erano le uniche cose che avevo che non fossero racchiuse nella plastica. Passai le mani sul tessuto morbido e dispiegai con cura il vestito. Era semplice, a maniche corte e mi arrivava sotto le ginocchia. Tre bottoni lo chiudevano sul davanti e un elastico lo stringeva in vita. Due grandi tasche ornavano la gonna.

L'occhio rosso seguiva ogni mio passo verso lo scivolo della lavanderia, ma io tenevo lo sguardo concentrato davanti a me. Quando raggiunsi l'apertura, premetti il pulsante vicino e la porta si aprì con un suono leggero e arioso. I miei occhi si allargarono.

Sopra la biancheria pulita confezionata c'era una busta bianca. Mi avvicinai allo scomparto per vedere meglio. Allungai la mano ma esitai un attimo; il mio cuore aveva preso velocità. Mi concentrai sulle scritte. A20100315L era scritto con cura in inchiostro nero sul davanti. Sono io! Sorrisi per l'improvvisa consapevolezza.

Allungai la mano, afferrai la busta e la infilai sul davanti del mio vestito. Chiusi gli occhi per un secondo e rallentai il respiro. L'azione calmò la mia eccitazione nervosa e afferrai la biancheria confezionata.

I miei pensieri correvano mentre tornavo verso il letto e iniziavo a disfare le lenzuola sterili. La busta si è stropicciata e si è infilata nel mio petto mentre preparavo il letto. Ogni movimento mi ricordava la sua esistenza.

Mi costrinse a non infilare la mano nel vestito per tirarla fuori. Il punzecchiamento mi infastidiva e stava diventando difficile contenere la mia crescente curiosità. Tuttavia, avrei dovuto aspettare fino all'inizio dei miei studi. Il mio corpo avrebbe bloccato l'intrusione del sistema di sorveglianza alle mie spalle e avrei potuto leggere il biglietto in tutta sicurezza.

La scrivania si trovava ai piedi del letto. Era un semplice tavolo bianco con un piccolo cassetto per gli strumenti di scrittura e un pò di carta. I libri di testo e altro materiale di lettura si trovavano su uno scaffale montato sopra. Era in quest'angolo della stanza, di fronte alla telecamera intrusa, che studiavo qualsiasi libro di testo si trovasse sullo scaffale.

La sedia bianca imbottita della scrivania rotolava con

facilità mentre prendevo posto. Tirai fuori il mio libro di testo nero con le scritte argentate dallo scaffale in alto. La telecamera fischiava dietro di me mentre mi muovevo. Il dorso della mano mi passò sulla fronte, spalmando via piccole perle di sudore. I muscoli dello stomaco mi facevano male per la tensione e mi davano un pò di nausea. Le sensazioni erano strane. Mentre una parte di me temeva di aver contratto qualche malattia, un'altra parte mi assicurava che le mie sensazioni erano normali.

Aprii il libro di testo al punto in cui l'avevo lasciato. Tolsi la busta dall'interno del vestito, tenni il pacchetto umido tra le mani e fissai il mio documento. Non avevo dubbi che fosse mio, anche se A2 era il mio solito nome.

Che cos'è questo? La girai e la appoggiai sulle pagine del libro aperto. Le mie dita scostarono l'aletta nascosta all'interno della busta. Mi avvicinai e tirai fuori il biglietto. Con grande furbizia, feci scivolare la busta sotto il libro di testo. Le mie mani tremanti aprirono il pezzo di carta e sfregarono le pieghe. La calligrafia, scritta con inchiostro nero, era la stessa e ordinata.

A2,

Era rivolta a me.

Mi dispiace di non aver risposto alla sua domanda. La sua voce mi ha colto di sorpresa. Non mi aspettavo che tornasse così presto.

Ho riletto la prima riga quando ho riconosciuto l'autore. Cosa voleva dire con il ritorno della mia voce? Tornai alla nota.

È assolutamente necessario non parlare mai quando si è di fronte all'apparecchiatura video.

L'avevo fatto? Ricordai il momento in cui gli avevo posto la domanda ed ero sicura di essermi rivolta verso l'apparecchiatura. Socchiusi gli occhi. Perché? Guardai la lettera e continuai a leggere.

Ci vediamo più tardi. Se devi parlare, tieni le spalle rivolte alla telecamera. Quando ti parlerò, terrò la testa bassa e continuerò il mio lavoro. NON reagire a nulla di ciò che dico.

J.

Fissai la lettera, persa negli scritti del suo creatore. Un improvviso fruscio da dietro mi giunse alle orecchie e mi fece trasalire. Non ero più sola.

Infilai la lettera nelle pagine in fondo al libro e feci finta di studiare.

"Ciao, A2! Sei occupata con i tuoi studi?".

La sua voce mi era familiare, ma non riuscivo a distinguerla. Mi spostai sulla sedia. Lui era in piedi dietro di me, a qualche metro di distanza, con le mani sui fianchi. Le mie labbra si aprirono un pò e annuii. Andava bene se annuivo? Il mio cuore batteva forte. E se non avessi dovuto riconoscere nessuno?

Un sottile sorriso rosso gli attraversò il viso e il mio cuore rallentò. Il mio cenno con la testa non lo aveva sorpreso. Si avvicinò; i suoi vestiti non fecero rumore. Non indossava uno di quegli abiti bianchi larghi che ondeggiavano con i movimenti. I suoi abiti, pur essendo bianchi come quelli larghi, erano più aderenti. Solo i folti capelli bianchi gli coprivano la testa e non portava nulla sugli occhi. Anche le mani erano prive di guanti.

I suoi occhi grigi si muovevano intorno a lui prima di fissare di nuovo il suo sguardo sul mio viso. C'era qualcosa in lui che mi faceva sentire come se lo conoscessi da molto tempo. Era molto più a lungo di quanto la mia memoria suggerisse. Era una persona che non si dimenticava.

"Sai chi sono?" Inclinò leggermente la testa all'indietro e dalla mia scrivania potei vedere il suo naso lungo e appuntito.

Annuii, anche se lo riconobbi, non mi venne in mente il suo nome e chi fosse.

"Bene!" Annuì e si avvicinò di un altro passo. Il sistema di sorveglianza ronzava e il mio cuore accelerava. Perle di sudore mi colavano lungo la schiena. La gola mi solleticava, mentre il mio naso percepiva uno strano profumo. Resistetti all'impulso di sporgermi in avanti e annusare, ma non c'era dubbio che il forte profumo provenisse da lui. Non era del tutto sgradevole, solo troppo, anche se aveva qualcosa di familiare.

"Vediamo come procedono i tuoi studi". Si spostò accanto a me e sbirciò da sopra la mia spalla il libro di testo sulla mia scrivania. "Ah, storia".

Annuii di nuovo. Ero sicura che il cuore mi fosse salito in gola e stesse per uscire dalla bocca.

"Vediamo." Spinse me e la mia sedia fuori dalla sua vista e io sbattei contro i piedi del letto. Si avvicinò con le sue lunghe dita ossute e sfogliò la pagina successiva.

Ingoiai la saliva addensata nella mia bocca; i miei occhi erano fissi su ogni suo movimento.

"Anch'io sono un pò appassionato di storia. Beh... a dire il vero", distolse l'attenzione dal libro e mi guardò, "sono appassionato di tutto". Ridacchiò per un attimo prima che un sorriso storto prendesse il suo posto. "Io e te abbiamo molto in comune. Beh, devo andare. È stato un piacere parlare con te". Girò i tacchi e tornò verso la porta.

Per la prima volta notai una persona all'ingresso, vestita in modo completamente bianco. Si allontanò dalla porta e, quando questa si aprì, seguì l'uomo dai capelli bianchi verso l'uscita.

Espirai un enorme respiro, resistendo all'impulso di ventilare l'aria con la mano. Le mie spalle si abbassarono in segno di sollievo e il mio cuore tornò al suo posto. Tornai al mio libro di testo, afferrai il biglietto e la busta e li infilai nel davanti del mio vestito.

Perché era entrato nella mia stanza? Sfogliai la pagina del mio testo e feci finta di leggere. I pensieri confusi mi riempivano la testa. Non riuscivo a concentrarmi sul lavoro, ma non potevo nemmeno fermarmi. Dovevo continuare a fingere finché l'ora di studio non fosse finita.

Presi il mio evidenziatore giallo e scelsi alcune frasi. La loro importanza non mi interessava. Non avevo letto una sola parola della pagina. Sfogliai un'altra pagina, senza pensare alle mie azioni. I miei occhi fissavano le parole, ma non vedevano nulla. L'urgenza di lasciare la scrivania si faceva sempre più forte. Il rigido regime mi bloccava.

Un sollievo immediato arrivò sotto forma di un campanello che suonava e tutti i muscoli del mio corpo si rilassarono quando la tensione si allentò. Chiusi gli occhi ed espirai a labbra serrate. Il suono inconfondibile del montavivande mi riempì le orecchie e mi girai. Non avevo mai atteso con tanta impazienza la mia pausa.

Esitai prima di allungare la mano ed estrarre il piccolo vassoio dallo scomparto. Il mio pensiero andò agli eventi precedenti e per un attimo dimenticai la procedura. Appoggiai il vassoio sul tavolo e liberai il coperchio.

Nel momento in cui il ronzio mi giunse alle orecchie, mi cadde lo stomaco. Avevo commesso un errore. Ebbi il tempo di pensare prima del lampo di luce blu.

Mi sollevai dal pavimento; le gambe tremavano sotto il mio peso. Riuscii a salire sulla sedia, piegai le braccia sul piano del tavolo e riposai la testa. L'odore dei capelli bruciati mi arrivava al naso. Inspirai e riempii i polmoni più volte prima di alzarmi sulle gambe tremanti e dirigermi verso la toilette.

La mela rossa mi fissò dal vassoio mentre la porta del bagno si chiudeva alle mie spalle. Non avevo appetito, ma non potevo permettermi di affrontare altre conseguenze se non avessi mangiato. I piedi mi trascinarono verso il tavolo.

La sua visita era una sorpresa per me? Mordicchiai la dolce sfera rossa mentre ricordavo. Che sorpresa! Mordicchiai di nuovo, ma i miei denti affondarono troppo e mi ritrovai con un boccone di semi. Li sputai sul piatto e mi asciugai la saliva dal mento con il dorso della mano. Dove sono? Mi fermai a metà del morso. Che posto è questo?

Non lo sentii entrare. Fissai con gli occhi spalancati la sua figura bianca e insaccata. Per un attimo i suoi occhi marroni mi fissarono mentre si trovava all'ingresso. Finalmente ruppi il contatto con il suo sguardo e guardai la sedia che teneva in mano mentre entrava nella stanza.

Si mise di fronte a dove ero seduta. "Ricorda, non rispondere quando ti parlo", disse una voce proveniente da dietro la maschera. Era dolce, ma profonda, con un accento sconosciuto e sicuramente maschile.

Posò la sedia accanto al tavolo e continuammo a lavorare come se l'altro non fosse nella stanza. Mi asciugai il succo dal mento e diedi un altro morso alla mela.

Il rumore della porta mi fece drizzare le orecchie: J aveva lasciato la stanza. Che sorpresa è un'altra sedia? Fissai l'altra sedia, copia esatta della mia.

La porta mi mise di nuovo in allarme e J rientrò con un letto che fece rotolare sul pavimento.

"Non seguirmi con lo sguardo", mi avvertì mentre spingeva il letto davanti a me. Lo scatto delle serrature delle ruote mi risuonò nelle orecchie. Volevo girarmi per vedere cosa stesse facendo, ma non lo feci.

J tornò a farsi vedere e uscì dalla stanza. Passarono i minuti. Finii la mela e misi i resti nel piatto con i semi che avevo sputato prima. Rimisi il coperchio sul vassoio e spinsi il tutto nel montavivande in attesa.

Non appena mi alzai dal tavolo, la porta si aprì.

"Continua a farti i fatti tuoi", disse J.

Sbirciai con la coda dell'occhio e vidi due figure entrare nella stanza. La prima era l'inconfondibile chiazza bianca di J. La seconda era molto più corta e molto più piccola. La seconda era molto più bassa e, a quanto ho visto, era vestita di blu. Entrai nella toilette.

Non riuscivo a sciacquare il sapone dalle mani abbastanza presto. Era difficile non affrettarsi. Volevo vedere chi era entrato nella mia stanza con J, ma il ricordo dell'odore dei capelli bruciati mi impediva di andarmene troppo presto.

Finalmente l'acqua si chiuse. Mi asciugai le mani e fui libera di uscire. Mi avvicinai alla porta e la aprii.

Una ragazza era seduta su un letto in fondo alla stanza. Come me, aveva i capelli castani lunghi fino alle spalle, anche se i suoi erano più lunghi e scuri.

Suonò l'allarme e mi affrettai a uscire dal bagno. La porta scattò dietro di me.

La ragazza sembrava più giovane, ma non di molto. J si trovava alla testa del suo letto, nell'angolo in fondo, sotto l'attrezzatura video.

Le mie labbra si aprirono.

"Non parlare", mi ricordò.

La mia lingua rosa fece capolino e le leccai. Tornai verso la mia scrivania come se fossi sola.

"Quindi è lei la mia sorpresa?" Dissi dando le spalle alla ragazza, a J e alla telecamera indiscreta.

"Sì."

"Hmph! Che razza di sorpresa è?".

"È tua sorella".

3

C.E.C.I.L

CI VOLLE ogni grammo di autocontrollo per non allontanarmi dalla scrivania e girarmi di scatto per affrontarli. L'avrei fatto se non mi fosse venuto un capogiro. Mi passai una mano sulla fronte; la mia pelle era fredda e umida e la bocca mi lacrimava. Lo stomaco si tese e mi aggrappai al bordo della scrivania. Concentrai l'attenzione sulle mie dita che diventavano bianche come la stanza intorno a me.

"Non ho una sorella", sussurrai a denti stretti. Espirai un lento respiro.

"Capisco la tua incredulità, ma credimi, ce l'hai".

Fidarmi di te? Chiusi gli occhi per un attimo e feci un respiro profondo. "Perché non ricordo? Perché non dice nulla?". Rilasciai la presa dalla scrivania e il colore tornò sulle mie nocche doloranti. Sfogliai una pagina del mio testo. Mi si drizzarono le orecchie al suono della telecamera. Mi passò per la testa il pensiero di prendere il libro e lanciarlo contro l'invadente apparecchio. Invece, sfogliai un'altra pagina, senza preoccuparmi che fosse troppo presto.

"È in una sorta di stato ipnotico, una trance, se vogliamo. Ha il controllo dei muscoli e dei movimenti motori fini. Può seguire indicazioni e procedure. Può elaborare informazioni e imparare, ma è muta e non ricorda nulla della sua vita passata: esiste e basta. Proprio come te fino a poco tempo fa".

Le mie palpebre sbatterono. Di che cosa sta parlando? "Non capisco".

J sospirò. "Lo so."

Sobbalzai un pò al suono della sua voce mentre si posizionava dietro di me. Non l'avevo nemmeno sentito avvicinarsi.

"Adesso vi presento, è solo una formalità", disse. "Ricorda, ci stanno guardando". Mi posò la mano non guantata sulla spalla. Il calore del suo tocco si irradiò lungo il mio braccio; la sensazione era strana.

"Aspetta!" Lo fermai prima che mi girasse. "Perché ci presenti?".

"È stata un'idea di Cecil. Non sa che state diventando consapevoli, quindi non pensa che diventare coinquilini sia un problema".

Le domande mi riempivano la testa e non sapevo quale chiedere per prima. Alla fine erano così tante che mi hanno sopraffatto e non ne ho fatta nemmeno una. Mi girò, la telecamera ronzò e io fui messa a tacere.

La ragazza era seduta sul letto. La sua attenzione era rivolta alla parete di fronte a lei. J mi spinse verso di lei sulla sedia della scrivania e mi mise nella sua linea visiva: le nostre ginocchia quasi si toccavano. Fissai la ragazza, ma lei non mi vide, anzi mi guardò attraverso.

J si spostò accanto a me, dando le spalle alla telecamera. "Ricordati di non reagire in alcun modo. Pensano che tu sia ancora in stato ipnotico". Il suono dell'occhio sempre vigile proveniva da dietro di lui, ma non potevo vederlo. Il corpo di J lo aveva bloccato alla mia vista.

"Credo che lo sappiano", dissi con la mia migliore voce da ventriloquo. Mantenni l'attenzione sulla ragazza di fronte a me. "Perché dici così?". La voce di J vacillò e rivelò il suo shock per le mie parole.

"Perché prima che tu arrivassi ho avuto una visita e ho annuito quando mi ha fatto una domanda". Studiai i lineamenti della ragazza. Mi sembravano un po' familiari.

"Chi?"

L'intensità della voce di J mi fece sobbalzare e la mia concentrazione sul volto della ragazza si ruppe. Chiusi gli occhi e immaginai l'uomo nella mia stanza. I suoi capelli bianchi furono la prima cosa che mi venne in mente. "Capelli bianchi", sussurrai.

J aspirò una grossa boccata d'aria. Girai la testa e lo guardai. I suoi occhi marroni si erano ristretti in modo pensieroso. "Va bene che tu gli abbia fatto un cenno. La sua voce sarebbe l'unica a suscitare quel tipo di risposta. Una volta ho sentito che aveva a che fare con una canzone. Comunque, lui se lo aspettava".

Una canzone? Mi chiesi per un attimo e nello stesso istante me ne dimenticai. Il mio corpo si rilassò, sorprendendomi. Non pensavo di aver trattenuto la tensione.

Un forte ronzio riempì l'aria. Mi alzai dalla sedia e la spinsi indietro verso la scrivania. Il mio corpo reagì prima ancora che il mio cervello registrasse il motivo dell'allarme. Ripulii la scrivania e misi via il libro. Il biglietto e la busta mi punzecchiavano la pelle tra i seni mentre mi muovevo.

"Cosa devo fare con il tuo biglietto?". Dissi mentre fingevo di raddrizzare e pulire.

"Rimettilo nello scivolo della lavanderia. Lo recupererò".

Senza nemmeno pensarci, i miei piedi mi trasportarono dalla scrivania e tornarono verso la cassettiera. Il mio corpo continuò a seguire le procedure per quanto il mio cervello cercasse di resistere. La videocamera fischiava dietro di me, ma non era il suo occhio che percepivo sulla nuca. Aprii l'ultimo cassetto e presi il pacchetto di indumenti da ginnastica. "Chi è? L'uomo dai capelli bianchi?". Le mie mani strapparono la plastica.

"È Cecil. Gestisce questo centro".

Mi fermai per un attimo, la visione della parola C.E.C.I.L mi balenò davanti agli occhi. "È sul muro". Le mie mani liberarono la maglietta verde e i pantaloncini dai loro confini.

"È il nome di questo luogo. Almeno lo è adesso". L'ultima frase la disse più sottovoce, come se avesse espresso un pensiero ad alta voce.

Un altro allarme suonò, interrompendo la nostra conversazione. Mi girai e per la prima volta da quando ero entrata nella mia stanza, la ragazza in blu era scesa dal letto. J la guidò verso la scrivania e lei si sedette. La porta dello scivolo della lavanderia si aprì e J si diresse verso di essa.

"È meglio che tu ti metta la tuta da ginnastica", disse, mentre infilava la mano nello scivolo e tirava fuori una scatola.

Mi voltai verso di lui e mi sbottonai il vestito. Lo tirai sopra la testa e lo stesi sul letto. I miei occhi videro il biglietto e la busta che spuntavano dal reggiseno. Mi strinsi la maglietta sopra la testa, mi infilai dentro e sistemai i fogli come meglio potei. Soddisfatta che non fossero visibili, mi infilai i pantaloncini.

"Che cos'è il C.E.C.I.L.?". Pensai alla parola incisa sul muro mentre mi sistemavo il vestito sul letto.

"Centro di Eradicazione del Contagio per la Vita Intelligente".

Mi alzai in piedi, abbandonando il vestito. La mia confusione si dissolse. "È sia il suo nome che questo posto?".

"Hmph. È così. Dobbiamo andarcene subito".

La mia schiena si irrigidì. Qualcosa nel suo tono mi diceva

che c'era molto di più. "Cosa devo fare con lei?". Allungai la mano e lisciò un'altra grinza del mio vestito.

"Niente". La voce di J era piatta.

Mi voltai e seguii J verso la porta. Si aprì; uscimmo e lasciammo la ragazza dietro di noi.

4

B20130623L

LA PORTA si aprì con il suo solito suono arioso. Entrai nella mia stanza, mi tirai la maglietta, incollata dal sudore, ed entrai nella toilette. Lo specchio alla parete catturò la mia attenzione. Fissai il mio viso arrossato e intriso di sudore. I miei capelli pendevano in ciocche flosce, umide e aggrovigliate.

Mi tirai la camicia bagnata sopra la testa. L'odore di sudore mi fece arricciare il naso. I pantaloncini e le mutande mi si appiccicavano alle gambe mentre mi sforzavo di farli scivolare giù. Quando finalmente riuscii, mi rialzai in piedi. Il mio riflesso mostrava le carte inumidite che spuntavano dal reggiseno. Lo sganciai e lo lasciai cadere a terra in un mucchio insieme al resto degli indumenti bagnati. La mia doccia sarebbe stata breve, perché era quasi ora di pranzo. Il mio stomaco brontolò al pensiero.

Sentendomi fresca e asciutta, raccolsi i miei vestiti e il biglietto dal pavimento e aprii la porta. Il campanello di allarme mi seguì fuori dalla stanza.

La vista di lei seduta alla mia scrivania mi sorprese. Avevo quasi dimenticato la mia nuova compagna di stanza. Era difficile cercare di mantenere la concentrazione davanti a me mentre attraversavo la stanza. Volevo guardare la nuova ragazza.

Esitai prima di depositare i miei vestiti e il biglietto nello scivolo della lavanderia. I miei vestiti umidi erano stati la mia unica protezione, e ora non avevo più nulla. Tirai un respiro affannoso mentre mi trovavo nell'angolo più lontano della stanza, sotto l'occhio sempre vigile. Nuda - sussultai. Come avevo fatto prima? Il pensiero mi tornò alla mente.

Feci un respiro profondo e mi diressi verso la cassettiera, mentre mi dicevo di comportarmi come se fossi vestita. Non mi era mai importato prima, pensai, mentre le mie mani estraevano dal cassetto un paio di mutande confezionate. Ma prima non ero stata del tutto me stessa, anche se non ero sicura di esserlo adesso. Era come svegliarsi da un sogno, in quello stato in cui non si dorme ma non si è nemmeno svegli. Ero bloccata da qualche parte nel mezzo.

Sospirando, mi infilai il vestito e mi sedetti sul letto. Fissai il montavivande e aspettai che la porta si aprisse. Quando arrivò, pochi secondi dopo, mi alzai e andai verso la mia sedia. La ragazza si diresse verso la toilette ed entrò.

Il primo vassoio nello scomparto era etichettato B20130623L. Era il suo vassoio. La chiamano B2? Posi il vassoio sul tavolo. Un attimo dopo il montavivande si aprì di nuovo. Mi avvicinai e tirai fuori un vassoio con l'etichetta del mio documento d'identità.

La ragazza, tornò al tavolo e prese posto di fronte a me. Fissai per un attimo lei e i suoi occhi vuoti. Avevo quell'aspetto? I miei occhi sembravano non vedere nulla? Un brivido mi attraversò il corpo mentre mi interrogavo sul mio precedente stato di trance. Tirai fuori il coperchio dal mio vassoio e cominciai a mangiare.

B2 finì il suo pasto prima di me e rimise il vassoio vuoto nel montavivande. Aveva almeno assaggiato il cibo? Abbassai lo sguardo sui pochi bocconi ancora presenti nel mio piatto e li divorai. Avevo improvvisamente paura di destare sospetti se non mi fossi comportata come B2.

Per giorni ho seguito la guida di B2, comportandomi come lei, ma ogni momento che passava diventava difficile. Mi stavo stancando della recita, delle procedure e di B2. L'espressione "annoiata a morte" mi era venuta in mente come tante altre cose. Non ero sicura che fosse basata sulla verità. Se non lo era, stavo per diventare la prima vittima della noia.

Durante il giorno, sprazzi di momenti del passato mi balenavano nella mente come frammenti di un sogno nebuloso. Alcune cose le capivo, mentre altre erano fuori portata e non riuscivo ad afferrarne il significato.

J aveva iniziato a ridurre la dose di farmaco bloccante/ipnotizzante su B2 il primo giorno in cui si era trasferita. Ma il processo era lento. Avevo saputo che c'erano voluti quasi tre mesi perché gli effetti cominciassero a regredire su di me. Ero ancora molto lontana dall'essere normale.

Il sonno agitato riempiva le mie notti. Strani sogni invadevano la pace a cui mi ero abituata. Non c'era nulla che avesse senso e, con il passare delle settimane, anche lo sguardo vuoto di B2 cominciò a infestare i miei sogni.

Io e B2 ci sedemmo al tavolo e aspettammo che J arrivasse. Lei guardava con la sua solita espressione vuota mentre io fissavo la luce sopra la porta. A quanto pare, non era insolito che lo facessi, e così continuai. La luce lampeggiò di rosso e la porta si aprì con il suo familiare fruscio. J entrò e spinse il carrello verso il tavolo.

Fissai la serie di siringhe sul carrello. J teneva la testa bassa mentre preparava gli aghi e metteva degli adesivi blu su metà di essi. Come al solito, presi per prima le mie, quelle senza etichetta.

"Mi stai ancora dando la roba che blocca la memoria o l'ipnosi?". Dissi.

J infilò l'ultima siringa non preparata in una bottiglia e tirò indietro lo stantuffo. Il liquido trasparente colò all'interno. Lo fermò quando raggiunse una delle tante linee che segnavano il dosaggio appropriato. "Sì", disse mentre la liberava.

"Perché?"

"Ti faccio un'iniezione al giorno, se smettessi del tutto se ne accorgerebbero". La sua voce era piatta.

"Quali sono gli altri due?". Mantenni la mia attenzione sul carrello. Non mi era chiaro quante iniezioni ricevessi quotidianamente, visto che quel giorno erano state preparate tre siringhe per me. La mia testa si inclinò all'indietro come se guardassi la luce sopra la porta.

"Sei proprio piena di domande".

"Mi annoio". Mi guardai bene dal fare spallucce mentre parlavo.

I miei occhi vagarono dalla porta al volto di J. La sua testa era china sul lavoro, ma i suoi occhi guardavano verso l'alto e i nostri sguardi si incontrarono per un momento.

"Questo è il tampone alcolico", disse J mentre strofinava il pezzo di garza freddo e umido sulla mia spalla.

Sorrisi. Non mi aveva mai spiegato il procedimento prima, e ascoltare le sue parole mi interessava. J prese la prima siringa con dentro una piccola quantità di liquido.

"Questo è il farmaco per l'ipnosi del blocco della memoria - l'ha progettato Cecil. Nella sua massima potenza, mantiene il paziente in trance, senza alcun ricordo del suo passato. Una piccola quantità deve essere somministrata ogni giorno per mantenere il paziente in quello stato. Questo dosaggio, tuttavia, è molto più piccolo e diluito". La punta dell'ago mi trapassò la pelle e io chiusi gli occhi per un secondo. "Questo impedisce le mestruazioni per tre mesi". Mi punzecchiò di nuovo il braccio con la nuova siringa.

La parola mi era familiare. Distolsi lo sguardo come se la definizione di quella parola si trovasse nell'aria. "Oh!" Il ricordo mi tornò alla mente. Era un buon ago da prendere. Quanti ne avevo ricevuti?

"E questo", J mi infilò l'ago nella spalla, "è il richiamo del vaccino che ti ho fatto l'altro giorno".

Chiusi gli occhi per un attimo e cercai di ricordare sia l'iniezione sia il significato della parola vaccino. "Contro cosa?" Dissi mentre mi tornava in mente.

J mi premette per un attimo un pezzo di garza sulla spalla e lo sostituì con una benda. "Sanguini sempre un pò".

Evitò la mia domanda, e allora ci riprovai. "Vaccinazione contro cosa? Ne fai una?". La mia voce si alzò un po'.

"Niente di cui tu debba preoccuparti. E no, non per l'ultimo anno", disse mentre preparava il braccio di B2.

B2 rimase seduta immobile mentre J le faceva le tre iniezioni.

"Oggi l'ho fatta scendere un pò di più dal suo blocco".

Mi sfregai le pieghe della fronte: "Perché sei vestito così? Siamo malati - e tu?". Le domande mi uscirono dalla bocca senza riflettere e il mio cuore accelerò il passo.

J sospirò attraverso la sua maschera. "Tu non sei malata. Non sono malato. L'abbigliamento è solo una precauzione. Ora devo andare". J finì di preparare il suo carrello e lasciò la stanza. Ero sicura che non mi avesse detto tutto.

Rimanemmo seduti ancora per qualche minuto; ognuno di noi fissava il vuoto. Mentre il mio cervello ronzava di pensieri e ricordi, lo sguardo di B2 era vuoto come sempre. Ero tentata di agitare la mano davanti al suo viso. La frase "Le luci sono accese, ma non c'è nessuno in casa" mi sussurrava nella testa.

Ore dopo eravamo sedute a cenare. Stare a tavola era l'unico momento in cui il mio corpo si rilassava, mentre la telecamera dietro di me si concentrava su B2. La noia mi ha trasformato in un bambino e ho fatto le smorfie a B2 tra un boccone e l'altro. Imitavo i suoi movimenti. Testa bassa - mordere il cibo, testa alta - masticare. Solo quando alzavo la testa, cambiavo espressione. Ho sbattuto le palpebre, tirato fuori la lingua e gonfiato le guance. Nessuna faccia ha reagito. Gli occhi di B2 continuarono a fissare il vuoto.

Sospirai, la cena sarebbe finita presto e la lunga notte sarebbe iniziata.

Abbassai la testa e fissai l'ultimo pezzo di cibo prima di metterlo finalmente in bocca. All'unisono, alzammo la testa per masticare. Spalancai la bocca e il cibo masticato mi rimase sulla lingua.

B2 fissò la mia bocca aperta e io la fissai a mia volta. Lei sbatté le palpebre. Le ombre scure dietro i suoi occhi si sollevarono e la luce filtrò. B2 era improvvisamente tornata a casa.

5

APRIL

Le risate dei bambini risuonavano nelle mie orecchie. C'erano risatine e sbuffi di vario tipo: era un caleidoscopio di suoni. Abbassai lo sguardo sui miei piedi nudi. Tra i miei piedini spuntavano freschi fili di erba verde e rigogliosa, riscaldati dalla luce del sole che li bagnava. Si muovevano e i brillantini del mio smalto viola riflettevano la luce come ametiste lucenti. Tirai fuori le mani dalle tasche dei pantaloncini e guardai le unghie delle mie dita. Ogni unghia era dipinta di un colore diverso e brillante. Mi sventolai le dita e i colori mi ricordarono un arcobaleno che attraversava il cielo.

Un paio di mani più piccole si avvicinarono e afferrarono le mie. Lo stesso smalto colorato decorava le unghie della bambina che mi stava di fronte. I capelli castani ondulati lunghi fino alle spalle incorniciavano il suo viso rotondo. I suoi gelidi occhi azzurri mi guardavano mentre le risatine scuotevano il suo corpo e uscivano dalle sue labbra rosa. Facemmo un giro ad anello intorno a Rosie. Il cortile sfrecciava in una sfocatura vertiginosa mentre giravamo sempre più velocemente. Mi chinai all'indietro, inclinai la testa verso il cielo e chiusi gli occhi.

All'improvviso i nostri corpi si distesero sull'erba, ma non riuscivo a ricordare come ci fossimo arrivate. La nostra rotazione ci aveva stordito a tal punto da farci cadere?

Ci sdraiammo sulla schiena e fissammo il cielo azzurro e luminoso. La nostra immaginazione creava animali e altre cose dalle soffici nuvole bianche. Ho allungato la mano e ho indicato la forma di un coniglio, notando che la mia mano sembrava molto più grande e più vecchia di prima.

Mi ritrovai di nuovo in piedi e, come prima, senza ricordare come fossi finita in quella posizione. Una goccia di sudore mi colava sul petto e scendeva lungo la parte anteriore della canottiera viola, tra i seni. Con mia grande sorpresa, ero certa di non avere più quelle piccole protuberanze che avevo visto qualche istante prima mentre mi giravo. Le mie mani presero ogni piccola protuberanza e la premettero leggermente verso il mio petto. Erano vere. Scossi la testa con confusa incredulità.

Feci un passo avanti; qualcosa mi punse la parte inferiore del piede. Abbassai subito lo sguardo e cercai la causa. L'erba marrone e secca mi spuntava tra le dita dei piedi come piccoli aghi. Feci un altro passo. La sensazione di erba che si rompe e scricchiola mi salì lungo il corpo e mi raggiunse le orecchie. Ero certa che ci fosse stato uno scricchiolio udibile. I miei occhi scrutarono il terreno alla ricerca di qualsiasi traccia dell'erba verde e rigogliosa in cui mi trovavo fino a poco tempo prima.

Le tinte gialle e marroni dell'erba morente e morta incontrarono i miei occhi vaganti. Socchiusi gli occhi. "Che cosa è successo?" Sussurrai. Con la mano scostai una ciocca di capelli umidi che mi era caduta davanti agli occhi, mentre una goccia di sudore mi colava dal naso. La guardai mentre cadeva a terra al rallentatore. Quando la colpì, la goccia si ruppe e schizzò su alcuni fili d'erba ingialliti. Mi guardai meravigliaao mentre i fili si piegavano e si muovevano verso la minuscola quantità di umidità. Mi accovacciai e sollevai il filo appassito con la punta del dito. L'erba avrebbe avuto *bisogno di molto più di una goccia. Alzai la testa verso il cielo azzurro e senza nuvole. Il sole cocente mi scottava il viso.*

"April!" Una voce lontana chiamò e distolse la mia attenzione dal cielo. Mi alzai in piedi e mi guardai intorno. Chi stava chiamando? Chi veniva chiamato?

"April!" Era la sua voce, quella della ragazza che mi stava accanto. Aveva un aspetto familiare, più grande della ragazza con cui avevo girato, ma più giovane di B2. La fissai; le mie labbra si aprirono e i miei occhi si restrinsero di nuovo.

La ragazza allungò la mano e mi toccò il braccio. I miei occhi caddero sulla sua mano calda. Perle di sudore luccicavano tra i peli del mio braccio. Il mio sguardo risalì il suo braccio e osservò il suo viso rotondo. I suoi occhi blu ghiaccio si allargarono mentre la sua presa sul mio braccio si stringeva un pò. Le sue labbra si aprirono.

"Cosa c'è che non va, April?".

LE MIE PALPEBRE si aprirono nel buio e la mia mano scese verso la vita e tirò il lenzuolo fino al petto. Il russare sommesso di B2 dall'altra parte della stanza mi entrò nelle orecchie. Mi sono girata, ho tirato il lenzuolo fino alle spalle e mi sono rivolta verso il muro. L'apparecchiatura di sorveglianza mi ricordava la sua presenza. Mi concentrai sui piccoli avanzi del mio sogno. Misi insieme le informazioni insensate con la speranza che avessero un senso. Ogni scena diventava più definita man mano che mettevo i pezzi al loro posto. Tirai fuori la mano destra da sotto la guancia, dove era stata infilata, e mossi le dita nel buio. Le mie dita delle mani e dei piedi avevano indossato colori così brillanti e scintillanti? Le dita dei piedi si agitavano sotto le lenzuola come se dei fili d'erba secca fossero rimasti incastrati tra di loro.

Mi venne in mente l'immagine della ragazza dal viso rotondo e dai capelli castani e ondulati. Era forse B2? Strinsi gli occhi per cancellare l'immagine del suo volto. Una voce lontana sussurrava nella mia testa. Che cosa diceva?

Mi concentrai sul suono, sulla parola. La voce sussurrante si fece più forte mentre il ricordo usciva a forza dalla parte più profonda del mio cervello. Forza! Lo volli. Mani invisibili entrarono nella mia testa e avvicinarono la voce.

I miei occhi si aprirono di scatto. Mi chiamavo April?

6

IL RISVEGLIO

IL MATTINO non poteva arrivare abbastanza presto. J non arrivava mai abbastanza presto.

Era difficile muoversi attraverso le procedure come se non fossi nulla, come se esistessi e basta. Ero più di un numero di identificazione; avevo un vero nome. Un nome che ricordavo o almeno pensavo di avere. Solo J poteva aiutarmi, speravo.

Ci sedemmo al tavolo; il mio sguardo andava da sinistra a destra, mentre quello di B2 era fisso davanti a noi. La chiarezza che avevo visto negli occhi di B2 era stata fugace. I miei piedi irrequieti volevano battere sul pavimento bianco e duro, ma li tenevo fermi. Le mie mani erano appoggiate sul tavolo di fronte a me. Una volta mi accorsi del battito assente del mio dito, ma lo fermai appena me ne accorsi. Non avevo idea se lo stessi facendo da molto tempo. La mia concentrazione era rivolta a tenere i piedi fermi e a guardare la luce rossa.

Quando finalmente la luce si illuminò di rosso, emisi un'ampia espirazione tra le labbra. I muscoli della parte superiore del corpo si rilassarono quando la porta si aprì. Mi concentrai sull'ingresso.

"Buongiorno". La sua voce rimbombò.

Mi irrigidii e trattenni il respiro. Era lui, l'uomo dall'odore opprimente e dai capelli bianchi. L'uomo che conoscevo ma che allo stesso tempo non conoscevo: Cecil. J arrivò dietro e spinse il suo carrello attraverso la porta. Mi lanciò un'occhiata. Capii e tenni lo sguardo fisso davanti a me.

"Avete dormito bene, ragazze?". Disse Cecil.

Vidi B2 annuire con la testa e così feci anch'io.

"Bene, bene", disse lui con voce lieve. La sua mano pesante si posò sulla mia spalla; la vestaglia di carta offriva poca protezione contro il suo tocco freddo. La mia pelle si è pizzicata e il formicolio mi è salito dai piedi fino alla testa. Il cuore mi batteva nelle orecchie.

Concentrai la mia attenzione davanti a me, mentre J si trovava al suo solito posto al tavolo. Non potevo vedere cosa stesse facendo, ma le mie orecchie si sintonizzavano su ogni suono.

"Mi scusi, signore", disse J con un tono che non avevo mai sentito prima.

La pressione sulla mia spalla si attenuò. L'odore dell'alcol mi punse il naso quando il tampone freddo toccò la mia pelle. La mia spalla avvertì il colpo secco di un ago. Il mio cuore accelerò il passo quando un'ondata di intorpidimento attraversò il mio corpo. Non c'era tempo per pensare mentre scivolavo nell'incoscienza.

Sussultai quando il calore piovve sulla mia testa. Gli occhi si chiusero. Ricordi e pensieri confusi traballarono sull'orlo della chiarezza. Pochi secondi dopo, mi bombardarono come il getto d'acqua del soffione della doccia.

Uscii dalla doccia, lasciando che i soffiatori mi asciugassero. Quanto tempo ero stata via? Lo stomaco mi si strinse mentre altri ricordi tornavano a galla.

Quando uscii dal bagno, B2 era già seduta al tavolo, in

attesa, e io la raggiunsi. I pensieri vorticavano nella mia testa. L'ultimo ricordo che avevo era quello di essere seduta sulla sedia in attesa che J entrasse nella stanza. Avevo qualcosa da chiedergli, ma era un ricordo che non riuscivo a raggiungere. Chiusi gli occhi per un momento. Quando li riaprii, la luce rossa lampeggiò e J entrò nella stanza da solo.

"Quanto tempo?" Sussurrai.

"Sono contento che tu sia tornato". J mi guardò per un attimo; i suoi occhi si stropicciarono. Riportò l'attenzione sul suo carrello e tornò al lavoro.

"Quanto tempo?" Ripetei un pò più forte.

"Da...", si pulì e punzecchiò con un unico rapido movimento, "solo due giorni". Il mio braccio sussultò un pò. Mi aveva fatto male.

"Due giorni?" La rivelazione mi sorprese.

"Dipende da come la vedi; potrei anche suggerire tre".

Non pensavo che i miei occhi potessero aprirsi ulteriormente. Invece aprii la bocca.

"Non sembra aver lasciato effetti negativi". Premette un piccolo batuffolo di cotone sul punto dell'iniezione.

"Veniva tutti i giorni?".

"No, solo quella volta. Il giorno dopo ho abbassato il dosaggio fino a quello che avevi preso tu. Però è stato un pò rischioso".

"In che senso?" Un improvviso brivido mi percorse il petto.

"Il tuo corpo è passato da una dose piena a circa un ottavo nell'arco di ventiquattro ore". Mi mise una benda sulla spalla.

"Hai rischiato la mia vita?" Le mie orecchie bruciavano di rabbia.

J non ci fece caso e continuò a preparare l'iniezione di B2. "Ho rischiato solo di restituirti la memoria completa, ma era un rischio che dovevo correre. Ho bisogno che tu sia consapevole prima di quanto mi aspettassi".

Aggrottai la fronte. "Perché?"

"Le cose stanno..." fece una pausa mentre infilava un ago nel braccio di B2. Il suo sguardo vuoto mostrava che non si era accorta della puntura.

"Cosa?" Dissi. La mia pazienza si esaurì.

"Beh, non so esattamente cosa. Ma credimi se ti dico che le cose sono un po' diverse".

"E B2?" Chiesi fissando i suoi occhi vuoti.

"La sto facendo indietreggiare il più rapidamente possibile. È molto più rischioso per lei andare troppo veloce. Lei aveva già assunto una dose molto più bassa per un bel pò di tempo prima che dovessi darle di nuovo una dose piena. Tua sorella invece...".

La menzione della parola "sorella" da parte di J fece scaturire ricordi di erba marrone, smalto scintillante e una ragazza dal viso rotondo che chiamava un nome.

"Mi chiamo April?" Le parole mi uscirono di bocca.

J smise di pulire il carrello e mi fissò per un attimo. Era chiaro che avevo fatto la domanda delle domande.

J non rispose. Invece, finì di pulire. Poi spinse il carrello verso la porta.

Il cuore mi batteva più forte mentre il bruciore tornava alle orecchie. "Mi chiamo April?" Lo dissi di nuovo. Lo stomaco mi si strinse a causa delle mie parole.

"Sì". La porta si aprì e J scomparve insieme al suo carrello sferragliante.

7

AUTO-PILOTA

LE CIOCCHE di capelli intorno al mio viso svolazzavano nella brezza creata dalla porta scorrevole. Entrai nello stipite e guardai B2. Il suo corpo era ingobbito sulla scrivania nell'angolo, mentre lavorava ai suoi studi come un robot programmato.

Seguii J lungo il lungo corridoio bianco. Le luci ronzavano e tremolavano in alto. Telecamere con occhi rossi seguivano i nostri progressi lungo il corridoio. Lungo il percorso passammo davanti a diverse porte, nessuna delle quali dava indicazioni su ciò che si nascondeva dietro di esse. I pensieri su cosa, o chi, mi ronzavano in testa.

J girò a destra e io lo seguii. Avevamo fatto questo percorso diverse volte alla settimana. I miei occhi si concentrarono sulla sala vuota, un fatto che avevo notato solo negli ultimi giorni. Non incontrammo nessuno e, a parte il ronzio delle luci, non c'era altro suono che l'eco dei nostri passi. Mi concentrai e ripensai agli altri viaggi nel corridoio. Non esisteva alcun ricordo che indicasse un contatto con qualcuno.

Non un solo quadro adornava le pareti per aggiungere

colore al buio. Il pavimento era duro e bianco come quello della mia stanza, il corridoio un lungo tunnel bianco.

J si fermò e fece un passo di lato. Una porta di vetro segnava la fine del lungo corridoio e si trovava a circa tre metri di distanza. L'ingresso di vetro brillava di una luce calda e brillante. Si distingueva dalla luce del corridoio perché non era così sterile. Feci un passo avanti e passai davanti a J, con passo esitante.

"Non voltarti a guardarmi". La voce di J mi ammonì.

La mia schiena si irrigidì. Continuai ad avanzare, spinsi la porta a vetri e uscii fuori.

La luce intensa mi punse gli occhi per un momento e strizzai gli occhi e le palpebre finché non si adattarono. Inspirai l'aria fresca e allungai le braccia sopra la testa. Il mio cuore saltò e le lasciai ricadere sui fianchi. Avrei dovuto farlo? Il mio corpo si tese. Chiusi gli occhi per un attimo. È troppo tardi per preoccuparsi. Li riaprii ed espirai la preoccupazione.

Sospirò. Non ero all'aperto, ma in una grande stanza progettata per imitare l'esterno. Dal soffitto azzurro pendevano lampade solari. Il loro calore mi scaldava la testa. Nuvole bianche e gonfie pendevano dalle travi per completare il look. Un sentiero di pietra tagliata si snodava tra l'erba finta. Fiori di plastica colorati spuntavano in modo casuale. Alti alberi artificiali si protendevano verso il cielo finto. Da qualche parte, dall'altra parte della stanza, il nome C.E.C.I.L. era inciso sul muro.

Rimasi immobile e fissai il paesaggio esterno simulato di fronte a me. Murales di montagne e foreste facevano sembrare che la stanza non finisse mai. Chiusi gli occhi e inspirai di nuovo. Anche l'aria aveva un odore fresco. Era, infatti, l'unica cosa reale, convogliata dall'esterno. Secondo J, era l'ultima novità, aggiunta solo da qualche giorno.

La mia esitazione è durata solo un attimo e quando ho

aperto gli occhi ho iniziato la mia passeggiata. Canti di uccelli, ronzii di insetti e il sussurro di qualcos'altro risuonavano nella foresta finta. Mi sono addentrata nella linea degli alberi. Il fruscio delle foglie mi fece inclinare la testa all'indietro. Le cime degli alberi ondeggiavano con un leggero movimento, spinte da ventole in alto.

La passeggiata mi avrebbe condotto attraverso la foresta artificiale per dieci volte. Avrei impiegato circa venti minuti per completarla. L'intero percorso misurava più di un chilometro e mezzo o poco meno. Un cartello illuminato all'inizio del sentiero documentava la distanza e il numero di ogni giro.

Avrei voluto fermarmi e indagare sulla foresta che mi circondava, ma farlo non avrebbe fatto altro che avvertirli della mia presenza. Nonostante il look da vero outdoor, molti occhi rossi seguivano ogni mio movimento. La mia curiosità doveva essere soddisfatta dalle immagini che i miei occhi catturavano. Di tanto in tanto il mio passo rallentava; dovevo ricordarmi di camminare come se non mi importasse di ciò che mi circondava. Il sollievo mi colse quando il numero dieci si accese sul cartello. Ogni anello mi aveva mostrato cose che non avevo notato prima e mi aveva tentato di abbandonare il sentiero.

Lasciai il sentiero che si snodava lungo il perimetro e mi diressi verso un altro. Il sentiero si staccava dalla foresta e mi portava in una radura al centro della stanza. In quest'area erano state allestite le stazioni per i vari esercizi che dovevo completare.

Come avessi fatto a gestire la monotonia prima era inimmaginabile, ma ovviamente prima non ne ero consapevole. Seguivo le procedure senza pensare o provare emozioni. Non c'era una sola stazione che mi piacesse. Dopo qualche minuto, lasciavo una postazione e passavo a quella successiva. Ogni area era cronometrata e monitorata. Dopo aver completato un circuito, ho ricominciato. Il circuito è terminato quando il numero cinque è apparso su un'altra insegna luminosa.

Accaldata e sudata per gli esercizi, mi sono spostata di nuovo sul sentiero della foresta per un ultimo giro e il mio raffreddamento. È stato il giro che mi è piaciuto di più; la lentezza mi è rimasta impressa nella mente. L'andatura più lenta mi permise di assorbire i panorami fasulli molto più facilmente di prima. Piccole fessure all'interno degli alberi attirarono la mia attenzione e mi spinsero a esplorarle, ma non mi allontanai dal sentiero. Continuai invece le mie osservazioni da lontano.

Il mio cuore ha avuto un sussulto quando un pensiero si è affacciato alla mia mente. Ho il coraggio? Mi stavo avvicinando a una grande roccia che si trovava sul bordo del sentiero. L'avevo percepita come reale, ma non potevo esserne certa. Con i miei passi mi avvicinai al bordo del sentiero. Il masso era a pochi metri di distanza. La mia mano sinistra pendeva al mio fianco. Ancora qualche passo e mi sarei avvicinata abbastanza perché la mia mano potesse sfiorarlo e soddisfare la mia curiosità.

Il mio cuore batteva forte mentre i miei pensieri lottavano tra loro. Allungai le dita guizzanti. Ancora pochi passi, sussurrò la mia mente. Una goccia di sudore mi colava lungo la schiena. L'attesa cresceva man mano che mi avvicinavo alla fine; il mio battito accelerava. Al mio passaggio, le dita si arricciarono di nuovo nella mano. I pugni si strinsero sui fianchi e terminai la mia passeggiata. Espirai a labbra serrate, sollevata e delusa allo stesso tempo.

J mi aspettava dove l'avevo lasciato e mi condusse nella mia stanza. La porta si aprì, B2 stava pulendo la sua scrivania e io entrai nella nostra stanza.

"Buona giornata". La voce di J mi chiamò prima che la porta si chiudesse alle mie spalle.

Andai in bagno e continuai la mia routine meccanica. La mia vita con il pilota automatico doveva finire. Stavo per perdere il controllo.

8

RICONOSCIMENTO

Mɪ sᴅʀᴀɪᴀɪ su un fianco e fissai la telecamera nell'angolo della stanza. Il suo vigile occhio rosso si concentrava su B2 mentre si rifaceva il letto. Ci sarebbero voluti ancora diversi minuti prima che rivolgesse la sua attenzione a me. B2 si diresse verso il bagno e continuò la sua routine mattutina.

Ogni secondo che passava, trovavo sempre più difficile mantenere la facciata di uno stato robotico. Avevo capito che le apparecchiature di sorveglianza si concentravano su di noi in momenti diversi. Quando B2 si alzava dal letto mezz'ora prima di me, passava il tempo a guardare lei e mi ignorava come se non fossi nemmeno nella stanza. Ho avuto il coraggio di salutarla con la mano, ma non si è mai allontanata da B2, che si è alzata dal letto per prepararlo. In quei minuti il tempo era mio. Potevo fare quello che volevo nel mio angolo della stanza e l'invadente apparecchiatura mi lasciava in pace. Ho imparato a rubare diversi momenti durante la giornata, momenti che avrei usato per me stessa.

. . .

Mi misi in un angolo della stanza sotto l'occhio sempre vigile. Per quanto ne sapeva, stavo ammucchiando il bucato nello scivolo. Schiacciai la schiena contro il muro di cemento dipinto e mi lasciai scivolare sul pavimento. Quando raggiunsi la ceramica bianca, il mio vestito si era sollevato e aveva esposto la parte inferiore della schiena. Non feci nulla per rimediare; il fresco del muro era piacevole sulla mia pelle.

B2 era vicino alla mia - ora nostra - cassettiera, e tolse alcuni indumenti e un set di lenzuola fresche. Era un compito che la telecamera trovava più divertente del tentativo di vedere le mie azioni.

Tirai fuori il pezzo di carta piegato dal davanti del mio vestito. Le mie mani lo lisciarono sul pavimento duro. Frugai in una tasca e tirai fuori una matita accorciata.

Avevo scoperto o ricordato che mi piaceva disegnare. Per me disegnare era naturale come respirare. Ogni giorno lavoravo alla mia illustrazione per qualche minuto. Era un volto che non riuscivo a togliermi dalla mente, anche se non ricordavo di chi fosse. La mia memoria condivideva piccoli frammenti dell'immagine nei miei sogni, un collage di tratti sfocati che non avevano senso. Ho messo in ordine i pezzi di informazione nella mia testa e ho usato quelli più nitidi.

Il sogno più recente mi aveva dato un altro indizio. Il breve flash del volto mi tornò in mente dietro le palpebre chiuse. Le mie palpebre si riaprirono e videro la debole sagoma di una forma ovale tracciata a penna. Capelli e lineamenti indistinguibili mi fissavano dal foglio di carta stropicciato. I dettagli erano approssimativi. Non si capiva se il volto fosse maschile o femminile, giovane o anziano, ma ero decisa a cambiare le cose.

Impugnai la matita e cominciai a lavorare sugli occhi. Erano l'unica cosa che spiccava nel mio sogno. Non ricordavo il colore esatto, ma solo che erano chiari. Ciglia folte e lunghe li incorniciavano e brillavano di felicità. Mi assicurai di catturare l'emozione nel mio schizzo.

Il fruscio dell'attrezzatura video mi interruppe. Si era girata verso la parete il più possibile. Saltai in piedi, piegai il disegno e lo infilai di nuovo nella parte anteriore del vestito.

Tornai al comò per prendere la biancheria pulita. Mentre preparavo il letto, tolsi il disegno e lo infilai sotto il lenzuolo. Mi si rizzarono i capelli sulla nuca, come se un paio di occhi mi guardassero. Avrei voluto voltarmi e rispondere con un'occhiata alla telecamera. Il mio battito accelerò e il mio viso si riscaldò al pensiero. Ho lasciato andare il fiato. "No, non lo farò", sussurrai alla parete di fronte a me.

Il bagno era diventato anche un luogo dove potevo fare quello che volevo. Avevo imparato che potevo stare un giorno senza fare la doccia e usare il tempo per disegnare. Non vedevo l'ora che arrivassero quei giorni. I miei dodici minuti di preparazione in bagno si riducevano a circa due e avevo a disposizione dieci minuti a mio piacimento.

Non passò molto tempo prima che altri dettagli riempissero il mio schizzo, e il volto di un ragazzo emerse sulla carta stropicciata. Le pieghe avevano distorto un pò l'immagine, nonostante la mia attenta piegatura. Purtroppo, non era sufficiente a proteggere il disegno. Aveva solo una settimana e mezza, ma l'usura lo faceva sembrare molto più vecchio.

Studiai i tratti sbavati a penna, le guance piene e gli occhi ridenti, eppure rimase anonimo. Chiusi i miei e mi concentrai sul nero dietro le palpebre, cercando di ottenere un'immagine più chiara nella mia mente. Chi sei?

Suonò la sveglia e fui costretta a ripiegare il disegno ancora una volta e a infilarlo tra i seni. Mi infilai la vestaglia di carta. Con B2 che condivideva la stanza, J ora arrivava dopo la mia doccia mattutina invece che prima.

Una rapida occhiata allo specchio mostrò che non avevo l'aria di aver fatto una doccia calda. Mi passai una spazzola bagnata tra i capelli e mi pizzicai le guance fino a farle arrossare. Mi strofinai i denti con un dito bagnato e feci scorrere intorno alla bocca l'acqua che avevo bevuto dal rubinetto. Mi strinsi l'accappatoio intorno al corpo e uscii dalla stanza appena in tempo.

B2 si sedete al tavolo e io la raggiunsi, con l'immagine del volto del ragazzo ancora in testa.

Quando J entrò nella stanza, non vedevo l'ora di mostrargli la foto. Il mio cuore batteva forte ed ero certa che facesse frusciare sia la vestaglia di carta che il disegno.

"Ho qualcosa da mostrarti", sussurrai con voce un pò tremante mentre J mi preparava il braccio.

"Hmm." Le sue sopracciglia si alzarono, ma non mi guardò.

Il mio braccio destro era appoggiato sul tavolo davanti a me come sempre. Dovevo solo infilare la mano tra le pieghe del mio vestito di carta e tirare fuori il disegno da sotto. Ma temevo che ogni mio movimento avrebbe attirato l'attenzione di chi mi guardava.

"È sotto la mia vestaglia".

J estrasse il cappuccio rosso protettivo dall'ago. Gli scivolò dalle dita e cadde a terra con un leggero colpetto. Ripose la siringa sul suo carrello. "Ops!", disse spostandosi dietro di me. "Ora può toglierla".

Scostai la piega dell'accappatoio e tirai fuori la carta. Fu difficile, ma riuscii a dispiegarlo con una sola mano. Nel frattempo J si posizionò tra me e la telecamera.

"Va bene?", disse.

"Sì".

J tornò al carrello e posò il tappo rosso sul vassoio. Prese la siringa. Strinsi gli occhi quando vidi il secondo ago.

"Sai chi è questo? E perché un altro ago?". Lisciò il foglio contro il mio petto come meglio potei.

J diede un'occhiata al disegno mentre si avvicinava per iniettarmelo. "No". Fu brusco e tornò al lavoro. "E il secondo ago è un altro richiamo". Lo prese e mi punse il braccio.

Mi sfregai le pieghe della fronte mentre le mie spalle crollavano un pò. La speranza che avevo era svanita quando J aveva prestato poca attenzione al mio disegno. Fissai il tavolo davanti a me e ne studiai la superficie. Per la prima volta, vidi delle piccole macchie di grigio che punteggiavano il tavolo bianco. Dall'alto della mia visione, potevo vedere le mani di B2 appoggiate davanti a lei. Un piccolo movimento mi fece alzare un pò gli occhi. Fissai le mani di B2 e ancora una volta il suo dito si mosse. I miei occhi scorsero le sue braccia prima di posarsi sul suo viso.

Gli occhi di B2 si concentrarono sul disegno che avevo ancora premuto sul petto. La sua espressione non era più vuota; i suoi occhi registravano un riconoscimento.

9

SEME

Mi si spalancò la bocca. Il mio sguardo si fissò sul volto di B2. La luce era di nuovo tornata nei suoi occhi e speravo che rimanesse. Le mie labbra si mossero e pronunciai il nome di J, ma nessun suono giunse alle mie orecchie. Forzò l'aria sulle corde vocali. "J", sussurrai.

"Hmm", rispose lui, mentre teneva la testa china sul carrello e preparava le iniezioni per la B2.

"È tornata".

La testa di J si inclinò, dandomi una visione completa del suo profilo mascherato. Fissai il respiratore sul suo volto; il suo respiro amplificato era più forte del solito. Mi concentrai sul suono. Era sempre così? Cercai di ricordare l'eco dell'inspirazione e dell'espirazione del suo respiro. Soppressi l'impulso di girare la testa e guardare la stanza da ogni angolazione. Sto diventando più sveglia? Chiusi gli occhi per un attimo e rifocalizzai i miei pensieri sulla questione immediata.

B2 fissò il foglio che tenevo contro il petto. Socchiuse gli occhi per un attimo, poi riprese il suo sguardo fisso.

Mossi la mano sul foglio e bloccai parte dell'immagine. Gli

occhi di B2 scorsero il mio viso. Ci fissammo a vicenda e poi il suo sguardo tornò al disegno premuto contro di me.

Feci scivolare il pezzo di carta lungo il mio petto finché non si arricciò e viaggiò sul tavolo di fronte a me. Per tutto il tempo B2 lo seguì con gli occhi.

"Credo che lei sappia chi è questo", dissi a J mentre lui infilava la siringa nel braccio di B2.

"Forse", disse J in tono monotono. Il suo respiro era soffocato dal respiratore. Il suono mi irritò.

Guardai la nuca di J. "Non ti interessa che sia sveglia?".

"Certo, ma potrebbe non essere permanente. È inutile farsi illusioni".

Il calore mi salì sul collo e si depositò sulle guance. "È diversa", sibilai.

J si raddrizzò al suono della mia voce. Nonostante la pesantezza del suo abito bianco, potevo percepire la tensione dei suoi muscoli. Sospirò; le sue spalle si arrotondarono mentre si rilassava. "Dagli un pò di tempo, A2. Se i suoi occhi continueranno a registrare la consapevolezza nelle prossime ventiquattro ore, allora potremo procedere". J fece a B2 la seconda iniezione.

"No, questa volta è diverso, lo so. Prima durava solo un paio di secondi, forse minuti. Ma ora..." La mia attenzione tornò a B2. Lei strizzò di nuovo gli occhi mentre manteneva la concentrazione sul disegno che giaceva sul tavolo di fronte a me.

J pulì il suo carrello e si voltò verso di me mentre lo allontanava dal tavolo. "È successa la stessa cosa con te, diverse volte. Anch'io pensavo che ti fossi ripresa, solo per scoprire, pochi minuti o ore dopo, che eri tornata al tuo stato precedente". Spinse il carrello verso la porta. Questa si aprì. "Ventiquattro ore", disse ancora una volta uscendo dalla stanza.

Fissai B2 e ripiegai il disegno con cura. Lei osservò ogni mia mossa mentre lo infilavo nella mia vestaglia di carta. Questa volta è diverso, sussurrai nella mia testa. Mi alzai dal tavolo e spinsi la sedia al suo posto. B2 rimase seduta, con gli occhi puntati davanti a sé.

"È meglio che ti alzi anche tu, prima che se ne accorgano".

B2 si alzò, rimise a posto la sedia e si diresse verso il nostro comò.

La mia biancheria intima e il vestito verde erano stesi sul letto. Mi tolsi la vestaglia dal corpo e mi rivestii prima di andare verso la scrivania. Mi sedetti, presi il mio libro dallo scaffale e lo misi davanti a me. Sentii il lieve fruscio della porta. La telecamera ronzò; aveva seguito B2 fuori dalla stanza e presto avrebbe concentrato la sua attenzione su di me.

Aprii il mio libro di storia. Quanti capitoli avevo fatto finta di leggere? Aprii il cassetto e presi il mio evidenziatore giallo e una matita. Fissai le parole senza leggerle, mentre i miei pensieri turbinavano nella mia testa. La mia mano afferrò l'evidenziatore e scelse frasi e parole per finta. Mi importava poco di quello che studiavo. Sfogliai una pagina. Il movimento del braccio fece spostare un pò il foglio sul davanti del vestito, ricordandomi che era ancora lì.

Altre parole mi bombardarono gli occhi. Cercai di ricentrare l'attenzione, ma non avendo letto nulla prima, le parole non avevano senso.

Evidenziai il testo a caso. Una singola parola attirò la mia attenzione e sembrò saltare fuori dalla pagina. Mi sembrava più grande e più scura di tutte le altre che la circondavano. L'evidenziatore scorreva sulla parola, avanti e indietro. Il giallo brillante la accentuava e la incideva nella mia mente. Chiusi gli occhi. La parola si era impressa. Nel buio dietro le mie palpebre, la macchia giallo brillante si trasformò in una chiazza viola. Al centro c'era la parola "fuga" e brillava.

Non riuscivo a pensare ad altro; quella parola era come un

piccolo seme piantato nel terreno, solo che era un'idea piantata nel mio cervello. Aveva solo bisogno di luce e nutrimento per crescere e trasformarsi in un piano.

Il ronzio segnalava la fine dell'ora di studio. Chiusi gli occhi e scossi la testa al rallentatore. Quando li riaprii, tornarono a concentrarsi sulla parola gialla. Ero così persa nei miei pensieri, cercando di sviluppare un piano; non avevo girato nemmeno una pagina.

Ripulii la scrivania, le mie orecchie si sintonizzarono sul rumore delle porte dietro di me. L'impulso di voltarmi e guardare B2 era quasi irresistibile. Dovevo sapere se era ancora cosciente. E se non lo fosse?

Il cuore mi batteva nelle orecchie al solo pensiero. Continuai a pulire e, una volta finito, mi sedetti sul letto e aspettai che B2 finisse in bagno.

Era difficile stare ferma, difficile impedire ai miei piedi di battere sul pavimento. Mi strinsi le mani in grembo. Quando finalmente la porta del bagno si aprì, saltai dal letto. La telecamera, con il suo occhio sempre vigile, si lamentò del mio movimento improvviso.

Oh no! Mi sono mossa troppo in fretta? Il pensiero mi girava in testa.

B2 si diresse verso il tavolo e prese posto. Io proseguii verso il bagno, con il passo rallentato dalla preoccupazione, e aprii la porta. L'aria calda lasciata dal getto di vapore mi investì. Lo attraversai e chiusi la porta dietro di me. Mi appoggiai allo schienale e chiusi gli occhi. Feci un respiro profondo e lasciai uscire l'aria dalle labbra serrate. A ogni lenta espirazione, il battito del mio cuore rallentava fino a raggiungere un ritmo quasi normale. Mi lavai le mani e uscii dalla stanza. Fissai lo sguardo davanti a me mentre mi spostavo per raggiungere B2 al tavolo. Dovevo fare più attenzione.

La tensione si sciolse dal mio corpo mentre guardavo il cibo davanti a me. B2 mangiava il suo pasto, nello stesso modo in cui lo faceva sempre. I suoi occhi erano puntati sul piatto e aspettai con pazienza che alzasse la testa. Avevo bisogno di guardarli. Speravo solo che quando l'avrei fatto non sarebbe stato il mio riflesso a fissarmi.

B2 continuava a concentrarsi sul cibo. Sembrava affascinata da ogni boccone che prendeva. Masticava molto più lentamente del solito, come se stesse assaporando ogni boccone. Alza lo sguardo, le volevo chiedere. Ma lei negò il mio desiderio.

Mi affrettai a mangiare il mio panino, rendendomi conto che rimaneva intatto nel mio piatto mentre B2 passava alla sua insalata. Prese la forchetta, la ispezionò rapidamente e la tuffò nella ciotola di verdure. Io assecondai ogni suo morso, mantenendo l'attenzione sul suo viso. Non avevo intenzione di distogliere lo sguardo e perdermi quello che stavo aspettando e che speravo di vedere.

Le labbra di B2 brillavano per il condimento e lei ci passò sopra la punta della lingua rosa. Prese la mela e la girò prima di affondarla tra i denti. Lo scricchiolio risuonò nella stanza. Io seguii l'esempio, anche se il mio morso era molto più piccolo. Il succo di mela scorreva lungo il mento di B2 mentre masticava. Con le dita si è avvicinata alla bocca. Il granello marrone atterrò con un tintinnio nel suo piatto. B2 continuò a mangiare. La sua gola si muoveva su e giù mentre inghiottiva il pezzo di mela polverizzato.

"Seme", disse, e mi guardò negli occhi.

10

SPERANZA

Ho avuto un sussulto e per poco non mi è caduta la mela. L'improvvisa inspirazione ha mandato giù una piccola quantità di succo nella direzione sbagliata e ho tossito.

"Non parlare", dissi con voce impaurita e graffiante.

Gli occhi di B2 si restrinsero e le sue labbra si schiusero.

"E non guardarmi così. Abbassa lo sguardo sul cibo o guarda dritto davanti a te. Hai capito?"

La bocca di B2 si aprì e io trattenni il respiro. La paura sostituì il panico al pensiero che parlasse di nuovo. I suoi occhi passarono oltre il mio viso e fissarono il muro dietro di me. Portò la mela alla bocca e diede un altro morso.

"Ci stanno osservando", dissi tra un morso e l'altro. B2 continuò a masticare e a fissarmi oltre, attraverso di me. "B2?" Mi si strinse il petto. Se n'è andata di nuovo?

Gli occhi di B2 vagarono verso il mio viso e poi di nuovo verso il suo piatto. Prese un altro boccone. "Sì", balbettò mentre masticava, con gli occhi puntati sul tavolo di fronte a lei.

Un forte respiro mi sfuggì dalle labbra. Il mio corpo tremava per l'eccitazione. Avevo così tante cose da dirle, ma non sapevo da dove cominciare. "Spero che tu capisca tutto quello che sto dicendo", cominciai. Presi un altro boccone e masticai finché non rimase nulla. La sua dolcezza mi scorreva in gola. A ogni pasto il cibo aveva un sapore migliore e volevo godermi ogni momento. B2 stava guardando il suo pezzo di frutta. "C'è una telecamera dietro di me. Guarda tutto quello che facciamo". Guardai B2 e cercai un segno di comprensione. Teneva la mela mezza mangiata nella mano destra, mentre la sinistra era appoggiata sul tavolo accanto al vassoio. I suoi occhi erano concentrati sul frutto. Arricciai le dita in un pugno. Mi chinai in avanti; il bordo del tavolo toccava la mia parte superiore del corpo. Mi venne un'idea.

"Se mi capisci, alza lentamente un dito della mano sinistra". Mi sedetti. Il mio sguardo si concentrò sulle sue dita. La punta della lingua mi passava sulle labbra. Alla fine alzò l'indice e io sorrisi. "Puoi parlare quando dai le spalle alla telecamera. Pensano che siamo muti. Non c'è un microfono, quindi non possono sentirci. Hai capito?". Qualche istante dopo il dito di B2 si alzò di nuovo.

Continuammo la nostra conversazione. Abbiamo mangiato, io ho spiegato ciò che sapevo o ricordavo e B2 ha alzato il dito in segno di comprensione. Non ho menzionato la questione della sorella e non l'avrei fatto finché non ne fossi stato certa. Mentre ripulivamo i nostri vassoi e li mettevamo nel montavivande, potevo solo sperare che avesse capito davvero.

B2 si diresse verso la nostra scrivania e si preparò per la sua ora di studio, mentre io mi vestii per la palestra. La recita non era ancora diventata più facile.

Mi avvicinai alla porta e questa si aprì. Il corridoio vuoto mi confuse. J non mi aspettava dall'altra parte. Sentii un piccolo sussulto nel petto. Era sempre stato lì per accompagnarmi, o almeno da quando mi ricordavo.

Girai a sinistra uscendo dalla mia stanza e mi avviai lungo il corridoio. Ogni porta mi invogliava a fermarmi. Era forte il desiderio di accostare l'orecchio ai pannelli scorrevoli e ascoltare la vita dall'altra parte. Se solo le telecamere non stessero guardando. I miei occhi si avvicinarono all'apparecchiatura ficcanaso puntata nella mia direzione e socchiusi gli occhi. Rimase immobile, con l'occhio rosso e luminoso spento. Il mio battito accelerò. Anche l'altro dietro di me era così?

Le luci sopraelevate tremolarono e io rimasi immobile. Che cosa sta succedendo? Feci un respiro profondo e tornai indietro. Mentre mi muovevo, ascoltavo il familiare fruscio della telecamera. Una quiete inquietante avvolgeva il corridoio. Il ronzio intermittente delle luci e i miei respiri accelerati erano gli unici suoni.

L'apparecchiatura che fissavo era priva di vita come le altre. Colsi l'occasione e appoggiai l'orecchio alla prima porta che vidi, ma non sentii nulla. Attraversai il corridoio fino alla porta successiva, ma ancora una volta sentii solo silenzio. Mi spostai di nuovo al centro del corridoio; le luci in alto tremolarono. Dopo qualche secondo di esitazione, i miei piedi mi riportarono indietro e mi consegnarono di nuovo alla prima porta. Agitai la mano davanti al pannello d'ingresso e trattenni il respiro. I secondi passarono, ma non accadde nulla.

Sospirai e mi voltai. Chiusi gli occhi e scossi la testa per la mia stupidità. Il suono familiare di una porta che si apriva interruppe il mio auto-castigo. Mi voltai verso una porta aperta ed entrai nella strana stanza.

La luce si accese quando entrai nell'appartamento buio. L'interno era luminoso e sterile come la mia stanza. Un letto, privo di lenzuola e coperte, si appoggiava alla parete bianca e vuota. Alla sua testa si trovava una cassettiera bianca e ai suoi piedi una scrivania.

Mi diressi verso la cassettiera, ma mi fermai dopo un paio di passi. Strinsi i pugni sui fianchi e feci un respiro profondo per raccogliere i miei nervi. Le mie viscere tremavano. Mi voltai e guardai verso l'angolo opposto. Il sistema di sorveglianza era simile a quello della mia stanza. Ma come le due telecamere nel corridoio, anch'esso era immobile e buio. Il mio battito rallentò e mi rilassai. Raggiunsi il comò e trattenni il respiro. Aprii il primo cassetto e poi il successivo. Ognuno di essi era vuoto come la stanza e la mia speranza di trovare qualcosa, qualsiasi cosa, evaporò. Quando aprii l'ultimo cassetto, la delusione sostituì l'ottimismo.

Mi avvicinai al bagno. Nonostante la sensazione di non trovare nulla, una piccola scintilla di speranza si accese. La stanza vuota spense tutto ciò che rimaneva di quella scintilla.

I piedi pesanti mi portarono fuori dall'appartamento e di nuovo nel corridoio. Girai la testa in tempo per vedere le luci spegnersi. La porta si chiuse dietro di me.

Dall'altra parte del corridoio c'era la seconda porta. Potrei anche farlo, pensai tra me e me. Un rapido sguardo alle telecamere ai lati mi fece capire che erano rimaste ferme. Le luci in alto si accesero e io attraversai il corridoio.

Misi la mano sul pannello. Come nella prima stanza, ci fu un'esitazione prima che le porte si aprissero su un altro spazio buio. Il mio cuore affondò ulteriormente. Una rapida ispezione dell'area rivelò che anch'essa era vuota e sembrava non aver mai ospitato nessuno.

Io e B2 eravamo le uniche qui? Era per questo che dividevamo la stanza? La porta si chiuse alle mie spalle e io entrai nel mezzo del corridoio, rimanendo immobile. Per un attimo rimasi incerta sui miei prossimi passi, ma i miei piedi mi fecero avanzare prima ancora che la mia mente potesse pensare.

Girai l'angolo alla mia destra ed entrai in un corridoio più luminoso e ronzante. Il suono dei sistemi di sorveglianza attivi indicava che il corridoio era piuttosto vivo. Mi avvicinai alla porta di vetro in fondo. Il cuore mi batteva forte. Sentii voci irriconoscibili riecheggiare dal corridoio che avevo lasciato.

"Sembra che ci sia solo questa sezione, signore". Disse la voce dietro di me.

Rallentai il passo mentre le mie orecchie si tendevano. Dopo una lunga pausa, sentii di nuovo la voce.

"Sì, signore. Il corridoio è libero". Un'altra pausa. "No, signore. Aspetti". Il mio cuore e il mio passo si accelerarono al rumore dei passi in avvicinamento.

"Sì, signore. Soggetto in vista, signore". Un'altra pausa.

Raggiunsi la porta di vetro e misi la mano sulla maniglia.

"Sta per entrare nella sala di simulazione, signore".

Ho aperto la porta.

"Sì, signore..."

La porta si chiuse dietro di me, escludendo il resto della conversazione. Dov'è J? Mi sono chiesta mentre entravo nella foresta.

11

DISPERARSI

IL PENSIERO di J e della sua assenza mi erano passati per la testa mentre completavo il mio allenamento a circuito. Speravo che mi aspettasse per accompagnarmi in camera, ma come prima, camminai da sola.

Il corridoio fuori dalla mia stanza era tornato alla normalità. Le luci sopraelevate ronzavano ed emettevano un bagliore costante. Gli occhi rossi, sempre vigili, si lamentavano e si assicuravano di cogliere ogni mia mossa.

B2 era seduta sul suo letto con un libro in mano. Stava leggendo La tela di Carlotta, anche se sembrava troppo vecchia per farlo. Quanti anni abbiamo? Era un pensiero nuovo, che non mi era mai passato per la testa.

Entrai in bagno. Il mio corpo si abbandonò alla libertà che avevo per i quindici minuti successivi. Mi sfregai la fronte pensando che la domanda sulle nostre età non poteva essere ignorata.

B2 era più giovane, anche se non di molto, al massimo di un paio d'anni. Fissai il mio viso nello specchio, avvicinandomi per guardarlo meglio. Da quanto tempo eravamo qui? Quando siamo venute qui? La mia carta d'identità mi balenò davanti agli occhi. Mi battei la fronte mentre pensavo alle lettere e ai numeri. Significa qualcosa? Credevo che la A all'inizio indicasse l'iniziale del mio nome, April, ma il resto rimaneva un mistero.

Mi spogliai. Mi passò per la testa il numero della mia carta d'identità. A20100315L, la A stava per April. Ripetei di nuovo i numeri. "Venti, dieci, zero, tre quindici", dissi ad alta voce. Un indirizzo? Scossi la testa ed entrai nel vetro che circondava la doccia, mentre l'acqua calda mi scendeva sulla testa. "Venti, dieci, zero tre, quindici", cantai. "Venti-dieci, zero-tre, quindici". I numeri mi scorrevano nella mente e uscivano dalla bocca. Rovesciai la testa all'indietro e lasciai che l'acqua mi scorresse sul viso. Recitai i numeri nella mia testa.

"Venti-dieci". Si sentì un suono familiare. "Ventidieci", ripetei. Battei le mani per l'eccitazione quando mi venne in mente. Ventidieci, duemiladieci: era l'anno in cui ero nata. Il resto dei numeri andò al suo posto. Zero tre, quindici - quindici marzo, i numeri segnavano il mese e il giorno. L'acqua gocciolava e io uscii dalla doccia quando si fermò del tutto. L'aria calda soffiava intorno a me. Le gocce d'acqua evaporarono. Mi passai le dita tra i capelli e districai il disordine dell'asciugatura. La mia data di nascita mi girava in testa.

E la L? Misi in dubbio l'ultima parte del mio documento d'identità. Io e B2 avevamo una L alla fine della nostra identificazione. Se siamo sorelle... "La L deve essere l'iniziale del nostro cognome", sussurrai. Ma non riuscivo a ricordare quale fosse.

Finii in fretta e furia e mi lasciai alle spalle l'intimità del bagno, uscendo nuda dalla stanza. La mia unica protezione era costituita dagli abiti da fitness che tenevo davanti a me.

B2 si sedette in silenzio sul suo letto, assorta nel suo libro, o almeno fingeva di esserlo. Depositai i vestiti nello scivolo della lavanderia e tornai verso la cassettiera.

Mi vestii in fretta, tirandomi il vestito sopra la testa e facendo attenzione che il disegno infilato dentro non cadesse. Una volta vestita, mi diressi verso la scrivania. Fissai il piccolo assortimento di libri sullo scaffale. Ogni poche settimane i volumi venivano cambiati. C'era una collezione casuale che di solito comprendeva libri di diversi generi.

Le mie dita si muovevano sui dorsi mentre leggevo i titoli. Mi soffermai su un libro in particolare che suscitava il mio interesse. Non fu il titolo ad attirare la mia attenzione, ma l'angolo di un pezzo di carta che sporgeva dalle pagine. Presi il romanzo blu con le scritte in oro dallo scaffale e tornai al mio letto. Mi sedetti e mi appoggiai con la schiena alla parete. Avvicinai le gambe al petto e appoggiai il libro sulle cosce. Lo aprii fino al punto in cui il pezzo di carta si annidava tra le pagine e lo dispiegai. La macchina fotografica ronzava e speravo che non vedesse quello che stavo facendo.

Ciao - i miei occhi si posarono su quella parola prima di passare alle altre.

Non ricordo il mio nome - la calligrafia era piccola e ordinata.

Ti conosco? - Ci volle tutto quello che avevo per non guardare B2.

Ho visto il ragazzo della foto. Voglio dire, credo di averlo visto... forse... Le mie sopracciglia si alzarono.

Che posto è questo? Perché siamo qui? Chi ci sta osservando? Perché dobbiamo comportarci come se fossimo dei robot? - Le sue domande riempivano la pagina. Ad alcune potevo rispondere, ma la maggior parte erano uguali alle mie.

Da quanto tempo siamo qui? Non ricordo molto - niente - prima di oggi. Mi sembra di essermi appena svegliata da un sonno lunghissimo. Credo che andrò fuori di testa - A quelle parole, alzai per un attimo lo sguardo dal mio libro e guardai B2. Sembrava rapita dal suo libro. Ma sapevo per esperienza che la sua mente si arrovellava con le sue domande. Probabilmente non stava leggendo proprio nulla.

Tornai al giornale e alle poche domande rimaste.

Come ti chiami? Perché ci sono gli aghi? Usciremo da qui? - Spero di sì, sussurrai nella mia testa.

Feci scivolare il foglio dal libro e mi misi a pancia in giù, poi girai la pagina. Piegai il foglio con una mano finché non fu abbastanza piccolo da entrare nel mio pugno. Lo tenni stretto fino alla fine della lettura. Quando mi alzai dal letto, riuscii a infilarla sul davanti del mio vestito. Era appoggiato accanto al mio disegno.

A cena, tra un boccone e l'altro, risposi a tutte le domande di B2. Il suo volto mostrava comprensione mentre fissava il vuoto. Aveva perfezionato la sua finta espressione vuota. A volte il suo naso si arricciava per una delle mie risposte. L'azione mi portava a pensare che non fosse soddisfacente e che probabilmente la lasciava con altre domande. Feci del mio meglio, date le circostanze, ma non potevo aspettare il mattino e J. Gli avrei chiesto di spiegarmi meglio. Il mio battito accelerò un pò al pensiero di lui. Sarà contento quando vedrà che B2 è consapevole, sorrisi.

Arrivò l'ora di andare a letto. Cercai di dormire, ma ogni volta che chiudevo gli occhi vedevo solo le domande di B2 che fluttuavano dietro le mie palpebre. Fissai il buio finché le palpebre non si chiusero e il sonno cancellò le parole danzanti.

Una luce intensa proveniente dall'alto mi accecò. Mi sono girata sul fianco destro e ho sbattuto le palpebre. Un ampio sbadiglio si impadronì del mio viso e gli occhi mi lacrimarono. Mi asciugai la macchia in tempo per vedere B2 che si dirigeva verso il bagno. Mi alzai a sedere e mi stiracchiai, impaziente di iniziare la giornata, impaziente che J arrivasse.

Ci sedemmo al tavolo; B2 mi fissava, mentre io aspettavo il

semaforo rosso. Parlai poco, dicendole solo che sentivo che potevamo fidarci di J e che ci avrebbe detto tutto quello che poteva.

La luce rossa si accese e il mio battito accelerò; le mie dita si agitarono per l'eccitazione. Il carrello passò attraverso la porta aperta; il suo contenuto tintinnò quando entrò nella stanza. I miei occhi si sono allargati mentre li osservavo al rallentatore. Mani blu, sconosciute e guantate, afferrarono la maniglia che spingeva il carrello in avanti. J ha cambiato il colore dei guanti? I suoi sono sempre bianchi. Abbassai lo sguardo sul mio petto mentre il mio cuore batteva forte. Il bordo della vestaglia bianca di carta svolazzava a ogni battito. Il carrello ha rumoreggiato e si è avvicinato al tavolo. Occhi blu sconosciuti mi fissarono da dietro gli occhiali e la maschera. Guardai oltre l'estraneo. Non potevo fare altro che aspettare che l'ago si conficcasse nella mia carne.

"Forza, alzati! Alzati!" Una voce strana e frettolosa mi chiamò all'orecchio. Il mio corpo intorpidito fu spinto in avanti e i miei occhi si aprirono. Una luce bianca e blu lampeggiava nel buio.

"Che succede?" Balbettai. Era come se la mia lingua fosse cresciuta e non entrasse più nella mia bocca. La bava si accumulava agli angoli delle mie labbra fino a traboccare e la saliva calda e appiccicosa mi colava sul mento.

"Dobbiamo andarcene". Mi tirò il braccio, il mio corpo lo seguì e mi misi a sedere con i piedi appoggiati sul pavimento. Il formicolio mi salì dalle dita dei piedi fino a raggiungere la sommità della testa e si dissipò.

"Don unnastan". Impegnai la mia lingua a funzionare. "Non... capisco", ripetei con grande sforzo. I miei occhi si chiusero, stanchi per lo sforzo di pronunciare quelle poche parole.

"Guardami!" La voce comandò. Un peso mi schiacciò le spalle e il mio corpo tremò. Le mie palpebre si riaprirono.

L'uomo dal mantello bianco si inginocchiò davanti a me. Mi liberò le spalle e fece brillare verso di sé la luce azzurra. Mi concentrai sulla luce e il mio cervello finalmente registrò che proveniva da una torcia elettrica. Il mio sguardo risalì il braccio bianco e si posò su un volto mascherato. Gli occhiali dell'uomo catturavano un po' del bagliore della luce. Socchiusi gli occhi e cercai di vedere dietro la maschera. Girò un pò la testa e intravidi degli occhi scuri e familiari. La luce tremò; la mia attenzione tornò alla sua mano tremante e poi al suo volto coperto. I suoi occhi erano familiari, ma a malapena. La pelle gonfia e multicolore che li circondava li rendeva difficili da vedere.

Mi cadde la mascella. "J?"

Annuì.

"Cosa è successo..." Strinsi le palpebre e feci la linguaccia. "Che cosa è successo?".

"Dobbiamo andare". Si alzò in piedi con un movimento che sembrava doloroso. Emise un piccolo gemito che confermò il mio sospetto.

"Che succede?" Dissi mentre mi alzavo sulle gambe tremanti.

"Non c'è tempo per questo adesso". Mi afferrò la mano e tirò.

"Non mi muovo - dimmi". Le mie parole uscirono un pò rozze, ma abbastanza buone da essere comprese.

"È andato tutto a rotoli". J mi strinse di nuovo la mano mentre si girava.

"Cosa?" Alzai lo sguardo verso la telecamera nella stanza. I miei pensieri divennero chiari. L'occhio rosso non brillava più.

"Tutto". Tirò più forte e io seguii di qualche passo, ma mi fermai. Non mi stava tirando in direzione della porta.

"Dove mi stai portando?" Chiesi. La mia voce e le mie parole erano diventate più forti. Mi staccai dalla mano di J. e piegai le braccia.

"Non puoi uscire dalla porta". Lui allungò la mano, mi afferrò e mi tirò verso lo scivolo della lavanderia. La porta si aprì con un suono forte e arioso. "Sali".

Ho sussultato. "No!" Il mio cuore batteva forte. "Il fondo cade fuori".

"Non è così. È più simile a un ascensore. Ora sali. Ci vediamo in fondo".

Un ascensore? Non riuscivo a capire cosa fosse. Nella mia testa vorticavano pensieri di panico. Cercai di allontanarmi, ma la sua presa si era fatta più salda. Mi alzai per asciugarmi le perle di sudore dal viso.

"B2!" Gridai. "Non puoi lasciarla indietro".

"Non preoccuparti per lei". Mi avvicinò all'apertura.

"No, no, è cosciente. Parla".

La sua presa si allentò e si spostò dietro di me. "Devi entrare". Mi spinse in avanti. Cercai di irrigidire le gambe, ma erano ancora troppo deboli.

"No, B2!" Appoggiai le braccia alla parete ai lati dell'apertura. "B2!" Urlai. Una punta acuminata mi entrò nella spalla. "Cosa fai?", farfugliai.

"Mi dispiace, non abbiamo tempo".

Le mie gambe cedettero e calò il buio.

12

DOLCI SUONI

I MIEI OCCHI si aprirono al buio e fissai l'oscurità. Non avevo pensieri né ricordi. La mia mente era vuota come un foglio di carta pulito. Sbattei le palpebre e aspettai che qualcosa tornasse.

All'inizio fu lento, come le prime parole digitate in un messaggio. Le informazioni arrivarono a sprazzi, poi cominciarono a crescere e la pagina bianca della mia mente si riempì di pensieri.

Strinsi le palpebre e passai la mano sulla superficie sotto di me. Non era il solito materasso morbido su cui mi coricavo ogni notte, ma qualcosa di molto diverso: spugnoso. Le mie mani e i miei polpastrelli indagarono sul materiale. Premettero e sfregarono mentre la mia mente cercava un riconoscimento. Dopo un attimo, si avventurarono oltre il bordo e trovarono una superficie molto più ruvida e dura. Sono forse sdraiata su un pavimento? Riaprii gli occhi al buio.

L'esplorazione della superficie misteriosa continuò, mentre cercavo di capire cosa toccassero le mie mani. Allungai il braccio. Un improvviso dolore sordo alla spalla mi inondò il cervello con il ricordo di voci e grida. La mia voce aveva chiamato B2, J aveva risposto, un colpo secco e poi l'oscurità che era seguita. I ricordi tornarono e invasero non solo la mia mente, ma tutto il mio essere. Dove sono?

Perle di sudore si formarono sulla mia fronte. La paura avvolgeva il mio corpo. Volevo alzarmi di scatto da dove ero sdraiata, ma non riuscivo più a muovermi: il panico mi bloccava. Il battito del mio cuore risuonava nelle mie orecchie. La mia bocca si aprì e pensai che stavo per urlare, ma una voce tranquilla parlò invece. "B2", sussurrai.

Un gemito sommesso mi giunse all'orecchio; scossi la testa verso il lato destro. Ansimai e, mentre l'aria mi passava tra le labbra, il mio cuore rallentò. Avevo solo immaginato il suono?

Mi concentrai molto. Le mie orecchie si sforzarono di sentire qualsiasi rumore, qualsiasi suono che potesse soffocare il mio cuore che batteva e i miei pensieri che correvano. Un altro gemito stanco riecheggiò nel buio, seguito da un distinto fruscio. Rabbrividii e mi raggomitolai in una palla, avvolgendomi le braccia intorno alla testa.

"Chi... chi c'è?". Sussurrai con voce tremante.

La risposta fu un leggero russare.

Mi distesi e scoprii la testa. "B2? Sei tu? B2, svegliati".

Altri fruscii, ero certa di non essere sola. Feci un respiro profondo e allungai il braccio. Il dolore sordo tornò di nuovo alla spalla. Lo stomaco mi si annodò quando le mie dita toccarono un'altra superficie simile a una spugna. Spinsi verso il basso e le dita affondarono un pò.

"B2!" La chiamai di nuovo.

Ci fu un altro gemito e poi, dopo un attimo di silenzio, una parola piena di sonno.

"Cosa?", sussurrò una voce irritata.

Chiusi gli occhi e permisi al mio corpo di rilassarsi sulla superficie ammortizzata. "Sei tu? Sei B2, vero?". Per un attimo non ne fui sicura. B2 aveva pronunciato poche parole prima di allora. La sua voce non mi era familiare e, dato che stava ancora prendendo coscienza, non ero certa che avesse capito qualcosa.

"Sì. Sono io", balbettò il maggior numero di parole che le avevo sentito pronunciare in una sola volta.

"Stai bene?"

"Credo di sì".

Mi girai sul fianco destro e mi misi di fronte alla sua voce; la spalla dolorante mi riportò alla mente il ricordo dell'ago che mi pungeva. Spostai un pò il peso finché il dolore non si attenuò.

"Pensavo che non fossimo..." fece una pausa, "autorizzate a parlare". Finì. La sua voce stanca ed esitante fendeva il buio.

Scrutai l'oscurità alla ricerca di un occhio rosso. Dopo alcuni secondi, sospirai. "Credo che ora vada bene".

"Perché?"

"Non lo so. Non credo che siamo più nello stesso posto. Ti ricordi qualcosa?".

Lei si mosse e io aspettai nel buio silenzioso la sua risposta. Dopo un pò parlò. "Sì e n-no... ricordo...", fece una pausa, "ricordo... l'immagine e...".

"Chi è?" La interruppi.

"Non lo so... pensavo di saperlo, ma ora...".

La mia speranza si trasformò in delusione. "Che altro?"

"Cose diverse... non hanno senso".

Annuii. Da quando mi ero svegliata mi passavano per la testa più pensieri e ricordi di prima e anche per me nulla aveva senso. "Hai sempre fatto così?". Dissi.

"Cosa?"

"Balbettare".

Ci fu un'altra lunga pausa prima che B2 parlasse di nuovo. "Non so... credo di sì. Perché?"

Scrollai la spalla sinistra; il braccio destro era appoggiato sotto la testa come cuscino. "Mi chiedevo solo. Mi chiamo April". L'introduzione mi uscì dalle labbra come se l'avessi già detta molte volte. Certo, ero sicura di averlo fatto, ma per il momento non lo ricordavo.

"Io sono..." fece una pausa. "Non lo so". Sembrava un pò frustrata.

"Anch'io all'inizio non ricordavo il mio nome, almeno finché non l'ho sognato".

"Forse dovrei tornare a dormire". Parlò senza pause, le prime da quando si era svegliata.

"Potrebbe essere d'aiuto. Comunque, so già che inizia con la lettera B".

"Davvero?" La voce di lei si è acuita.

"Sì, l'ho capito prima...". Stavo per dire "prima di lasciare il C.E.C.I.L.", ma non ero sicura che non fossimo ancora lì. "Al C.E.C.I.L. il tuo ID inizia con l'iniziale del tuo nome e finisce con l'iniziale del tuo cognome. I numeri in mezzo sono la tua data di nascita". Sorrisi pensando al mio ragionamento. Ma il dubbio lo cancellò in pochi secondi dopo aver raccontato la mia idea a qualcun altro. "Almeno, credo che sia così. Comunque", allontanai il dubbio e lo sostituii con la fiducia in me stessa. "Abbiamo entrambe la stessa iniziale di cognome, L, e J ha detto che siamo sorelle. Lo sapevi?".

Ancora una volta ci fu silenzio prima che B2 parlasse: "Mi ricordo che l'aveva detto". Sembrava che stesse sorridendo. "Sei sicura che stia dicendo la verità?".

Ho sorriso. "Sì".

"Dov'è?"

Il mio sorriso scomparve; tornò il ricordo di lui che mi trascinava verso lo scivolo della lavanderia. "Non lo so", sbottai.

"Cosa c'è che non va?" La voce di B2 risuonò.

Sospirò. "Credo che ci abbia portato qui, ma non so perché". Mi rotolai sulla schiena e fissai il buio. "Mi sento più in trappola di prima".

"Cos'è il C.E.C.I.L.?".

"È sia un cosa che un chi".

"Eh?"

Rotolai di nuovo sul fianco, ignorando la protesta della mia spalla, e appoggiai la testa sulla mano. "C.E.C.I.L. - Centro di Eradicazione del Contagio per la Vita Intelligente. Cecil - il tizio che l'ha inventato, o che l'ha ideato, o quello che è".

"Un pò... v-vanitoso... non è vero?".

"Ah", risi, "Sì, e direi anche molto vanitoso".

"A che cosa serve?".

"Non lo so, ma non può essere positivo. Contagio significa...".

"Malattia".

Alzai le sopracciglia. Avevo ancora difficoltà a ricordare quella strana parola, ma B2 non sembrava avere problemi. "Sì. E sradicamento...".

"Sbarazzarsi di, d-distruggere", mi interruppe di nuovo B2.

"Perché me l'hai chiesto se l'avevi già capito?". Mi premetti i polpastrelli della mano libera sulla fronte.

"Mi è venuto in mente".

"Devi essere intelligente".

"Anche tu."

"Non lo so. Forse un pò".

"No, molto. Hai capito la cosa dell'identificazione".

"Non è stato difficile".

"Diciamo che siamo entrambe intelligenti". Ci fu un silenzio imbarazzante per un momento, poi B2 continuò. "Centro per la vita intelligente", disse. "Non saremmo lì se...".

"Se non fossimo intelligenti". Era il mio turno di interrompere.

Rimanemmo al buio, in un facile silenzio tra noi. La mia mente lavorava alla rivisitazione dei ricordi, vecchi e nuovi, e li metteva in ordine cronologico. Il russare sommesso di B2 mi fece sorridere. Le mie palpebre si fecero pesanti e, nonostante i miei tentativi di rimanere sveglia, mi addormentai.

Qualche istante o qualche ora dopo, non si sa bene quale, i

miei occhi si aprirono di scatto nella stanza buia. Allungai le braccia sopra la testa, ma un forte pizzico alla spalla me le fece riabbassare sul fianco. Le mie mani, con fare assente, toccarono la superficie imbottita sotto di me. Feci rotolare i pezzetti di materiale morbido tra le dita e li lasciai cadere sul pavimento. I respiri tranquilli e regolari di B2 mi cullarono in uno stato di rilassamento. Le mie braccia e le mie gambe si fecero pesanti e affondarono ulteriormente nel cuscino sotto di me. Stavo per cadere nell'incoscienza, ma un basso gemito mi riportò indietro. Il suono di un lenzuolo frusciante e di uno schiocco di labbra disturbò il buio silenzioso che mi circondava. "B2!" Sussurrai. "Sei sveglia?" Girai la testa a destra e fissai il punto in cui la immaginavo distesa accanto a me.

Gemette di nuovo, un pò più forte di prima.

"È un sì?".

"Hmmm!", borbottò. "Mi stavo divertendo...".

"Sh!" Mi misi un dito sulle labbra, anche se sapevo che B2 non poteva vedere il mio gesto. Girai la testa e fissai il buio sopra di me.

"Cosa?", sussurrò lei.

"Lo senti?" I miei pensieri erano confusi e incerti. Mi concentrai sul silenzio. Sto sentendo qualcosa?

"Non sento nulla. Fammi tornare a dormire". B2 balbettò con voce un pò irritata. Mi immaginavo che incrociasse le braccia e battesse i piedi. Gli angoli delle mie labbra si stirarono in un sorriso, ma fu fugace mentre la mia attenzione tornava al suono che ero sicura di aver sentito. La piega della mia fronte si approfondì.

Alzai gli occhi. "Ascolta!" Le mie parole erano taglienti. Chiusi le palpebre e inspirai, trattenni l'aria e poi la lasciai uscire attraverso le labbra serrate. "Sembrava..." Cercai nella mia memoria il suono che ero sicura le mie orecchie avessero percepito nel buio, "come di pioggia". L'oscurità si chiuse intorno a noi e attendemmo in silenzio un suono che non sentivamo da... Quanto tempo era passato? Mesi, anni?

"Cosa..."

"Sh!" Misi a tacere B2 ancora una volta. Lei si spostò accanto a me. Anche al buio, capii che era rotolata via.

Infine, si sentì un delicato picchiettio sopra la testa. All'inizio si trattava di qualche battito leggero, un insieme casuale di colpetti. Nel giro di pochi secondi si stabilizzò in uno schema ritmico. Ero sicura che fosse pioggia.

"Lo sapevo. È la pioggia". Sorrisi e mi misi a sedere, con le mani dietro di me come sostegno. La mia gioia non durò a lungo. Dove diavolo siamo? Le mie sopracciglia si sono aggrottate e il mio sorriso si è trasformato in una smorfia.

"Pioggia?" La voce di B2 sussurrò. Lei si spostò di nuovo; la sua mano sfiorò il dorso della mia mentre si sedeva accanto a me.

Cercai nella mia memoria l'ultima volta che avevo visto la pioggia. Mi tornarono alla mente le visioni del mio strano sogno dell'erba secca. C'era una strana sensazione, quasi una comprensione, che fosse passato molto tempo. Se avessi saputo da quanto tempo eravamo al C.E.C.I.L., ne avrei avuto un'idea, ma i miei ricordi erano ancora nebbiosi.

In quel momento non c'era nient'altro che desiderassi di più che vedere la pioggia, sentirla scorrere sulla mia testa e sul mio viso mentre cadeva dal cielo. La mia mente cercò di riordinare i ricordi che ero riuscita a evocare. Purtroppo non erano chiari e non riuscivo a raccogliere dettagli precisi.

Il sogno interruppe i miei pensieri e portò con sé visioni di erba fresca, morbida e verde. Mi sono goduta il ricordo. L'erba vera sotto i miei piedi nudi, le dita dei piedi si arricciavano al pensiero. Quasi nello stesso istante, l'erba si trasformò in fili marroni e affilati. L'Astroturf del C.E.C.I.L. mi balenò nella mente. L'erba, anche quella era una cosa che desideravo, anche quella marrone e croccante.

"Cosa vuol dire "pioggia"?". B2 sussurrò con tono impaziente. Le sue parole mi riportarono alla realtà.

"Non ti ricordi della pioggia?" Con l'aiuto di una debole fonte di luce, forme e ombre cominciarono a formarsi mentre i miei occhi si adattavano al buio. La luce mise in risalto la figura in ombra di B2, seduta accanto a me.

"So cos'è la pioggia". Ancora una volta B2 non fece nulla per non mostrare la sua impazienza. Ci fu una lunga pausa mentre ascoltavamo il ritmo del tamburo. "Non riesco a ricordare quando l'ho vista l'ultima volta". Il suo tono si ammorbidì e divenne più malinconico.

Rimanemmo in silenzio, ognuna persa nei propri pensieri e nei propri ricordi. "Ho cercato di ricordare, ma...". Sospirai: "Non ci riesco", ammisi.

Tap, tap, tap.

"Vorrei poter ricordare", sussurrò B2 a voce così bassa che dovetti tendere le orecchie per sentire quello che diceva.

Tap, tap, tap

"Lo ricorderai. Entrambi ricorderemo tutto". Volevo credere alle mie parole, ma mentre mi uscivano dalle labbra mi chiedevo se sarebbe mai stato possibile.

Rimanemmo sedute e ascoltammo il suono rilassante della pioggia che batteva sul tetto. Le mie palpebre pesanti si chiusero per un attimo e sbadigliai.

"Il suono mi fa venire sonno". B2 ricambiò lo sbadiglio. La sua voce mi fece aprire gli occhi e il mio cuore corse come se mi avesse svegliato dal sonno.

"Anch'io".

"Dove siamo?"

Scossi la testa. "Non ne ho idea".

"Pensi che siamo ancora al C.E.C.I.L. ma forse da qualche altra parte?".

Mi concentrai e mi costrinsi a ricordare. Dobbiamo partire,

sussurrò la voce di J. Scossi la testa. "No. All'inizio lo pensavo. Ma no, siamo da un'altra parte".

"Come fai a saperlo?".

"Perché J ha detto che ce ne stavamo andando".

"Ma forse non è così. Forse ti ha detto solo questo. Forse..."

"No!" Ho interrotto B2 a metà frase. "J ha detto che ce ne stavamo andando". Le mie mani si strinsero in grembo.

"Ma..."

"Basta! Tu non conosci J come lo conosco io. Mi fido di lui... Io...". La mia voce vacillò quando ricordai che mi aveva spinto verso lo scivolo della lavanderia. Gli occhi mi si strinsero al ricordo della mia voce che chiamava B2. L'aveva portata, non aveva abbandonato B2.

"Allora dov'è?".

"Non lo so", sussurrai. Il mio atteggiamento si dissolse con le sue parole. "Arriverà presto". Mi morsi il labbro. Speravo di avere ragione.

La stanza buia era diversa. Non era sterile come la nostra stanza. Mi riempii i polmoni. L'aria calda e stantia filtrò attraverso le mie narici. Rimasero tracce di odori familiari e sconosciuti. Come qualcosa che il mio naso conosceva, ma che la mia memoria non riusciva a percepire. Le mie palpebre sbatterono. "Sono stanca". Mi sdraiai di nuovo mentre la mia mente continuava a cercare nei suoi ricordi.

"Anch'io". La mano di B2 si posò per un attimo sulla mia gamba. "Se ti fidi di J, allora mi fido anch'io".

Risucchiai le labbra nella mia bocca. Speravo di non aver frainteso J e che fosse degno di fiducia. Tesi la mano davanti a me e la girai avanti e indietro. La stanza era diventata più chiara, ma non era abbastanza per mostrare il nostro nuovo ambiente. Potevo almeno vedere la mia mano muoversi davanti al mio viso. Non sarebbe passato molto tempo prima di vedere dove eravamo.

"Non è più così buio", disse B2 come se mi avesse letto nel pensiero.

Scossi la testa: "No". La mia mano tornò a cadere al mio fianco.

Tap, tap, tap.

Il ritmo della pioggia era ipnotizzante e le mie palpebre si fecero pesanti. Il respiro di B2 si attenuò in un russare sommesso accanto a me. Aprii a forza le palpebre e fissai le travi oscurate, il primo scorcio di dettaglio nella stanza. Dove siamo?

Il battito rilassante sul tetto distolse la mia attenzione dai miei pensieri e i miei occhi si chiusero. La mia gamba sobbalzò, come se cercasse di tenermi sveglio, ma era troppo tardi perché il sonno aveva ricominciato a prendere il sopravvento.

13

IL RITORNO DI J

I MIEI OCCHI SI APRIRONO, il sonno mi offuscò la vista. Li strofinai per risvegliarmi, dando la prima vera occhiata alla nostra stanza nella luce fioca. Fissai la piccola e alta finestra. I primi momenti di vera luce del giorno, la prima che vedevo da molto tempo, mi affascinarono. La mia mente tornò alla sala di simulazione. Il cielo blu dipinto, le nuvole finte e le luci solari non potevano competere con la realtà. Ho pensato ai grandi ventilatori che imitavano il vento e spingevano gli alberi e l'erba artificiali. Sentivo i suoni registrati di uccelli e insetti che si ripetevano ininterrottamente nella mia testa. Cosa è successo a tutto o è ancora tutto lì? Cos'è successo quando J ha detto che tutto era andato storto?

Strinsi gli occhi per un attimo e allontanai i pensieri e i ricordi. Quando li riaprii, il mio sguardo si fissò sulla luce fioca, che mi fece battere il cuore un pò più velocemente. È tutto vero.

Un russare sommesso distolse la mia attenzione dalla finestra e la portò alla forma di sonno sul pavimento di fronte a me. B2 era rannicchiata sul fianco sinistro e rivolta verso di me. La sua pelle brillava nella luce fioca, le sue braccia erano piegate vicino al corpo e le mani erano infilate sotto la testa per sostenerla. Le sue labbra rosa si arricciarono ed emise un piccolo sbuffo affettuoso. Era pacifica. Era mia sorella. Lo sapevo con certezza.

I ricordi del mio passato fluttuarono davanti ai miei occhi. E non erano frammenti casuali di uno strano sogno, ma erano ricordi reali. C'erano ricordi di momenti in cui giocavamo insieme e di momenti in cui litigavamo. Eravamo i tipici fratelli: un attimo prima migliori amici, un attimo dopo rivali.

Mi concentrai su un altro ricordo che si faceva strada in superficie. Una torta di compleanno rosa e nera con una candela numero dieci che ardeva al centro. Era il mio compleanno? Scossi la testa in risposta ai miei pensieri interrogativi. No, era il suo. Era quello di B2.

Il ricordo del decimo compleanno di mia sorella era vivido nella mia mente. Compiere dieci anni era stato per lei un evento importante come lo era stato per me il mio tredicesimo compleanno qualche mese prima. Lei si era lasciata alle spalle gli anni a una cifra, mentre io ero finalmente diventata un'adolescente.

Il mio pensiero andò ai nostri numeri di carta d'identità; le mie supposizioni erano state corrette. Le nostre date di nascita erano distanti tre anni e qualche mese. Un sorriso di ricordo si allargò sul mio viso. Tornai al ricordo, temendo che sarebbe scomparso se non l'avessi impresso nella mia mente.

La candela nera numero dieci si trovava al centro della torta di compleanno. Perle di cera fusa scendevano e gocciolavano sulla glassa rosa. La glassa nera era stata applicata lungo il bordo superiore e intorno al fondo. Piccoli fiori di glassa bianca con il centro giallo ornavano la torta in modo casuale.

Il rosa e il nero erano i colori preferiti di B2 e nostra madre... smisi di ricordare. Dov'era nostra madre in tutto questo, dov'era nostro padre? Era la prima volta da quando avevo preso coscienza che mi venivano in mente i loro pensieri. Strinsi lo sguardo mentre cercavo di evocare le loro immagini. Apparvero volti confusi, senza alcuna definizione. Potevano essere chiunque.

La tristezza mi avvolse e deglutii la stretta in gola. B2 borbottò parole incomprensibili; un piccolo sorriso si affacciò sulle sue labbra. Forse in questo momento sta sognando i nostri genitori, forse se ne ricorderà. Mi passai le dita tra i capelli aggrovigliati e scossi la testa.

Chiusi gli occhi e tornai al ricordo. La mamma aveva sempre preparato le nostre torte di compleanno, indipendentemente da quanto fosse impegnata con il lavoro. Era una tradizione in casa nostra e, qualunque cosa desiderassimo, lei ce la faceva sempre. Mentre lei preparava le torte di compleanno e organizzava le feste, papà si occupava dei regali. Strinsi di più le palpebre mentre mi concentravo sul decimo compleanno di B2. Ricordo di essere stata seduta nell'ufficio di mio padre mentre navigava su Internet alla ricerca del regalo perfetto. B2 voleva l'ultima novità nel mondo dei giocattoli telecinetici. Mentre cercava, cominciò a ridere. Il suo improvviso sfogo mi aveva confuso; lo fissai in attesa di una spiegazione. Dopo un attimo, mi ha rivelato che la sua risata era dovuta all'inaspettato ritorno di un ricordo d'infanzia. Da bambino, la sua immaginazione vivida e attiva lo aveva portato a credere che fosse accaduto qualcosa che non era accaduto. Il presunto atto lo aveva ridotto in lacrime e aveva spaventato mio nonno. Solo quando mio padre si era calmato e aveva asciugato le lacrime, aveva rivelato di aver solo immaginato la situazione. Il sogno ad occhi aperti era stato così intenso da spaventarlo.

Io ridacchiai. Io e lui condividevamo la stessa natura creativa e la stessa immaginazione selvaggia. All'epoca non pensavo che la storia fosse divertente, ma ora, per qualche strana ragione, ne vedevo l'umorismo.

La mia attenzione tornò a B2. Dormiva in una pace beata, indisturbata dalle mie risate. Sono io tutto ciò che ha ora? Mi avvicinai e le scostai una ciocca di capelli che le era caduta sul viso. Mi tornò in mente la visione del disegno che avevo fatto al C.E.C.I.L.. La mia mano si premette contro il petto. Riuscivo quasi a sentire la carta che mi penetrava nella pelle e a sentire il suo suono stropicciato, ma era solo nella mia mente. Avevo messo l'illustrazione sotto il materasso mentre rifacevo il letto. Il disegno era ormai scomparso da tempo.

Ancora una volta ripensai alla torta di compleanno. Quando l'ebbi in vista, sollevai la testa e guardai in giro per la stanza i volti sfocati della famiglia e degli ospiti.

L'unico chiaro era quello di B2. Strinsi le palpebre per cercare di mettere a fuoco la visione, ma non c'era più nulla. Non mi vennero in mente né immagini né echi di voci.

Mi girai sulla schiena; i miei occhi si concentrarono sull'alto soffitto. L'odore dell'aria intorno a me risvegliò un debole ricordo. L'immagine del vecchio fienile del nonno mi balenò nella mente, mentre il ricordo del legno umido e ammuffito mi riempiva il naso. Un sorriso malinconico mi strinse le labbra.

Mi alzai, facendo attenzione a non disturbare B2, e allungai le mani davanti a me. La luce fioca non era sufficiente a illuminare l'intera stanza. Feci i primi passi incerti, senza voler svegliare mia sorella che dormiva o avvisare qualcuno del mio movimento. Non ero sicura che J ci avesse portato qui e, se lo aveva fatto, se ci si poteva fidare di lui. Ma rimanere in silenzio era difficile. A ogni passo, le assi di legno ruvide sotto i miei piedi nudi scricchiolavano. Ogni scricchiolio era più forte del precedente.

"Sei", sussurrai sottovoce mentre le mie mani toccavano la superficie di legno irregolare della parete più vicina. Avevo fatto sei passi.

Un fruscio alle mie spalle mi fece girare di scatto. B2 era rotolata sulla schiena con la testa inclinata su un lato. Un piccolo respiro di sollievo mi sfuggì dalle labbra.

Mi voltai di nuovo verso il muro e, con cautela, passai le mani sulla superficie scura e ruvida. I miei polpastrelli si impigliavano in qualche sporadica sporgenza. Le sfregai cercando di capire cosa fossero, ma nella luce fioca non riuscivo a capirlo.

La mia frustrazione aumentava man mano che procedevo. Non c'erano porte scorrevoli da aprire, né pomelli da girare o interruttori della luce da azionare. A parte la finestra, nient'altro indicava che ci trovavamo in una stanza normale. La luce debole rendeva difficile avere una visione chiara dell'area in cui mi muovevo in punta di piedi. La mia mente disegnava un quadro mentre le mie dita tracciavano le pareti e contavo i passi nella mia testa.

Quando raggiunsi l'ultimo angolo, ebbi un'immagine chiara dell'area. Era più lunga che larga e non sembrava esserci nulla che facesse pensare a un ingresso nella stanza. Una piccola finestra circolare era posta in alto al centro di una parete di fondo. Era l'unica finestra della stanza e il mio cuore batteva un pò più forte ogni volta che la guardavo. Era la prima finestra a cui avevamo accesso da... non so quanto tempo e, se avessi rivisto J, glielo avrei chiesto.

Una marea di pensieri, idee e possibilità si affacciò alla mia mente mentre fissavo la finestra. Purtroppo non potevo mettermi sotto di essa per guardare bene. C'era un grande oggetto che mi impediva di avvicinarmi troppo. E nella penombra sembrava che fosse l'unica cosa presente nello spazio.

Tornai in punta di piedi verso il centro della stanza, verso mia sorella. Ogni passo leggero emetteva un basso sibilo dalle assi del pavimento. Mi accovacciai fino a sedermi sul materasso sottile. La mia carne si trasformò in pelle d'oca, mentre un brivido saliva dai piedi e si propagava fino alla sommità della testa. Il mio corpo tremava mentre la mia mente ronzava di pensieri. E se J non tornasse? E se qualcun altro ci avesse portato qui? E se le vaccinazioni che abbiamo ricevuto non funzionassero e a cosa servissero? Alzai di nuovo lo sguardo verso la finestra sporca; la luce fuori stava diventando più intensa.

"Cosa stai facendo?". La voce assonnata di B2 squarciò l'inquietante silenzio. Mi fece trasalire e il mio cuore ebbe un sussulto.

"Niente, torna a dormire", sussurrai. I miei occhi erano ancora puntati sulla finestra. Il desiderio di guardare fuori e vedere dove eravamo cresceva.

"Non posso. Non sono più stanca".

"Provaci lo stesso". Le tirai la sottile coperta stesa in vita fino al collo.

"Mi sta venendo fame". B2 spinse di nuovo giù la coperta, si alzò a sedere e si mise di fronte a me.

C'era abbastanza luce nella stanza per distinguere i suoi lineamenti, dal piccolo naso a palla al mento leggermente appuntito. Si vede che sono sorelle". Una strana voce del passato parlò nella mia mente.

Ripensai alla mia immagine riflessa e concordai con la voce. Eravamo simili, con le minime differenze. B2 aveva capelli castani e ondulati e occhi blu ghiaccio. I miei capelli erano lisci e i miei occhi blu non erano altrettanto penetranti.

"Anch'io ho fame". Annuii e il mio stomaco brontolò in segno di conferma. Il suono mi colse alla sprovvista e la mia mano si affrettò a premere contro di esso.

"Spero che J ci porti presto del cibo".

Annuii di nuovo. Lo stomaco mi si strinse, ma non per la fame. C'era qualcosa nel nostro nuovo alloggio che rendeva i miei muscoli tesi. Fino alla comparsa di J, non pensavo che quella sensazione sarebbe sparita presto.

"Credo che sia già passata la colazione". B2 si passò una mano sullo stomaco che brontolava.

I nostri pasti programmati erano sempre puntuali. "È così".
Confermai.

Mi tornò in mente l'ultimo pasto consumato al C.E.C.I.L., o almeno l'ultimo che ricordavo. Era stata la colazione. Mi venne da ridere mentre ricordavo. B2 aveva urtato per sbaglio il manico del suo cucchiaio mentre prendeva un boccone di cereali. L'avena rotonda si era catapultata in avanti e, mentre la maggior parte era finita sul tavolo, una era riuscita a finire sulla sua testa. Una goccia di latte le era scivolata sul naso.

Le labbra di B2 avevano tremato mentre tratteneva la risata. Io, invece, avevo un ampio sorriso per il disordine. Se non fosse stato per la telecamera che ci osservava, mi sarei rotolata dalle risate. Dopo quel pasto, ognuno di noi aveva ricevuto una dose completa di ipnofarmaco e non ricordavo altri pasti.

"Che cosa abbiamo mangiato per s-spuntino - non me lo ricordo". B2 mi fissò.

Io scrollai le spalle. "Ricordo solo la colazione".

"Eh, anch'io! Perché?" Il suo naso si stropicciò.

"Aghi".

B2 mi fissò con un'espressione vitrea come tante altre volte. La luce tornò nei suoi occhi. "Ohhh! È meglio che J venga presto".

Mi morsi il labbro inferiore; il mio battito accelerò. Non potevo evitare la crescente preoccupazione che J non tornasse. Mi premetti la punta delle dita sulla fronte e sorrisi debolmente a B2. Non c'era bisogno che sapesse della mia preoccupazione.

La stanza si illuminò. I dettagli che avevo cercato prima apparvero, emergendo dalle ombre scure. Inclinai la testa all'indietro e guardai le travi del soffitto. Le travi di legno grezzo si intonavano con il resto del legno. Sicuramente non eravamo più al C.E.C.I.L.

"Av!" B2 gridò.

L'immediatezza delle sue parole attirò la mia attenzione e

abbandonai l'attenta indagine dei nostri confini. "Perché mi hai chiamato, Av?". Chiesi.

B2 alzò le spalle. "Non lo so, mi sembrava normale".

Chiusi gli occhi, la parola Av fluttuò davanti a loro. Una vocina, la voce di B2, mi sussurrò la parola nella testa. Era un nome che usava quando voleva la mia attenzione. Av era l'abbreviazione di Avril, la parola francese che significa aprile, ed era il soprannome con cui mi chiamavano i miei genitori. Le mie spalle si arrotolarono mentre il vago ricordo del volto di mia madre mi tornava alla mente. Era ancora irriconoscibile, ma era il suo. Aprii gli occhi e annuii. "È normale. A volte mi hai chiamato così, come mamma e papà".

Gli occhi di B2 si allargarono, mentre le mie orecchie percepivano il rumore del tintinnio dietro di me. Mi sono spostata. B2 si è spostata; il suo peso premeva sulla mia schiena mentre si sedeva dietro di me. Il mio cuore accelerò, afferrai il lenzuolo e mi coprii.

La porta si aprì nella stanza con un movimento lento e uniforme. Un uomo vestito con jeans blu e camicia grigia a quadri entrò. Gli occhiali scuri gli nascondevano gli occhi e una maschera chirurgica bianca gli copriva il viso. Guanti di gomma blu gli proteggevano le mani. Si tirò dietro un carrello. Lo sferragliare degli oggetti mi ricordò J.

"Hai dormito bene? Ti ho portato la colazione". Tolse l'asciugamano bianco che copriva la parte superiore del vassoio e rivelò due ciotole, cucchiai e una scatola di cereali. Sul vassoio c'erano anche due piccoli contenitori di latte. "Non è molto, ma ti eviterà di morire di fame".

"J?" Dissi, alzandomi dal mio tappetino. Feci un passo avanti, ma lui mi tese la mano.

"Fermati! Non avvicinarti". Si chinò in avanti e tirò fuori da sotto il carrello due grandi secchi e un rotolo di carta igienica. "Mi dispiace, ma per ora dovrete usare questi come toilette. Forse più tardi... Beh, di nuovo mi dispiace". Posò i due secchi e mise il rotolo di carta igienica all'interno di uno di essi prima di rimettere il coperchio.

"Che cosa è successo? Dove siamo?" Dissi. Piegai le braccia.

J sospirò. "Sappiate che siete al sicuro, non siete più al C.E.C.I.L. è tutto quello che posso dirvi al momento. Sto cercando di elaborare un piano". J si voltò e si diresse verso la porta.

"Quale piano?" Lo chiamai.

"Ti porterò dei vestiti più tardi. Oh!" J si voltò e mi affrontò. "Potresti volere questi per un pò". Frugò nella tasca della camicia, tirò fuori due paia di occhiali da sole e li posò sul pavimento. "Non ci vorrà molto perché i tuoi occhi si abituino alla vera luce del sole". Alzò lo sguardo verso la finestra alle mie spalle.

"J?" Lo chiamai di nuovo mentre si girava e si dirigeva verso la porta. "Che cosa sta per succedere?".

Si fermò un attimo, ma non si voltò. "Non lo so", disse e uscì dalla porta.

Corsi in avanti e afferrai il bordo della porta mentre J cercava di chiuderla. "J?" Gridai. Le mie dita persero la presa e la porta si chiuse di schianto. Polvere e sporcizia ci piovvero addosso dalle travi dell'alto soffitto. I miei pugni battevano sull'ingresso. "J!" Urlai. Appoggiai l'orecchio alla porta, ma sentii solo il rumore di qualcosa di pesante che sbatteva contro di essa dall'altra parte.

14

SENTINELLA DI LEGNO

PRESI la scatola di cereali dal carrello, la girai tra le mani ed esaminai il cartone. Ridacchiai sottovoce, mentre mi tornava in mente la disavventura dei cereali di B2. Alzai lo sguardo verso B2. Mi guardò come se conoscesse i miei pensieri. Il mio stomaco brontolò e tornai alla mia ispezione. Non era quello che speravo o mi aspettavo, ma date le circostanze, era meglio di niente. Speravo solo che il nostro solito piatto mattutino sarebbe tornato una volta che le cose si fossero sistemate, anche se una parte di me ne dubitava. Scossi la scatola e aprii lo sportello, notando che non era nuova e che, in effetti, era già stata aperta. Immagino che dal sacchetto non sigillato mancasse circa una ciotola di cereali. Ne versai una piccola quantità in una ciotola. Ogni pezzo tintinnava in una melodia casuale quando colpiva l'interno del piatto di porcellana.

Mescolai i cereali con il dito e ispezionai i pezzetti secchi. Esaminai il cartone del latte prima di versarlo nel piatto. Soddisfatta che fosse commestibile, tornai verso il mio tappetino e mi sedetti.

"Di che tipo è?" B2 chiese. Il suo naso si è stropicciato e allungò il collo per dare un'occhiata alla mia colazione.

"Una roba soffiata". Fissai i pezzetti che galleggiavano nel latte sul cucchiaio prima di metterlo in bocca. I cereali erano dolci, ma qualcosa nella mia memoria mi diceva che non erano freschi come avrebbero dovuto essere. Masticai con attenzione; il morbido scricchiolio era forte nella mia testa.

"È buono?" B2 disse. I suoi occhi si fissarono sulla mia bocca.

Scrollai le spalle e ingoiai il cibo polverizzato. "È qualcosa da mangiare". Misi in bocca un altro cucchiaio. B2 mi guardò con un'espressione a metà tra la curiosità e il disgusto. "È meglio che mangi". Ho sporto il mento verso la scatola di cereali che avevo lasciato sul carrello.

"Il latte è buono?".

Annuii. "È buono".

"Non è acido?"

"Perché dici così?".

B2 scrollò le spalle. "Non lo so. Perché l'hai annusato?".

Scossi la testa e feci spallucce. "Va bene. Non è così freddo, però".

B2 stropicciò di nuovo il naso. Sospirò e si alzò in piedi. In piedi, vicino al carrello, prese la scatola di cereali. La fissò per un attimo prima di versarne un pò nella sua ciotola. Dal rumore del tintinnio, ero sicura che non ne avesse tanti quanti ne avevo io, che ne avevo presi pochi. Aprì il cartone del latte e lo versò sui cereali prima di tornare al suo tappetino. La osservai con la stessa intensità con cui lei guardava me. Lasciò galleggiare un piccolo soffio sul cucchiaio e lo portò alla bocca.

"Non ti ucciderà", la presi in giro.

"Potrebbe", rispose lei. Succhiò la cucchiaiata di latte e l'unico bignè di cereali in bocca. Masticò e il suo viso si contorse in diverse espressioni di disgusto.

"Non è poi così male", dissi. Misi in bocca un altro cucchiaio. I pezzi gonfiati avevano assorbito ancora più latte ed erano mollicci. Ingoiai i pezzetti schiacciati e mi stropicciai la faccia.

"Pensavo avessi detto che non era male", disse B2 rimettendo il cucchiaio nella sua ciotola.

Scrollai le spalle. "Se non ti piace adesso, lo odierai se lo lasci inzuppare. Mangia in fretta". Ne raccolsi un cucchiaio abbondante e mi riempii la bocca. Masticai, ingoiai la poltiglia e mi trattenni da un conato di vomito mentre mi scivolava in gola.

"Vorrei che fossimo di nuovo al C.E.C.I.L.", disse B2 mentre si spalmava un cucchiaio in bocca. Una ciocca di capelli, ancora attaccata alla testa, le finì tra le labbra. La ragazza la tirò fuori dall'angolo della bocca e deglutì senza masticare.

"Soffocherai se non lo mastichi", la rimproverai mentre mi preparavo a ingoiare un'altra massa molliccia.

"Già, perché g-gorgogliare la poltiglia è molto b-meglio".

Ingoiai l'ultimo boccone e posai la ciotola e il cucchiaio sul pavimento accanto a me. Il mio corpo tremò. "Che schifo! È stato orribile". Mi asciugai la bocca con il dorso della mano.

"Non era poi così male". B2 posò la ciotola vuota accanto a sé e sorrise.

I miei occhi si allargarono, così come la mia bocca. "Stai scherzando?".

"Sì! È stato d-disgustoso".

Annuii. "Qualcosa mi dice che faremmo meglio ad abituarci". Fissai il carrello parcheggiato vicino alla porta invisibile.

La stanza era diventata molto più chiara e potevo osservare i dettagli che prima si perdevano nell'ombra. Come si era intuito, lo spazio non era molto più grande della nostra vecchia stanza ed era piuttosto vuoto. L'unico arredo era un alto mobile di legno. Stava come di guardia contro la parete di fondo, sotto la finestra rotonda e sporca.

Socchiusi gli occhi alla luce del sole. Ci eravamo abituati al sole simulato, ma quello vero era diverso. Strisciai fino a dove c'erano gli occhiali da sole sul pavimento e li raccolsi.

"Tieni, è meglio che li indossi", dissi sedendomi di nuovo sul materassino e porgendone un paio a mia sorella. Lei era intenta a giocare con una ciocca di capelli, facendola girare e rigirare intorno al dito. L'azione mi ricordò che era una sua abitudine da molto tempo.

"Non ne abbiamo bisogno. Non è così luminoso". Si liberò del dito e i suoi capelli rimasero in un ricciolo stretto.

"Questo perché sei troppo impegnata a giocare per accorgertene".

"Bene!" Allungò la mano e mi strappò gli occhiali di mano. "Sei contenta adesso?". Se li mise sul viso. Soffocai una risata. Erano troppo grandi per lei e sembrava un insetto. "Anche i tuoi sono strani". Socchiuse gli occhi e fece una smorfia.

Io sorrisi e rimisi a posto gli occhiali che mi erano scivolati sul naso. Guardai oltre B2 e ripresi a esaminare l'armadietto. Non era stata esattamente una sorpresa. Il mio dito del piede era già entrato in contatto con esso durante la mia precedente ispezione semicieca della stanza. Lo mossi mentre il ricordo mi tornava alla mente.

Dietro gli occhiali scuri, i miei occhi si strinsero nel pensiero. Chissà se c'è qualcosa dentro. Fissai l'armadietto, con la mente occupata dal suo possibile contenuto. Un lampo di movimento nella mia visione periferica mi distrasse e portò la mia attenzione verso B2.

"Che cosa stai guardando?". B2 balbettò; la sua bocca era piena di cereali secchi e la sua mano si allungò per prenderne un altro misurino.

"Cosa stai facendo?" Dissi con occhi spalancati mentre B2 inclinava la testa all'indietro e si lasciava cadere in bocca qualche altro pezzo di cereali.

Mi guardò; i suoi gelidi occhi blu scintillavano di malizia e scrollò le spalle. "Sono molto più buoni da asciutti". Sorrise e infilò di nuovo la mano nella scatola.

"Posso prenderli?" Mi avvicinai ai cereali.

"Aspetta il tuo turno", brontolò B2, togliendo la scatola dalla mia portata.

"Potrebbe essere tutto il cibo che avremo oggi", dissi indicando i cereali.

B2 guardò il cartone che teneva in mano. "No. Non è possibile". Ne divorò un'altra manciata. Raccolse alcuni pezzi che le erano finiti sulle ginocchia e li mise in bocca.

"Questo non è C.E.C.I.L.", le ricordai, con la mano ancora tesa in attesa della scatola.

B2 gemette. "Bene, ma spero che tu ti sbagli". Mi infilò la scatola in mano.

Lo spero anch'io. Posai i cereali sul pavimento accanto a me.

"Non hai risposto alla mia domanda", disse B2 mentre riprendeva l'abitudine di far roteare le sue onde scure.

Mi premetti i polpastrelli sulla fronte per un attimo, prima che mi tornasse in mente la sua domanda, che era stata espressa con i cereali. "Lo sto fissando". Le indicai l'armadietto sopra la spalla.

B2 smise di giocare con i capelli e si girò. "Pensi che ci sia qualcosa dentro?". La sua voce si alzò per l'eccitazione.

"Non lo so, è chiuso a chiave". Feci spallucce e indicai la piccola serratura in cima alle ante dell'armadio. "Vediamo se riusciamo a spostarlo". Mi alzai e mi diressi verso l'armadio mentre mi veniva in mente un'idea.

"Perché?" B2 incrociò le braccia e rimase seduta sul suo tappetino.

"Forse possiamo capire se è vuoto". Avevo un altro motivo per spostarlo. Se lo avessimo allontanato dal muro, ci sarebbe stata un pò' di privacy per i nostri bagni di fortuna. Il pensiero di dover andare nei secchi era già abbastanza brutto, figuriamoci in mezzo alla stanza.

Mi spostai a lato dell'armadietto, appoggiai la mano sinistra sull'angolo posteriore e la destra su quello anteriore. La grande scatola di legno era abbastanza larga da riempire le mie braccia tese mentre abbracciavo il lato. "Può aiutarmi, per favore?" Lo supplicai. B2 era ancora seduta e non sembrava intenzionata a muoversi.

Gemeva e arrancava verso di me. Mia sorella rese evidente la sua riluttanza e non cercò di nasconderla.

"Prendi l'altro lato, cercheremo di spostarlo in avanti", le dissi.

Il grande mobile era appoggiato alla parete ed era impossibile avere una buona presa. Dopo diversi minuti di lotta, l'armadio non si era mosso ed entrambi i nostri volti erano rossi per lo sforzo.

"Lascia perdere, è troppo pesante", ansimai e mi asciugai il sudore dalla fronte con il dorso della mano. Mi sollevai i capelli umidi dalla nuca e mi arieggiai il viso.

"Bene!" B2 si avvicinò al suo tappetino e si mise a sedere; i suoi occhiali da sole quasi si staccavano dal viso. Pochi secondi dopo, la raggiunsi sul suo tappetino. Ci sedemmo senza parlare e fissammo la sentinella di legno. Di tanto in tanto il mio sguardo si alzava verso la finestra. Dopo qualche secondo, mi spostai sul mio tappetino e B2 diede le spalle al grande mobile.

"Spero proprio che J ci faccia uscire presto, perché questa stanza è piena di n-nulla e di quello stupido armadio". B2 si sporse il pollice dietro di sé in direzione dell'unico mobile presente nella stanza.

Mi si strinse lo stomaco. Per quanto volessi uscire da lì, una voce dentro la mia testa mi diceva che non sarebbe successo presto.

Passammo il resto della mattinata sdraiate sui nostri sottili materassini blu. B2 si addormentò con gli occhiali da sole ancora appoggiati sul viso, mentre io fissavo le travi. Non riuscivo a dormire, la mia mente era troppo occupata. I ricordi facevano del loro meglio per attirare la mia attenzione, ma li mettevo da parte. C'erano cose più importanti di cui preoccuparsi, una delle quali era il nostro attuale stato di prigionia. Avevamo bisogno di un piano, o di diversi piani.

Il primo della lista era dare un'occhiata fuori dalla finestra. Ero sicura che B2 non sarebbe stata in grado di spingermi in cima all'armadio. Non ero grande o alta, ma ero più grande di mia sorella. Avrebbe dovuto essere B2. Il mio secondo piano prevedeva l'apertura dell'armadio. Una barra metallica piatta attraversava la parte superiore e bloccava le due ante con una serratura. Immaginavo di poterla aprire in qualche modo dal basso, anche solo per sbirciare all'interno. L'ultimo, e naturalmente il più importante, era un piano di fuga, se avessimo stabilito che la nostra nuova casa era una prigione.

Ricordai una parola impressa nella mia memoria. Era un singolo termine evidenziato in giallo in un libro di testo che mi aveva stimolato un pensiero, un'idea fugace. Al C.E.C.I.L. sembrava impossibile. Ma la nostra nuova sede aveva una finestra. Eravamo in una stanza dove non c'erano telecamere a controllare ogni nostra mossa; era allettante, l'idea aveva nuova vita. Mi alzai a sedere e fissai la finestra.

E se J. ci avesse fatto uscire? E se fosse questo il posto in cui siamo fuggiti? E se fosse solo una cosa temporanea? Dobbiamo aspettare. Annuii, concordando con i miei pensieri. Dovevamo saperlo con certezza. Il mio stomaco si annodò mentre il sudore mi imperlava la fronte e mi colava dal naso, portandosi dietro gli occhiali. Il mio battito cardiaco accelerò insieme ai miei respiri. Ogni centimetro del mio corpo formicolava e i capelli mi si rizzavano sulla nuca. E se avessimo aspettato troppo? E se fossimo fuggiti?

Il pensiero della fuga portava con sé un'inquietudine che mi confondeva. Non avevo mai dovuto preoccuparmi di queste cose prima, prima esistevo solo io. Mi mancava il C.E.C.I.L. Mi mancava la mia stanza, le mie poche cose. La frase di B2 mi risuonava nelle orecchie: la nostra nuova stanza era piena di niente. Non c'erano scrivanie, libri, letti, bagni, vestiti, cibo e macchine fotografiche. Mi girai e guardai ogni angolo vuoto della stanza. Nonostante la macchina fotografica, il C.E.C.I.L. poteva essere quasi un paradiso rispetto al nostro ultimo ambiente. Tirai su gli occhiali e mi sdraiai.

15

—————

2029

"Cos'è questo posto?" La voce assonnata di B2 interruppe i miei pensieri.

Mi girai in tempo per vederla agitare la mano verso le travi. Annusai l'aria calda e ammuffita. "Un fienile, credo". Era l'unica descrizione che avevo per dare un senso alla stanza.

Mentre pronunciavo la parola ad alta voce, la mia mente andò alla C.E.C.I.L. e alla varietà di libri che avevo letto. Uno, in particolare, era stato il mio preferito.

Chiusi gli occhi e mi venne in mente l'immagine della copertina: La tela di Carlotta. Il libro mi aveva attirato tra le sue pagine. Le parole all'interno offrivano una confortevole familiarità. All'epoca non ricordavo perché fosse così importante. E mentre molti ricordi non mi erano tornati, alcuni cominciavano a emergere dalla nebbia che avevo in testa.

Quando compii nove anni, mia nonna mi regalò una copia cartacea de La tela di Carlotta. Fu emozionante, dato che la maggior parte dei libri a capitoli che avevo letto erano stati digitali. Questo libro vero e proprio divenne il mio preferito. Quando finivo di leggerlo, lo sfogliavo all'inizio e ricominciavo. Non riuscivo a ricordare il volto di mia nonna, ma il libro mi tornava facilmente in mente. I miei occhi si aprirono: la Ragnatela di Carlotta scomparve.

Pezzi di polvere danzarono nel raggio di sole che filtrava dalla finestra e rimbalzava sulle travi. È davvero un fienile? Annusai di nuovo. Il leggero odore di legno, di sporco e di qualcos'altro si insinuò nel mio naso.

"Un fienile?" La voce di B2 interruppe i miei pensieri.

"Sai, un posto dove vivono gli animali della fattoria". Misi le mani dietro la testa e la appoggiai sulle dita allacciate. I miei occhi si fissarono sulle travi. O animali umani, sussurrò la mia mente.

"So cos'è una fattoria. Ma perché?".

Feci rotolare la testa avanti e indietro sul tappetino. "Non lo so".

Ascoltai i suoni della stanza. Ogni rumore aveva il suo ritmo: il nostro respiro, lo scricchiolio delle assi del pavimento e una melodia lontana e indistinta.

Mi concentrai sulla melodia, sull'immaginazione di cinguettii e di picchiettii. Pensai che il ricordo degli uccelli e degli insetti registrati nella foresta simulata avesse preso vita nella mia testa.

Mi alzai a sedere, eccitata dalla consapevolezza che ciò che sentivo era reale. La melodia mi ricordava il mondo che ci aspettava oltre la finestra.

"Andiamo". Afferrai la mano di B2, la tirai su dal materassino e quasi la trascinai verso l'armadio.

"April, mi fai male".

"Scusa", dissi mentre concentravo l'attenzione sulla mia mano e sentivo quella di mia sorella stretta all'interno. La rilasciai.

"Ti spingerò in cima al mobile". Sorrisi a B2 che ancora si strofinava la mano.

Lei alzò le spalle e guardò l'armadio. "Perché non ci sali tu? Mi sembra un pò alto per me".

"Non è così alto. In ogni caso, potrai vedere cosa c'è fuori dalla finestra". Speravo che il suggerimento fosse sufficiente a invogliarla e a cancellare i suoi timori di salire sul mobile.

B2 ricambiò il sorriso. "Va bene." Appoggiò una mano sull'armadio.

Intrecciai le dita e feci un passo verso di lei. "Al mio tre".

B2 annuì. Il sorriso sul suo volto scomparve e uno strano sguardo le si posò addosso. Non saprei dire se fosse paura, determinazione o un pò di entrambe, anche se sospettavo che fosse più uno sguardo di paura.

Da qualche parte nella mia testa c'era un ricordo di B2 e una fobia per le altezze. Non riuscivo a cogliere i dettagli, ma sapevo che era vero.

B2 mise il piede destro tra le mie mani e allungò le braccia più che poteva sul mobile. Non raggiunsero la cima; era ancora a circa un metro di distanza. Ma una buona spinta avrebbe risolto il problema.

"Uno, due, tre", grugnii e la spinsi con tutta la forza che avevo. Lei si aggrappò alla parte superiore del mobile; le sue gambe scalciavano e si contorcevano. Mi misi in punta di piedi, spinsi sul suo sedere e la feci salire.

Dopo qualche secondo di tensione, B2 riuscì a tirarsi su per l'armadio. Nel frattempo i suoi piedi cercavano un appiglio. Alla fine tirò su il piede sinistro, che si appoggiò alla barra metallica arrugginita dove una serratura teneva insieme le ante. Si trascinò per il resto del percorso e atterrò in cima.

"Va bene?" Dissi.

Un mezzo sorriso attraversò il volto di B2, che fece il segno del pollice in su.

"Qual è il problema?".

"È più alto di quanto pensi".

"Raccontami quello che vedi, così ti toglierai il pensiero". Non vedevo l'ora che mi descrivesse il panorama.

B2 si avvicinò alla finestra e la pulì con la mano. Ha tolto quello che doveva essere sporco da anni. "Wow!"

"COSA?"

"Sh!" Si girò e la rimproverò.

"Scusa. Cosa c'è?" Parlai con voce più pacata. Le mie dita battevano sul mento con energia nervosa.

B2 fissò fuori dalla finestra per quella che sembrò un'eternità. Alla fine si voltò sorridendo. "Alberi!"

"Alberi?"

"Tanti."

"C'è altro?"

Girò la testa da sinistra a destra. "No."

"Sei sicura?"

Mi guardò e sgranò gli occhi. "Certo che sono sicura. Non sono un'idiota".

"Sono tanti", dissi più che altro a me stessa con rassegnazione. Mi sfregai la fronte.

"Che problema c'è con gli -a-alberi?".

"Niente, è solo che...". Chiusi gli occhi e scossi la testa mentre premevo le labbra.

"Cosa?" L'irritazione nella voce di B2 mi fece aprire gli occhi. La fissai mentre si inginocchiava sopra il mobile. La sua testa era a pochi centimetri dalle travi.

"Siamo in una foresta".

"E..." Le sopracciglia di B2 si alzarono fino a incontrare l'attaccatura dei capelli, in attesa di ulteriori spiegazioni.

"E se dobbiamo andarcene...". Ancora una volta ho lasciato che le mie parole si perdessero.

"Potremmo non trovare la strada", concluse B2 e si sedette con le gambe a penzoloni sul bordo del mobile. Sospirò. "Scendo subito. Sono stata quassù troppo a lungo".

"Hai bisogno di aiuto?".

B2 scosse la testa, si girò e si abbassò fino a pendere dalle dita. Si lasciò andare e atterrò sui piedi con un morbido tonfo.

Con l'aiuto di B2, avevo portato a termine il mio primo compito. E anche se il risultato non era quello che speravo, ero almeno contenta che avesse potuto vedere l'esterno. Fissai la finestra, la prossima volta avrei dato un'occhiata.

La mattina si è svolta sedute sui nostri tappetini e abbiamo fatto dei progetti. Raccontammo tutti i ricordi che ci erano venuti in mente, per quanto strani o fuori luogo potessero sembrare. Si scoprì che B2 ricordava la nostra famiglia tanto quanto me, con i volti sfocati.

"Eravamo solo noi?" Posai i piatti vuoti del pranzo sul carrello. J aveva portato altro cibo ma nient'altro; la sua breve visita non consentiva altre domande. Tornai al mio tappetino sul pavimento.

B2 si aggrovigliò intorno a un dito una ciocca ondulata dei suoi capelli color cioccolato. Si è avvicinata le ginocchia al petto, con i piedi nudi appoggiati sul pavimento. I suoi occhiali da sole erano accanto a lei sul tappetino. Alzò lo sguardo verso di me; il suo mento si era arrossato a causa dell'appoggio sulle ginocchia.

"Cosa vuoi dire?". Smise di roteare i capelli.

Mi spostai dalla posizione a gambe incrociate e tirai su le ginocchia come quelle di B2. Avvolsi le braccia intorno alle gambe e intrecciai le dita. "Intendo solo tu, io e i nostri genitori. Nessun altro?

Uno sguardo pensieroso attraversò il viso di mia sorella che inclinò la testa all'indietro e guardò le travi. "Non lo so. Vorrei dire di sì, ma...".

"Ma pensi che ci sia dell'altro".

B2 annuì. "Pensi che ci sia qualcun altro?". I suoi occhi di ghiaccio si fissarono nei miei.

"Non lo so. A volte penso... non lo so". Sospirò.

Sfilai le braccia dalle gambe e le misi dietro di me,

sostenendomi sulle mani. Il pavimento di legno ruvido mi graffiava i palmi. Allungai le gambe e mossi le dita dei piedi nudi.

Quando J ci avrebbe portato i vestiti? Alzai lo sguardo verso la finestra sporca. La luce del sole non splendeva più direttamente nella stanza. Mi avvicinai, mi tolsi gli occhiali da sole e sbattei le palpebre un paio di volte. B2 aveva ragione: la luce non faceva male. Chiusi gli occhi e inclinai la testa all'indietro.

"Dove l'hai preso?". La voce di B2 interruppe i miei pensieri.

"Preso cosa?" Dissi. Ribaltai la testa in avanti e aprii gli occhi. Le mie azioni mi ricordavano una vecchia bambola.

"Quello?" B2 mi indicò.

Aggrottai le sopracciglia. Di che cosa sta parlando? "Cosa?"

B2 brontolò un pò e strisciò verso di me. Si inginocchiò accanto alla mia coscia sinistra e allungò una delle sue lunghe dita verso il mio collo. Raccolse una delicata catenina d'oro da sotto il colletto arrotondato della mia camicia da notte. I miei occhi si allargarono quando si allungò e si liberò da sotto il tessuto. Lasciò cadere la catena e un cuore d'oro cadde sul mio petto.

Ho piegato il mento e la testa in avanti per vedere meglio. Mi abbassai e strinsi il cuore tra le dita. "Da dove viene questo?". Non riconobbi il gioiello.

"È proprio quello che ti stavo chiedendo. Quando hai inclinato la testa all'indietro, ho visto qualcosa di luccicante sul tuo collo".

"Non sapevo che fosse lì. Voglio dire che non lo sento".

"Ce l'avevi già prima, al C.E.C.I.L.?".

Chiusi gli occhi e vidi il mio riflesso nello specchio del bagno. Scossi la testa. "No", dissi.

Il suono di uno scricchiolio mi fece trasalire. Emisi un piccolo sussulto e mi voltai. La catena che avevo al collo era stata per il momento dimenticata.

"Vedo che la luce non ti dà fastidio agli occhi", disse J mentre si affacciava alla porta. Gli occhiali da sole scuri lo coprivano ancora e una maschera bianca gli copriva il naso e la bocca. Teneva in mano una grande scatola. Cercai di guardare oltre lui e di uscire nel corridoio, ma non riuscivo a vedere intorno a lui.

"No, va bene così". Scrollai le spalle. Gli occhiali di J erano così scuri che non riuscivo a distinguere i suoi occhi.

"Ti ho portato dei vestiti e la cena. Scusa se ci ho messo tanto". J inspirò bruscamente e tossì un paio di volte mentre posava la scatola sul pavimento.

Piegai le braccia e feci un passo avanti.

"Ferma!" Tese la mano. "Non devi avvicinarti".

"Perché no? Sei malato? Cosa sta succedendo J.? Dove siamo? Perché siamo qui? Chi sei tu? Ci lascerai andare? Che cosa è successo?". La mia bocca vomitava domande più velocemente di quanto il mio cervello riuscisse a registrare i miei pensieri. Le mie guance si scaldavano ad ogni domanda.

"Sì!" La voce di B2 rimbombò accanto a me e mi fece sobbalzare. "Quello che ha detto".

Gli occhi di J si allargarono e guardò B2. Tutto il suo corpo si afflosciò in segno di rassegnazione. "Risponderò a tutte le vostre domande, ma non posso farlo in questo momento". Si schiarì la gola.

"Puoi rispondere a una per me... per favore?". Lo implorai.

J. sospirò e annuì. "Quale domanda?".

"Non una di quelle che ho fatto io. Ne ho un'altra".

"Sì." J si appoggiò al muro dietro di lui, come se stare in piedi lo avesse stancato.

"Da dove viene questo?". Ho mostrato la collana che avevo al collo.

"La indossavi la sera in cui sei tornata alla C.E.C.I.L.".

Tornata? La mia mente si interrogò, ma il pensiero fu

fugace. Abbassai lo sguardo sul piccolo cuore che penzolava dalla catenina sotto le mie dita.

"E quando è stato?" Sussurrai.

"Dipende tutto. Per tre anni hai vissuto al C.E.C.I.L. con il resto della tua famiglia. Andavi e venivi a tuo piacimento, a volte non tornavi per giorni o settimane. Poi una notte tutto è cambiato e siete diventati residenti permanenti".

Il mio volto si contorse per l'incomprensione. Non ricordavo nulla di tutto ciò. B2 sussultò quando mi afferrò il braccio e lo strinse. Chiusi gli occhi e mi concentrai. Mi sforzai di ricordare l'ultimo ricordo che avevo prima che l'oblio me lo portasse via.

Lampi di fuochi d'artificio brillanti e colorati illuminarono il cielo notturno. Il boom che ne derivò fu così forte da risuonare nel mio petto. Girai la testa verso destra; i numeri luminosi che indicavano l'anno scintillavano nel buio.

"Che anno è?" Dissi mentre i miei occhi si aprivano sul presente.

"Pensavo che avessi una sola domanda". J. ha piegato le braccia.

Io scrollai le spalle. "Quale. Anno".

"2029."

Avevamo perso cinque anni.

16

IL NOME DI MIA SORELLA

"È bellissimo!" Ho detto a gran voce. La catenina d'oro pendeva dalle mie dita; il cuore penzolava. Brillava alla luce del sole del mattino che filtrava dalla finestra della mia camera.

"Siamo felici che ti piaccia", disse la mamma dal suo posto sul mio letto. Si stropicciò tra le mani la carta da regalo a fiori gialli.

"Ricordati di averne cura", disse papà. Era in piedi accanto alla mamma; la sua mano era appoggiata sulla sua spalla.

"Lo farò". Sorrisi e guardai il mio regalo. Il cuore d'oro era perfetto sotto ogni aspetto.

"Sei sorpresa?" Disse la mamma. Il suo sorriso metteva in mostra i suoi denti bianchi e dritti.

"Sì, molto!". Mi spostai un pò indietro e mi appoggiai alla testiera del letto. La mano della mamma si posò sulla mia gamba. Anche attraverso le coperte, potevo sentire il calore del suo tocco. Un ampio sorriso si allargò sul mio viso. "Pensavo che l'oro fosse costoso".

"Lo è", disse mio padre, "ma ne vale la pena". Sorrise.

"Ora hai tredici anni", disse la mamma. "Ci aspettiamo che tu te ne prenda cura".

"Lo farò". Il sorriso scomparve dal mio viso. "E Ben? Ne vorrà uno anche per il suo compleanno".

"Ben avrà solo dieci anni; dovrà capire che deve aspettare", disse mia madre.

"Ma se l'oro diventa più costoso?".

"Non preoccuparti, Av. Ci abbiamo già pensato e ne abbiamo comprato uno anche per lei". Papà sorrise. "Ma deve ancora aspettare", aggiunse.

"Le piacerà quanto piace a me". Mi chinai in avanti e abbracciai mia madre. Papà mi posò un bacio sulla testa.

"Ricorda, è un segreto", disse la mamma quando mi staccai dal suo abbraccio. "Lascia che ti aiuti a metterla".

Passai a mia madre la collana e le scostai i miei lunghi capelli castani. Le sue dita calde fecero il solletico mentre mi allacciava la catenina al collo.

"Bellissima!", disse.

Mi misi a sedere e infilai il mento; il cuore d'oro pendeva dalla catena e si appoggiava sulla parte alta del mio petto. "Non preoccuparti, posso mantenere un segreto per tre anni".

"Ci contiamo", disse papà.

"Ok! Devo finire di preparare una festa di compleanno; gli ospiti arriveranno tra due ore". La mamma mi scostò una ciocca di capelli dal viso.

"Due ore?" Mi sono scrollata di dosso le coperte. "Che ora è?" Mi asciugai gli occhi.

"Le dieci", disse papà. "Ti lasciamo dormire fino a tardi".

"Non preoccuparti". Mamma mi baciò la fronte. "Hai due ore, un sacco di tempo".

"Ma le decorazioni e tutto il resto?". Era la mia prima festa maschio/femmina e volevo che tutto fosse perfetto.

"Abbiamo seguito alla lettera le tue istruzioni", disse papà.

Io strinsi gli occhi. "Avete trovato i miei appunti?".

"Certo, proprio sulla mia scrivania, aperti al punto in cui li hai lasciati. È dove ti sei addormentata ieri sera, con la guancia

incollata al quaderno. Mi sorprende che i segni siano spariti". Papà
si avvicinò, mise una mano sotto il mio mento e mi girò la testa.

"Quali segni?" Mi alzai e passai la mano sulla guancia sinistra.

"Gli anelli a spirale del vecchio quaderno hanno lasciato un bel
segno. Tua madre e io eravamo sicuri che domattina sarebbero stati
ancora lì".

Mi cadde la mascella.

"Non preoccuparti", disse la mamma. "Sapevamo entrambi",
diede a papà un leggero schiaffo sul braccio, "che i segni sarebbero
spariti. Però ho fatto una foto". Sorrise. "Preparati!" La mamma
disse mentre lei e papà uscivano dalla mia stanza e chiudevano la
porta dietro di loro.

Mi sfregai la guancia una seconda volta e sospirai quando le
mie dita tracciarono una pelle liscia e senza segni.

Saltai dal letto e fissai il mio riflesso nello specchio sopra il mio
comò. Ero un'adolescente. Sorrisi e la ragazza dai capelli castani e
gli occhi azzurri ricambiò il sorriso. Il cuore d'oro si annidava vicino
al mio petto.

"Bethany!" Sentii la voce di mia madre chiamare attraverso la
porta chiusa.

MI SVEGLIAI in una stanza poco illuminata e la mia mano andò
al collo. Tolsi la collana da sotto la camicia da notte e arricciai
le dita intorno al cuore. Il suono delle voci dei miei genitori
risuonò nelle mie orecchie. I loro volti erano ancora sfocati, ma
le loro voci erano chiare come se avessero parlato pochi secondi
prima.

Bethany giaceva di fronte a me, profondamente
addormentata. Il ricordo del suo nome era nitido e chiaro come
se lo avessi letto su un foglio di carta. Me lo ricordavo. Si
chiamava Bethany, anche se a volte la chiamavamo Ben.
Perché? Mi chiesi mentre fissavo il suo viso addormentato.

Il ricordo del sogno era ancora presente nella mia mente.
Mi abbassai e cercai la sottile coperta ai miei piedi. La trovai, la

tirai sopra le spalle e la infilai sotto il mento. Mi accoccolai e sperai di tornare al mio sogno e al ricordo dei miei genitori.

L'anca destra mi faceva male mentre spingeva attraverso il tappetino sottile e il pavimento duro, ma non potevo rotolare dall'altra parte. Mi ero ricordata il nome di mia sorella e affrontarla mi faceva sentire molto più vicina. Chiusi gli occhi e cercai di non concentrarmi sul dolore all'anca, ma sul mio sogno. Se fossi riuscita a tornare, credevo che avrei imparato molto di più del nome di mia sorella.

Le mie palpebre si aprirono su una stanza molto più luminosa e su una stuoia vuota di fronte a me. Socchiusi gli occhi e presi gli occhiali da sole. Un rumore improvviso alle mie spalle attirò la mia attenzione.

"Bethany!" Mi alzai di scatto e la testa mi girò per il movimento rapido e improvviso. Appoggiai la fronte sui palmi delle mani e aspettai che la stanza smettesse di girare.

"Da questa parte". La sua voce mi chiamò da dietro. "Aspetta, come mi hai chiamato?".

Mi girai e la trovai seduta su una sedia a un tavolo, mentre faceva colazione. Gli occhi spalancati sostituirono il sorriso sul mio volto.

"Quando..."

"Come mi hai c-chiamato?". Bethany disse con la bocca piena di cibo.

Fissai mia sorella. La sua mano sinistra teneva un cucchiaio a pochi centimetri dalla bocca. Era a metà del boccone. "Ti ho chiamato, Bethany". Sorrisi.

Bethany lasciò cadere il cucchiaio. Il cucchiaio sferragliò e ricadde nella ciotola che si trovava sul tavolo di fronte a lei. "Perché?" Strinse gli occhi. "Perché B-Bethany e non B2?".

"È il tuo nome". Mi alzai dal tappetino e mi diressi verso il tavolo. La mia mano strofinò lo schienale della sedia di legno di fronte a me. "Allora, quando sono arrivati questi?". Abbassai lo sguardo su mia sorella. Si era seduta sulla sedia e aveva piegato le braccia sul petto.

"Come fai a saperlo?" Disse.

Sospirai e tirai fuori la sedia da sotto il tavolo prima di sedermi. I miei muscoli si rilassarono, sorprendendomi di quanto fosse bello sedersi su una sedia anziché sul pavimento. "L'ho sognato". Scrollai le spalle.

"Pfft!" Bethany si chinò in avanti e prese il cucchiaio dalla sua ciotola. Diede una mescolata al cibo contenuto. L'odore caldo dell'acero e dello zucchero di canna mi arrivò al naso e mi venne l'acquolina in bocca.

"È farina d'avena?". Indicai la sua ciotola.

Bethany annuì e ne portò un altro cucchiaio alla bocca. "Anche questo è buono", disse tra i bocconi appiccicosi.

Sul tavolo c'era un piccolo vassoio coperto. Tolsi il coperchio e un odore caldo e confortante mi accolse. Inspirai profondamente e mi godetti l'aroma dolce. "È vero, sai". Presi la ciotola calda e la misi davanti a me.

"Cosa?"

"Il tuo nome è Bethany". Mi tuffai nella farina d'avena e misi il cucchiaio in bocca. Succhiai la poltiglia calda dal cucchiaio e la lasciai riposare sulla lingua mentre ne assaporavo la dolcezza.

Bethany lasciò cadere di nuovo il cucchiaio nella sua ciotola e piegò le braccia. Si stropicciò il naso e aggrottò le sopracciglia. "Non suona bene. Come fai a saperlo?".

Sospirai; stavo per dare un altro morso, ma rimisi il cucchiaio nella ciotola. Il mio stomaco brontolò di rabbia. Se avesse avuto mani proprie, si sarebbe aiutato da solo. "Ho fatto un sogno o un ricordo. Era il mio compleanno e mamma e papà...". Mi avvicinai e tirai fuori la mia collana da sotto la camicia da notte. "Mamma e papà mi hanno regalato questa".

Gli occhi di Bethany si allargarono. "Hai visto le loro facce?".

"Non proprio, non è chiaro, a parte forse i loro sorrisi". Scrollai le spalle, incerta. "Ma ho sentito le loro voci, e ci riesco ancora. Ricordo esattamente il loro suono".

Bethany lasciò cadere lo sguardo sul pavimento. La sua espressione di sorpresa si trasformò in una di inconfondibile tristezza. "Vorrei tanto ricordare", disse.

"Lo ricorderai". Mi avvicinai e accarezzai la mano di mia sorella. "Comunque, ho sentito la mamma che ti chiamava. Ha gridato Bethany".

"Mi hai visto?". Gli occhi di Bethany si illuminarono.

"No, non eri nel mio sogno, solo il tuo nome". Mi ricordai della conversazione che avevo avuto con i miei genitori e della promessa che avevo fatto. Era stato sei anni fa. E anche se non c'era motivo di mantenere la promessa, non c'era nemmeno bisogno di parlarne. Era tutto nel passato.

I miei occhi si fissarono sul volto di mia sorella sedicenne. Apprendere che avevamo perso tempo fu ancora uno shock. Non ero più la tredicenne che ricordavo, ma una giovane donna che non conoscevo.

"Allora, non mi hai visto?".

Scossi la testa.

"Allora come fai a sapere che mi stavano chiamando?".

"Quando l'ho sentito in sogno, ho capito che era vero".

"Vorrei tanto ricordare". La sua voce si incrinò.

Mi venne in mente un pensiero improvviso. "E che mi dici di Ben?".

"Cosa?"

"Ben. Sia io che papà ti abbiamo chiamato così nel mio sogno".

"Pensavo di non essere nel tuo s-sogno". La fronte di Bethany si aggrottò. Tamburellò le dita sulle braccia conserte.

"Non c'eri, ma sei stata nominata".

"Perché?"

"Non lo so. Ti hanno nominato e basta". Mi stavo sentendo

frustrata. La nostra conversazione non stava andando come avevo immaginato. Pensavo che sarebbe stata contenta che mi fossi ricordato il suo nome.

"Hmph! Ben suona...".

"Familiare?" Speravo.

Lei annuì. Un sorriso apparve per un attimo, poi svanì dietro un cipiglio. "Perché? Perché il n-nome di un ragazzo?".

Appoggiai i gomiti sul tavolo davanti a me e mi sfregai la fronte con i talloni delle mani. "Non lo so", gemetti.

Il tintinnio di un cucchiaio mi fece alzare la testa. Bethany si riempì la bocca con un altro boccone di farina d'avena. "È meglio mangiare, prima che diventi troppo f-freddo", farfugliò.

Finimmo la colazione in silenzio, perse nei nostri pensieri. I nostri cucchiai tintinnavano e raschiavano i piatti; i suoni riecheggiavano nella stanza.

"Deve essere stato mentre dormivamo". Bethany lasciò cadere il cucchiaio nella ciotola vuota e lo spinse via.

"Cosa?" La sua voce mi sorprese.

"Quando J ha portato questo". Batté le nocche sul tavolo. "Pensi che tornerà? E... e gli aghi?". Lo sguardo azzurro e gelido di Bethany si concentrò sul mio viso.

Scrollai le spalle e scossi la testa. Anche io mi ero chiesta che fine avessero fatto le iniezioni da quando mi ero svegliata in un ambiente nuovo. Erano passati solo un paio di giorni. E mentre il farmaco che ci teneva in uno stato ipnotico non era mancato, mi preoccupavo del vaccino. J non aveva mai detto da cosa ci proteggeva il vaccino o se funzionava. Mi ero segnata di chiederglielo la prossima volta che sarebbe venuto, sperando che fosse presto.

Ci vestimmo per la giornata con gli abiti che J aveva portato la sera prima. Avvicinai al naso il familiare vestito verde e annusai il tessuto. Chiusi gli occhi e strofinai la stoffa morbida contro la mia guancia. Essendo l'unico capo d'abbigliamento, oltre alla mia biancheria da notte, ero contenta che fosse pulito.

Non potevamo sapere per quanto tempo avremmo indossato gli stessi vestiti.

Mi voltai verso Bethany, che era già mezza nuda e si stava tirando il vestito blu sopra la testa. Mi tolsi la camicia da notte e la sostituii con la mia tonaca verde. Era morbida e fresca contro la mia pelle quando la tirai giù. Il mio cuore ebbe un piccolo sussulto; mi venne in mente il ricordo del mio disegno. Non l'avrei più sentito sfregare sotto di me e punzecchiare la mia pelle. Il pensiero mi rese un pò triste. Ma per quanto fosse impossibile, mi aggrappai alla speranza di trovarlo in qualche modo.

Infilai entrambe le mani nelle tasche profonde e mossi le dita della mano destra. Qualcosa si incastrò tra il medio e l'anulare. Le mossi di nuovo; l'oggetto si staccò e cadde. Si è infilato in profondità nell'angolo della tasca. Le mie dita cercarono, trovando infine la punta liscia e rotonda. Lo tirai fuori e scoprii che era un bottone.

Il piccolo oggetto non corrispondeva ai bottoni del mio vestito o di quello di Bethany. Pur essendo più o meno delle stesse dimensioni, il bottone che tenevo nel palmo era marrone scuro.

Lo sfregai tra il dito e il pollice prima di rimetterlo in tasca. Per il momento, sarebbe rimasto nascosto a Bethany. Ancora una volta avrei chiesto a J. La lista di domande per lui si stava allungando.

Mi guardai intorno nella stanza vuota. "Non hai trovato nient'altro?". Una parte di me era speranzosa.

"No. Perché?"

Scrollai le spalle. "Pensavo solo a qualcosa per passare il tempo". Mi sedetti sulla sedia, misi i piatti sotto le coperte e li avvicinai al bordo del tavolo.

Bethany si sedette di fronte a me e piegò le braccia. "Purtroppo, quello che vedi è quello che abbiamo".

"Come stanno i tuoi occhi?". Ho sporto il mento verso di lei;

non indossava gli occhiali da sole.

"Bene. Non c'è molta luce qui dentro".

Mi avvicinai e mi tolsi gli occhiali da sole dal viso. Le mie palpebre sbatterono; le lacrime mi scesero sulle guance. Pochi secondi dopo, si posarono.

"Meglio?" Chiese Bethany; le sue sopracciglia si alzarono fino all'attaccatura dei capelli.

Annuii. "Sì, credo che non avremo più bisogno di questi". Fissai gli occhiali scuri sul tavolo.

"Certo che ci serviranno".

Inclinai la testa di lato. "Quando?"

Bethany sgranò gli occhi. "Quando ce ne andremo da qui".

La piccola finestra sporca attirò la mia attenzione. Le parole ottimistiche di Bethany contraddicevano i miei pensieri. Se usciremo da qui, non sarà tanto presto. Qualcosa mi diceva che avremmo trovato la via d'uscita da soli.

"Allora!"

La voce di Bethany mi fece trasalire. Il cuore mi batteva sotto la collana d'oro. "Cosa?"

"Perché non mi racconti tutto di quel tuo sogno folle. E non tralasciare nulla, soprattutto la parte sul mio n-nome". Bethany fece l'occhiolino.

Sorrisi a mia sorella e annuii. Le avrei raccontato il mio sogno, ogni dettaglio, tranne uno. La mia promessa ai nostri genitori sarebbe rimasta un segreto. Bethany non aveva bisogno di saperlo; le dava già fastidio che ricordassi più di lei. Non c'era motivo di peggiorare la situazione.

Il cuore d'oro mi si conficcò nel palmo della mano attraverso la stoffa del vestito. Inoltre, non era il segreto a essere importante. Il sogno aveva rivelato molto di più. Mia sorella aveva finalmente un nome tutto suo.

17

JASPER, CECIL, E L'ARMADIETTO

I FORMICOLII PERCORREVANO l'avambraccio e uscivano dalla punta delle dita come impulsi di elettricità. Il mio braccio destro si era addormentato come il resto di me.

Sbattei gli occhi solo per chiuderli contro la luminosità che li assaliva. Li aprii in piccole fessure e lasciai che la luce filtrasse attraverso le ciglia. Dopo un attimo i miei occhi si sistemarono e la luce non bruciava più.

Il sudore mi aveva incollato la guancia al tavolo e la liberai. Un filo di saliva si estendeva dal mento a una piccola pozza di bava. La asciugai con il tallone della mano. I muscoli irrigiditi del collo si sciolsero quando girai la testa e allungai le braccia sopra di me. Un ampio sbadiglio si impadronì del mio viso; gli occhi mi lacrimavano. Spinsi indietro la sedia dal tavolo; i piedi cigolarono. Ma Bethany, che giaceva distesa sulla sua stuoia, non si mosse.

Il lieve scricchiolio della porta attirò la mia attenzione, saltai dalla sedia e mi girai. J entrò nella stanza con il respiro affannoso e udibile. Gli occhiali da sole scuri e una maschera bianca gli coprivano il volto. I suoi movimenti lenti erano sufficienti a dimostrare che non stava bene. Lasciò cadere la borsa di stoffa che portava con sé e avanzò nella stanza. Il vassoio che teneva in mano tintinnava con i suoi passi.

"Siediti!" Indicai la sedia dove mi ero seduta.

Lui scosse la testa. "Non voglio avvicinarmi troppo; sono infetto. Se l'immunizzazione fallisse...". Posò il vassoio del cibo sul carrello.

"Per favore", lo implorai, interrompendolo a metà frase.

J ansimò un sospiro e si avvicinò al tavolo. Mi spostai dall'altra parte mentre lui tirava la sedia più indietro prima di sedersi.

"Ho tante domande e ho bisogno di conoscere le risposte". Lo supplicai con gli occhi e sostenni il suo sguardo.

J annuì. L'azione fu come un colpo di pistola alla partenza e le domande mi uscirono dalla bocca. "Perché sei infetto? Come mai ti sei ammalato così in fretta? Perché non sei stato vaccinato?".

"Ti è piaciuta la colazione?". J rispose con una sua domanda, evitando la mia.

"Sì. Perché sei malato?". Non avevo intenzione di arrendermi.

"Il virus si diffonde attraverso il contatto ravvicinato e...". Un breve attacco di tosse interruppe la spiegazione di J. "I primi sintomi compaiono rapidamente", continuò, "entro un giorno o due dal contagio. Tuttavia, la progressione della malattia è lenta. All'inizio ho ricevuto dei vaccini per ogni nuova mutazione, ma poi sono stati interrotti". Scrollò le spalle.

"Perché?"

"Le cose sono cambiate. Devo andare". J cominciò ad alzarsi dalla sedia.

"Non puoi! Ho delle domande, merito delle risposte". La mia mano sbatté sul tavolo. J si sedette dritto sulla sedia. La mia azione aveva sorpreso non solo J, ma anche me stessa. Il mio battito era accelerato. Mi voltai e guardai Bethany, ancora addormentata sul materassino.

"È vero", tossì J. "Ma io non posso...". Scosse la testa.

"Perché no?" Mi chinai in avanti e appoggiai le braccia sul tavolo davanti a me. Le guance mi bruciavano. Bethany si rigirò su se stessa e gemette. "Perché" ripetei; la mia voce si acquietò, ma ero sul punto di perdere di nuovo il controllo delle mie emozioni.

J scosse la testa. "Non siamo al sicuro. Non posso rischiare che LUI scopra che tu sai più di quanto dovresti. È troppo pericoloso".

Mi sedetti sulla sedia e piegai le braccia; avevo la mascella serrata. J si alzò e si spostò verso il carrello. Raccolse i piatti del nostro ultimo pasto e li mise sul vassoio. Le sue mani tremanti le facevano tintinnare.

"Da dove viene il bottone, quello nella tasca del mio vestito? E qual è il tuo vero nome?". Sussurrai, sperando che mi concedesse almeno le risposte alle domande meno importanti.

"Il bottone è stato trovato nella tasca del tuo pigiama la notte in cui sei stata riportata indietro, e il mio nome completo è Jasper".

Socchiusi gli occhi. Ecco di nuovo quella parola, "ritorno". Non avevo ricordi del mio arrivo o di quando ero al C.E.C.I.L., a parte le ultime settimane. "Chi è 'LUI'?" Cercai di nuovo di carpire qualche informazione in più.

Jasper scosse la testa e si voltò verso la porta. "Ci vediamo dopo, April".

Si sforzò di portare il vassoio pieno con una mano e di aprire la porta con l'altra. La mia esasperazione mi teneva incollata alla sedia. "Chi è 'LUI'?" Urlai mentre usciva e chiudeva la porta dietro di sé.

"Che cosa è successo?". La voce piena di sonno di Bethany arrivò da dietro di me.

"Niente, scusa se ti ho svegliata. Torna a dormire".

"Non credo proprio. Devono essere le ore centrali della giornata. Che cos'è?"

Mi voltai a guardare Bethany e seguii il suo braccio teso fino al dito che indicava. Il dito indicava oltre me e verso la porta. Mi voltai e vidi la borsa. "Non lo so. L'ha portata Jasper".

"J-Jasper?" Bethany inclinò la testa di lato e le sue sopracciglia si schiacciarono.

"È il vero nome di J".

"È stato qui?". Bethany saltò su dalla stuoia e si affrettò verso la porta. Raccolse la borsa di stoffa blu dal pavimento e mi raggiunse al tavolo. Si sedette e pose la borsa non aperta davanti a sé. "Perché non mi hai svegliata? Che cosa ha detto?".

"Stavi dormendo profondamente". Scrollai le spalle.

"Ma cosa ha detto?".

"Non molto".

"Ma tu avevi delle domande".

"Sì, l'ho fatto". Ho unito le labbra. Le mie braccia erano ancora piegate mentre mi sedevo dritta sulla sedia.

"Allora, che cosa ha detto?". I gelidi occhi blu di Bethany sembravano destinati a cadere dalle orbite se li avesse aperti ulteriormente.

Aprii le braccia e le mie spalle si abbassarono. "Non mi ha detto nulla". Infilai la mano nella tasca del vestito, trovai il bottone e lo strofinai tra pollice e indice. Il ricordo fugace di averlo fatto tempo prima mi balenò nella mente. "Mangiamo e poi vediamo cosa c'è in quella borsa". Feci un sorriso forzato. Non volevo discutere ulteriormente della mia conversazione, o della mancanza di conversazione, con J.

Bethany sorrise eposò la borsa. Diversi libri finirono sul tavolo. Erano gli ultimi che avevamo ricevuto al C.E.C.I.L. e il volto di Bethany si illuminò quando vide quello che stava leggendo.

Bethany prese il libro dalla pila e si diresse verso il suo tappetino. Si sdraiò a pancia in giù, piegò le gambe dietro di sé e le incrociò alle caviglie. Aprì il libro alla prima pagina.

"Ricominci da capo?" Dissi dal mio posto al tavolo. Mi ero

spostata sull'altra sedia, preferendo la vista della finestra alla porta nascosta.

"Sì".

"Perché?"

Bethany sospirò e alzò lo sguardo su di me. "È un libro breve, e non ne abbiamo avuti molti per passare il tempo. Ricomincio da capo". Tornò al libro e si immerse nella Ragnatela di Carlotta.

Annuii; Bethany aveva ragione.

Il libro più grande della piccola pila attirò la mia attenzione. Lo aprii alla pagina del titolo e cominciai a leggere. Nessuna parola sarebbe rimasta senza essere letta. Poiché Jasper si era ammalato, temevo che la durata della nostra prigionia sarebbe rimasta indeterminata. Se fosse morto... Un pensiero improvviso si affacciò alla mia mente e lo allontanai. Non volevo pensare a quello che sarebbe successo a noi se gli fosse successo qualcosa. Tornai al libro e mi distrassi con le parole.

"Ma guardatevi, non siete uno spettacolo per gli occhi? I vostri nasi sepolti nei libri come se fossero al C.E.C.I.L.".

La sua voce soave mi fece trasalire e mi voltai verso la porta. Era in piedi sulla soglia, vestito con una camicia azzurra, con le maniche arrotolate fino ai gomiti in perfetta simmetria. Un raggio di sole spento metteva in risalto un pezzo di lanugine bianca che si aggrappava ai suoi pantaloni neri. I suoi capelli bianchi brillavano quando un altro raggio di sole gli sfiorò la testa. Il profumo della sua colonia aleggiava nell'aria. In un istante capii chi era "LUI" e mi voltai verso il mio libro.

I miei pensieri correvano mentre fingevo di non essere emozionata come l'ultima volta che l'avevo visto. Guardai Bethany prima di riprendere la lettura. Lei fissò gli occhi sul suo libro come se ricordasse il suo stato precedente.

"Oh, andiamo! Non c'è più bisogno di fingere. So che sei

consapevole". La sua voce era di una dolcezza nauseante, con un accenno di sfumature minacciose. La mia pelle si irrigidì e un brivido nervosopercorse il mio corpo fino alla sommità della testa. Continuai a concentrare la mia attenzione sulle parole confuse che avevo davanti.

"Che cosa vuoi?" La voce di Bethany ruppe l'inquietante silenzio che regnava nella stanza. Il mio stomaco si annodò; il mio corpo si irrigidì mentre mi voltavo a guardare mia sorella. I miei occhi la imploravano, ma lei mi fissava oltre.

"Ah, B2, vero?"

La mia testa si girò all'indietro per guardare Cecil. Per quanto si sforzasse, non riusciva a nascondere il suo tono minaccioso nemmeno con il finto sorriso che aveva stampato in faccia. Fissò Bethany; il suo ghigno inquietante esibiva disprezzo.

Seguii la loro conversazione e mi voltai verso mia sorella.

"Bethany", disse lei. Il suo sorriso era uguale a quello di Cecil.

Il suo tono mi fece sussultare; era più coraggiosa di quanto pensassi.

"Esatto, Bethany". Mi rivolse il suo sguardo freddo. "E tu sei...".

"April". Nonostante il mio tentativo di coraggio, non riuscivo a trattenere il tremore dalla voce ed ero sicura che il battito del mio cuore fosse visibile.

"Sapete, ragazze..." Cecil tirò fuori la sedia di fronte a me e l'angolò in modo che Bethany non fosse dietro di lui. Spazzolò via la lanugine che avevo notato prima e si chinò in avanti, appoggiando i gomiti sulle ginocchia. Strinse le mani davanti a sé e fece girare i pollici. Sospirò. "Avevo tanti progetti, tanti progetti per noi. Ma ora è tutto finito". Abbassò la voce e non ero sicura se stesse parlando a noi o a sé stesso. "Tu eri la mia speranza per il nuovo mondo, così intelligente, così bella, così talentuosa, tutto il pacchetto. Ma ora..." Si sedette sulla sedia e alzò le mani. "È tutto andato, rovinato. Tutto". Schioccò le dita e io sobbalzai; il suono risuonò nella stanza un po' vuota. "Poof! Proprio così, sparito. E sai chi puoi ringraziare per questo?". I suoi occhi selvaggi scrutarono tra me e Bethany. "Ebbene, lo sai?" Abbaiò.

Bethany e io scuotemmo la testa. Il nostro coraggio precedente fu soffocato dallo sguardo folle e arrabbiato di Cecil, che ci impedì di dire troppo.

Cecil fece un respiro profondo e chiuse gli occhi. "Beh, potete ringraziare Jasper per questo", disse senza emozioni.

Mi cadde la mascella.

"Ok, lo farò". Bethany sbottò. Aveva ritrovato il coraggio e la sua voce audace interruppe lo scomodo silenzio che era calato nella stanza.

La guardai, desiderando che non dicesse altro. Riportai la mia attenzione su Cecil quando l'improvviso cigolio della sua sedia mi avvertì del suo movimento. Si chinò di nuovo in avanti con fare disinvolto. "Ah", ridacchiò, "sono sicuro che lo farai. Ma..." Cecil si alzò dalla sedia: "Ricordati che le sue azioni saranno la sua rovina e la tua". Si diresse verso la porta e la aprì.

"Cosa vuoi dire?" Dissi, trovando la voce nonostante il battito selvaggio del mio cuore.

"Beh, questa, April, è una storia per un altro giorno". Cecil aprì la porta e uscì. Il suono della serratura che si chiudeva dall'altra parte riecheggiò nella stanza.

Mi passai una mano sulla nuca ed esalai un respiro tremante. Cosa voleva dire?

"Culo!" La voce di Bethany interruppe l'inizio dei miei pensieri.

"Bethany!"

"Cosa?" Si girò su un fianco e si puntellò la testa con la mano.

"È solo che... oh, non importa". Mi passai le mani sul viso.

"Beh, lo è. Questo e molto altro".

Fissai Bethany e ridacchiai. "Da dove viene tutto questo?".
Feci un cenno con la mano verso di lei.

Lei aggrottò le sopracciglia. "Cosa?"

"Tutto quel coraggio, quell'insulto e... quello che è".

Bethany scrollò le spalle. "Non so, mi è sembrato un pò...
naturale".

"Forse stai iniziando a ricordare la tua personalità", suggerii.

"Forse - spero - questa cosa di non ricordare è... una
stronzata".

"Andiamo." Saltai su dalla sedia, afferrai il braccio di
Bethany e la tirai su dal pavimento.

"Cosa stai facendo?", disse mentre mi seguiva verso
l'armadietto.

"Piano due".

"Cosa?"

"Scopriremo cosa c'è in quell'armadio".

Ci fermammo davanti all'armadio e fissammo la serratura.
Anche con la ruggine, le vecchie sbarre di metallo erano solide.
Bethany lo aveva dimostrato quando l'aveva usata come
appiglio. Non c'era modo di scardinarla, ma speravo che in
qualche modo potessimo fare leva sulle ante per vedere cosa
c'era dentro.

Afferrai i due piccoli pomelli di legno e tirai. La serratura
tintinnò, ma le porte rimasero sigillate. Le mie mani scesero
dalle maniglie lungo la cucitura; i polpastrelli strinsero alla
ricerca di un appiglio. Solo quando raggiunsero il fondo delle
porte, un piccolo foro attirò la mia attenzione. Cercai di infilare
il dito all'interno, ma la rientranza era troppo piccola.

"C'era qualcos'altro in quella borsa oltre ai libri?". Dissi
mentre mi raddrizzavo e mi voltavo verso Bethany.

Lei alzò le spalle. "Non credo".

Sospirai; le sue parole cancellarono ogni mia idea di aprire le porte. Mi appoggiai all'armadietto e scesi fino a sedermi di fronte ad esso; pochi istanti dopo mi raggiunse mia sorella.

"Cosa stai facendo?", chiese.

"Sto pensando". I miei occhi si concentrarono sulla porta quasi invisibile in fondo. Se non l'avessi vista aperta, non avrei mai saputo che c'era. Tavole orizzontali circondavano la stanza e coprivano l'ingresso. Senza pomelli o chiusure, la porta scompariva nelle pareti.

Appoggiai la testa contro il mobile e chiusi gli occhi. Ero determinata a scoprire cosa c'era dentro.

"Stai ancora pensando?" Bethany sussurrò.

Annuii.

"A cosa?"

"A qualcosa da infilare in quel buchetto".

Bethany si spostò accanto a me. Ho pensato di aprire gli occhi per un momento, mentre i suoi passi si allontanavano, ma la mia mente è tornata a Jasper e Cecil. Da quanto tempo Cecil era qui? Era stato qui per tutto il tempo? Quali erano i loro piani? Altre domande mi frullavano in testa; non potevo fare supposizioni. A prescindere dalle loro intenzioni, il mio istinto mi diceva che io e Bethany eravamo da sole. Dovevamo escogitare un piano se volevamo uscirne.

"E questo?" Una corta matita di legno giaceva al centro della sua mano.

"Dove l'hai trovata?". Mi sedetti in avanti, presi la matita e mi spostai di fronte all'armadio.

"Era una tasca all'interno della borsa". Bethany indicò sopra la spalla in direzione del tavolo.

"Incrocia le dita!" Dissi mentre mi sedevo davanti all'armadio. Infilai la matita nel buco e, usandola come leva, cercai di fare leva sull'angolo inferiore dell'anta.

"Funzionerà?" Disse Bethany inginocchiandosi accanto a me.

"Non lo so".

Spinsi un pò più forte. Il legno cedette alla pressione e la matita si spezzò. "MERDA!"

"April!"

Sgranai gli occhi. Era una che parlava. "La matita si è rotta".

"Quindi, ora hai due pezzi di P. Infila una delle due estremità nel buco".

Sollevai metà della matita e indicai l'armadietto. "L'altra metà è incastrata nel buco".

"Oh, merda!" Imitò Bethany.

Gemetti e mi appoggiai all'armadio con le gambe distese davanti a me. La mia testa batté contro le ante e chiusi gli occhi. I pugni si strinsero sui fianchi. Inspirai dal naso e feci uscire l'aria tra le labbra serrate. Socchiusi le mani e tamburellai le dita sulle assi ruvide del pavimento; la testa di un chiodo si impigliò nell'unghia.

"Ho un'idea". Saltai in piedi e mi diressi verso la parete più vicina, mentre mi tornava in mente il ricordo del camminare fuori dalla stanza. "C'è un chiodo che sporge; aiutami a trovarlo".

Le vecchie pareti erano ruvide e piene di chiodi, la maggior parte affondati in profondità nelle assi. "Attenta alle schegge", dissi a Bethany mentre passava le dita sulle pareti. Crepe e buchi erano ovunque. I buchi erano piuttosto inquietanti perché la maggior parte conteneva corpi di insetti morti. Feci un salto indietro da un particolare buco. Un ragno strisciava fuori mentre lo scrutavo. Per fortuna non era grande, ma era comunque brutto. L'unico ragno che mi era piaciuto era quello del libro che Bethany stava leggendo.

"Vorrei che tu potessi aiutarci", sussurrai sottovoce. Il ragno si girò e scomparve di nuovo nella sua casa.

Continuai a girare per la stanza. I miei occhi e le mie dita cercavano il muro con diligenza. Alla fine si imbatterono nel chiodo che ricordavo e chiamai Bethany per aiutarmi a tirarlo fuori. Sfortunatamente, anche se sporgeva abbastanza, non si muoveva.

"Non funzionerà. È troppo stretto e le mie dita continuano a scivolare".

"Anche le mie". Bethany si strofinò i polpastrelli.

Tornammo verso l'armadio. Misi le mani sui fianchi e fissai la serratura, stringendo gli occhi.

"Forse posso provare in cima". Abbassai lo sguardo in tempo per vedere Bethany allontanarsi. "Cosa stai facendo?"

"Non ti sto sollevando. Puoi metterti sul tavolo se vuoi salire".

Ridacchiai e aiutai Bethany con il tavolo. Se c'era una cosa che stavo imparando di nuovo su mia sorella, era la sua natura audace. Aveva la capacità di essere diretta e di dire quello che pensava.

Accostammo il tavolo al mobile e io mi arrampicai sopra. Riuscii a raggiungere la serratura e, come prima, feci scorrere le dita lungo il punto di incontro delle ante. Ad ogni centimetro che le mie dita ispezionavano, il mio stomaco si annodava sempre di più. Le porte erano solide, senza buchi o ammaccature a cui le mie dita potessero aggrapparsi. Smisi di cercare quando raggiunsi i pomelli.

"Vorrei che avessimo la chiave o un pezzo di filo o qualcosa del genere". Mi alzai in piedi e fissai il lucchetto. Ancora una volta sentii i passi di Bethany, ma rimasi concentrata sul lucchetto.

"Ecco, vedi se funziona".

Nel palmo della mano tesa di Bethany c'era una chiave.

"Dove l'hai presa?". Strappai dalla sua mano il piccolo oggetto nero e color ruggine.

"Lassù". Indicò la parte superiore dell'armadio. "L'ho trovata mentre scendevo e l'ho messa in tasca".

"Perché non me l'hai detto?". Fissai incredulo la chiave che tenevo tra le dita.

"Me ne sono d-dimenticata. A volte ho ancora la testa un ò' confusa". Scrollò le spalle. "Comunque, continuavi a parlare di aprire l'armadietto, non di sbloccarlo".

Scossi la testa, era inutile discutere. Mi misi di fronte all'armadietto, infilai la chiave nella serratura e la girai. Il lucchetto si aprì.

18

I FANTASMI DENTRO

Scesi dal vecchio tavolo e, con l'aiuto di Bethany, lo facemmo scivolare via.

Ci trovammo di fronte all'armadio, la cui presenza era più grande e minacciosa di prima. Lo stomaco mi si annodò e strinsi i pugni. La pelle del viso si tese mentre il sangue mi defluiva dal volto. Il terrore sostituì ogni mia idea di aprire le porte.

"Qual è il problema?". La mano calda di Bethany mi toccò il braccio.

"Niente". Esitai un attimo, poi raggiunsi le maniglie e aprii le porte. In un attimo la stanza si riempì dell'odore di muffa delle cose vecchie, dei segreti tenuti nascosti al mondo.

Rimanemmo lì a fissare il contenuto, entrambe paralizzate. Camicie e pantaloni, vestiti da notte e abiti riempivano il bancone dei vestiti. Sul fondo dell'armadietto c'erano delle scatole di scarpe. Feci un passo avanti esitante e allungai la mano all'interno. Le mie dita sfiorarono i capi macchiati e sbiaditi che variavano per taglia e colore. I vestiti erano simili a quelli che indossavamo io e Bethany e li riconobbi subito come abiti della C.E.C.I.L.

"Di chi sono?" Chiese la voce di Bethany da dietro di me.

"Come faccio a saperlo?".

"Era una domanda retorica. Non pensavo che lo sapessi", disse Bethany.

"Lo sapevo". Annuii.

Tirai fuori dalla gruccia un vestito azzurro pallido. Il suo tessuto logoro era morbido sotto le mie dita. Il vestito era piccolo, troppo piccolo per me, ma più o meno della misura giusta per Bethany. Lo rigirai tra le mani e cercai all'interno, dietro il colletto.

"Cosa stai cercando?" La voce di Bethany mi interruppe.

"Un numero di identificazione come quello che abbiamo sui nostri vestiti".

"Ce n'è uno?".

"Se c'era, è stato cancellato". Indicai la linea nera sbiadita all'interno del colletto del vestito.

"Beh, almeno abbiamo qualche vestito in più. Questo sembra andare bene".

Fissai il vestito tra le mani, scossi la testa e sospirai. "Non indosserai né questo né altri vestiti di questo armadio".

Lei strinse gli occhi in piccole fessure e piegò le braccia. "E perché no?".

Perché no? Perché puzzano e sono stati indossati da una persona sfortunata, ecco perché no. La risposta alla domanda di Bethany mi passò per la testa mentre fissavo il capo d'abbigliamento tra le mani. Non era come i nostri vestiti, era uguale. Guardai alcuni degli altri capi appesi nell'armadietto. Erano tutti uguali, solo di colori diversi, alcuni più logori e macchiati di altri. Anche i pantaloni e le camicie erano tutti uguali, una specie di uniforme. Mi passai la mano sulla nuca; le mie dita pizzicarono il colletto. Mi venne in mente il mio numero di matricola stampato sulla stoffa. Che cosa era successo ai residenti del C.E.C.I.L. che avevano indossato questi indumenti?

Volevo dire a Bethany i miei sospetti, ma tenni i miei pensieri per me. Alla fine, Bethany stessa aveva notato qualcosa di indesiderabile nel vestito.

"Che schifo, cos'è?". Indicò il vestito che pendeva dalle mie mani.

Cercai nel batuffolo di tessuto qualsiasi cosa avesse visto. Alla fine, i miei occhi individuarono un segno marrone-rossastro che copriva la parte inferiore del vestito. La vecchia macchia di sangue mi fece rivoltare lo stomaco.

"È solo una macchia". Gettai il capo d'abbigliamento sul bancone. "Vediamo cosa c'è qui dentro. Forse c'è qualcosa che possiamo usare. E non intendo nessuno dei vestiti". Mi voltai di nuovo verso l'armadio e cominciai a tirare fuori le scatole e a posarle sul pavimento.

"Che ne è di quel... di quel pigiama....".

Chiusi gli occhi e stabilizzai la voce. "No!" Il suo forte sospiro mi avvertì della sua frustrazione e potei percepire il suo sguardo dietro la mia testa.

"QUEL PIGIAMA è tuo", urlò. Aveva la mia attenzione.

Mi allontanai dal mobile e mi misi accanto a lei. Bethany indicò davanti a sé e io individuai subito quello che stava guardando. Tra alcuni indumenti c'era un pigiama arancione sbiadito con dei fiori gialli.

Rimasi a bocca aperta. "Non possiamo essere sicure che sia mio. E poi, come fai a ricordartelo?". Dissi allontanandomi dall'armadio e fissando mia sorella.

Lei alzò le spalle e aggrottò la fronte; con la mano destra si grattava la sommità del capo. "Non lo so. A volte ricordo delle cose e poi penso che forse sia un sogno. Forse quello che ricordo non è reale. Ma quel pigiama..." annuì, "non lo dimenticherò mai. Credo", disse alzando gli occhi al cielo, "credo di averli odiati". Si voltò a guardarmi; le sue palpebre sbatterono per un secondo.

"Hah!" Annuii. "Li hai odiati".

"Perché?"

Scrollai le spalle e scossi la testa. "Non ne ho idea".

"Quindi sono tuoi?". Alzò le sopracciglia.

Mi voltai verso l'armadietto e mi avvicinai. Tirai fuori il top dall'appendino. I pantaloni erano piegati e drappeggiati sulla barra inferiore. Le mie dita sfregarono il tessuto morbido.

"Cosa stai cercando?" Bethany sussurrò.

"Qualcosa."

"Cosa?"

Sentii la sua domanda ma non risposi. Le mie dita cercavano nel tessuto come se avessero una loro memoria. Le prove che cercavano erano note solo a loro.

Ho passato al setaccio i miei ricordi, alla ricerca di quello che le mie dita avevano richiamato. Avvicinai la stoffa ai miei occhi. Anche loro ricordavano e cominciarono a scrutare la stoffa arancione punteggiata di fiori gialli. I miei occhi e le mie dita lavoravano insieme per trovare la prova che avrebbe confermato i loro sospetti. Il mio cervello non sapeva ancora cosa fosse. Una piccola protuberanza irregolare attirò l'attenzione delle mie dita. Interruppero la loro ricerca mentre i miei occhi esaminavano il tessuto. Sotto l'ascella della manica, vicino alla cucitura, individuai l'incongruenza del disegno. Girai il top al rovescio per vedere meglio.

Il piccolo strappo era stato cucito abbastanza bene, data la sua forma triangolare. Le mie dita hanno sfregato la cicatrice sul lato inferiore del pigiama. Mi venne in mente la visione di ago e filo che ricucivano un buco. Mi infilai un dito in bocca e mi tornò in mente l'immagine dell'ago che mi pungeva il dito e faceva uscire il sangue. La mia pelle si è irritata e si è sollevata in piccole protuberanze. Speravo di non trovare la prova che fossero miei. Rimisi il top nella sua gruccia.

"Sono tuoi, vero?". Bethany sussurrò.

Annuii e cominciai a togliere le scatoline. Pochi secondi

dopo Bethany mi raggiunse e insieme svuotammo l'armadietto in silenzio.

"E adesso?" Disse Bethany, passandosi una mano sulla fronte.

Avevamo rimosso ventinove scatole. Alcune si trovavano su uno scaffale in fondo all'armadio. Bethany aveva dovuto strisciare dentro e passarmele.

"Aprili... credo".

"Tutti?"

Una piccola pila di scatole ci circondava. Alcune avevano segni di riconoscimento scritti a penna o a pennarello, altre avevano disegni e alcune non avevano nulla.

Bethany prese uno degli scatoloni con un documento e lo tenne tra le mani, strizzando gli occhi. "Questo mi sembra familiare".

Guardai la scatola e l'identificazione. Non aveva alcun significato per me. "Cosa vuoi dire?".

"Mi ricordo..." fece una pausa e si grattò la testa. "Ho fatto una cosa del genere", alzò lo sguardo dalla scatola, "prima di venire nella tua stanza".

I miei pensieri tornarono alla C.E.C.I.L. Il ricordo era confuso, ma c'era la vaga sensazione che anch'io avessi avuto una scatola del genere. Misi la mano in tasca. Il piccolo bottone marrone si annidava nell'angolo e lo strofinai tra le dita.

"Pensi che siano gli stessi? Cioè, non il mio o il tuo, ma la stessa cosa?" Gli occhi di Bethany si allargarono.

Scrollai le spalle. "Non lo so. Ricordo una scatola, ma non ricordo a cosa servisse".

"Sulla mia ho disegnato: un arco colorato, credo".

Alzai le sopracciglia. "Un arcobaleno?". Presi la scatola dalle mani di Bethany. "Dai, rimettiamoli a posto".

"Non dovevamo aprirli?".

"Lo faremo, ma magari uno alla volta. Non vogliamo che ci

becchi con tutto questo". Agitai la mano verso le scatole di scarpe sparse sul pavimento e l'armadietto aperto.

"Vuoi dire Cecil?" Disse Bethany.

Annuii. "Sì, lui o anche Jasper, non si sa mai". Feci un passo avanti, con la mano premuta sulla schiena dolorante. Guardai il bancone appesantito dai vestiti. In punta di piedi, mi avvicinai al centro e spinsi l'abbigliamento da un lato e poi dall'altro. L'aggiustamento mise a nudo il ripiano sul retro e avrei voluto pensarci prima. Entrai.

"Passami una scatola, Beth".

"Come mi hai chiamato?".

Ci pensai un attimo. "Scusa... Bethany".

"No, mi piace". Lei sorrise. "Puoi chiamarmi Beth". Mi porse un paio di scatole.

Sorrisi mentre le posavo sullo scaffale. Un'incisione sulla parete di fondo attirò la mia attenzione e mi avvicinai per esaminarla più da vicino. Tracciai con le dita le impronte grezze: C-2. "C'è stato qualcuno qui dentro?". Ho esclamato. La mia attenzione tornò sulla stringa alfanumerica incisa nel legno: 0-1-6-0-9-2-7-L.

"Cosa?" La voce ovattata di Beth mi giunse alle orecchie.

"C'è un documento d'identità inciso sulla parete posteriore".

"Che cosa c'è scritto?".

Il mio dito tracciò ogni lettera e numero mentre li chiamavo a Beth. "Ricordi di aver mai incontrato qualcun altro al C.E.C.I.L.?". Chiesi mentre fissavo la combinazione di lettere e numeri. L'odore di legno e di vecchi abiti ammuffiti mi riempiva il naso mentre aspettavo la risposta di Beth.

"Non mi ricordo. Hai incontrato qualcuno?".

La mia mano sfiorò di nuovo l'incisione. Immagini e visioni sfocate mi inondarono il cervello. I ricordi recenti si univano ai sogni, quelli vecchi si mescolavano ai pensieri. Chiusi gli occhi e ripensai ai primi ricordi della C.E.C.I.L. Non erano molti, ma alcuni avevano cominciato a riaffiorare. Incontri occasionali, mentre camminavo per lunghi corridoi bianchi, mi passavano per la mente. "Non lo so, forse".

Un'altra rientranza sotto il documento attirò la mia attenzione e mi accovacciai più in basso nell'armadio. Le mie dita tracciarono le lettere intagliate grossolanamente; l'incisione non aveva senso. "Cosa pensi che ci sia scritto? È un altro documento d'identità?". Uscii dall'armadio e permisi a Beth di dare un'occhiata. Pochi istanti dopo uscì a carponi; il suo naso si arricciò.

"Non lo so. Non è per niente simile al nostro".

Tornai al mio posto e fissai il gruppo di lettere: GOB42L8. Sussurrai le lettere e i numeri, sperando che in qualche modo cominciassero ad avere un senso. Al terzo giro di parole mi si accapponò la pelle mentre sussurravo le parole.

"Cosa? Cosa stai dicendo?" Beth chiamò da dietro di me.

Mi allontanai dal mobile e fissai l'ID e l'incisione sottostante. Era un messaggio. Era un avvertimento. Mi girai e guardai Beth. "Vai, prima che sia troppo tardi".

19

BURRO DI ARACHIDI

"April?"

"Sì".

"Stai dormendo?"

Ho fatto un mezzo sorriso. "No."

"Perché non abbiamo aperto nessuna s-scatola?". Beth sbadigliò.

Misi la mano davanti a me e la girai, la sua sagoma era in qualche modo visibile nell'oscurità. Un piccolo gemito mi sfuggì dalle labbra mentre tiravo su le gambe e appoggiavo i piedi sul cuscinetto. La posizione modificata fece pressione sulla schiena e alleviò il dolore. Il sottile materasso offriva poca protezione tra il pavimento di legno duro e le mie ossa.

"Perché. Ora dormi". Le lettere e i numeri intagliati danzavano nell'oscurità di fronte a me e io strinsi le palpebre. L'avvertimento inciso all'interno dell'armadietto aveva confermato i miei sospetti sull'abbigliamento. Non volevo avere altre sorprese.

"Dovremmo aprirne uno domani".

"Forse... se smetti di parlare e vai a dormire".

Quella fu l'ultima volta che sentii Beth. Come fossi riuscita ad addormentarmi era un mistero e quando mi svegliai la stanza aveva cominciato a schiarirsi.

Mi alzai a sedere e fissai l'armadio, spaventata dai segreti che conteneva, ma allo stesso tempo curiosa. Mi rivestii e, senza pensarci, misi la mano in tasca. Il bottone riposava nel suo angolo. Pochi istanti dopo, mi avvicinai in punta di piedi al grande mobile. Mi attirò con una forza invisibile, come un bambino alla promessa di un regalo irresistibile.

Senza esitare, le mie mani raggiunsero le maniglie e strattonarono. Le porte rimasero chiuse. Tirai di nuovo con un pò più di forza. La serratura tintinnò e mi ricordai che il giorno prima avevamo richiuso l'armadietto. Le mani mi ricaddero sui fianchi; ero sollevata e delusa allo stesso tempo.

"La vuoi?"

Sussultai e mi girai di scatto. Beth era in piedi dietro di me; la sua mano tesa reggeva la piccola chiave.

Strappai la chiave dalla mano di Beth e la misi in tasca. "Non ora". Tornai alla mia stuoia e mi sdraiai sulla schiena dolorante. Contai le travi del soffitto. Ognuna toccata dalla luce che filtrava dalla piccola finestra. Erano solo sei, ma lo sapevo già. Le avevo contate ogni giorno da quando eravamo lì.

L'ombra di Bethany incombeva su di me. Mi guardò dall'alto verso il basso e mi rimproverò.

"Perché no?". Beth incrociò le braccia e mi fissò.

Sospirai e mi misi a sedere. Perché no? "Siediti, Beth". Accarezzai il suo materassino. Mancavano piccoli pezzi di schiuma e sembrava meno comodo del mio. Beth non si mosse. "Per favore?"

Bethany sospirò e si sedette a gambe incrociate di fronte a me; teneva le braccia conserte. Non ero sicura di quello che le avrei detto, ma ero certoache "perché" non era più una risposta adeguata.

Feci un respiro profondo. "Non possiamo..."

"Come stanno le mie due ragazze preferite stamattina?".

Non l'avevo sentito entrare e sobbalzai al suono della sua voce, anche se il suo profumo mi colpì il naso più o meno nello stesso momento. Anche Bethany trasalì e guardò oltre me, dove si trovava Cecil. Ci volle un attimo prima che mi alzassi e mi girassi per affrontarlo. Bethany mi raggiunse al mio fianco, con un cipiglio stampato in faccia.

"Dov'è Jasper?" Beth chiese prima che potessi lanciarle un'occhiata di "attenzione a ciò che dici".

"Hmph", sbuffò Cecil. "Vedo che non hai cambiato molto il tuo atteggiamento dall'ultima volta". Si passò una mano tra i capelli bianchi. La macchia di sudore sotto il braccio era ben visibile sulla camicia blu reale.

"E perché..."

Mi avvicinai e misi una mano sulla schiena di Beth, interrompendola a metà frase. "Siamo preoccupate", dissi. La mia voce era uniforme. "L'ultima volta che l'abbiamo visto non aveva un bell'aspetto".

Gli occhi grigi di Cecil si fissarono sul mio viso. "Preoccupate? Come osa?" La sua voce era bassa e minacciosa, mentre affilava lo sguardo su di me. In risposta deglutii a fatica, con la bocca improvvisamente secca. Nello stesso istante, il suo sguardo si ammorbidì mentre riacquistava la sua compostezza. "Si sente un pò... indisposto". Scrollò le spalle mentre un angolo della bocca si sollevava in un sorriso compiaciuto.

"Vogliamo vederlo", disse Beth a denti stretti. Le spinsi la mano contro la schiena per ricordarglielo.

"Sono sicuro che lo volete. Comunque", Cecil batté le mani e le strofinò. "Ho qualcosa per te". Girò i tacchi e uscì dalla stanza. Un attimo dopo tornò, camminando all'indietro. Cercai di guardarmi intorno mentre tirava fuori qualcosa. Per la prima volta, la porta era completamente aperta nella stanza. Feci un passo silenzioso alla mia sinistra. Mi concentrai su ciò che c'era dall'altra parte dell'ingresso, ma tutto ciò che riuscivo a vedere era un corridoio buio. Spostai la mia attenzione sulla porta aperta e sulla maniglia con la chiave nella serratura. La chiave era sempre lì?

"Te ne ho portata solo una", ansimò senza fiato.

La sua voce rauca portò la mia attenzione sul pezzo di metallo piegato che aveva spinto nella stanza con un materasso infilato al centro. Bethany e io restammo accanto al tavolo mentre lui lo faceva rotolare verso le nostre stuoie e dispiegava la branda. Il materasso logoro aveva un aspetto invitante.

Si girò e fece un passo verso di noi, mentre delle perle di sudore gli colavano ai lati del viso. Io indietreggiai mentre si avvicinava e urtai il tavolo dietro di me.

Il suo alito era ripugnante e potevo sentirne sia il sapore che l'odore. Si avvicinò e mi scostò una ciocca di capelli dalla guancia. La pelle d'oca mi salì sulla pelle. Se avessi avuto qualcosa nello stomaco, sarebbe stato tutto sul pavimento. Invece, solo la bile mi bruciava in fondo alla gola. Deglutii e incontrai il suo sguardo grigio. Non gli avrei concesso la soddisfazione di conoscere la mia paura.

"Gli farò sapere che sei preoccupata". Sorrise; un pezzetto di cibo si era incastrato tra due denti. Prima che potessi replicare, un colpo di tosse sconvolse il corpo di Cecil. Beth e io lo guardammo e solo quando riprese il controllo i miei occhi lasciarono la sua forma accartocciata. Il mio sguardo si spostò sulla porta spalancata; avevamo perso l'occasione di scappare.

"Ho qualcos'altro per te". Si schiarì la gola e tirò fuori un pezzo di stoffa piegato dalla tasca dei suoi pantaloni beige. Poi si tamponò la bocca mentre si voltava verso la porta. Quando tornò, aveva con sé una borsa di stoffa blu e la posò sul tavolo. "La tua colazione". Sorrise e si allontanò.

Fissai il sacchetto mentre il ticchettio della porta che si

chiudeva dietro di lui risuonava nelle mie orecchie. Il cibo che Jasper aveva portato non era paragonabile a quello che avevamo gustato al C.E.C.I.L., ma era commestibile. Non potevo immaginare cosa avesse in serbo per noi. Non potevo fare a meno di pensare che quel sacco fosse di cattivo auspicio. Che cosa sta succedendo?

"Hai intenzione di aprirlo?". La voce di Beth mi scosse dai miei pensieri.

Scrollai le spalle. Non volevo aprirlo. Non volevo accettare nulla da lui. Il mio stomaco, però, aveva il suo programma e brontolava con un forte lamento. Espirai e annuii. "Puoi", dissi.

Beth si avvicinò al tavolo e slegò i manici della borsa. Tolse i pochi oggetti che c'erano all'interno. L'odore di banane troppo mature pervase la stanza e il mio stomaco brontolò.

"Dove le ha prese?" Mi chiesi ad alta voce mentre guardavo le banane, per lo più marroni, in mano a Beth.

Beth scosse la testa e le posò sul tavolo. Frugò di nuovo nel sacco e tirò fuori un sacchetto di pane. Il sacchetto era mezzo pieno e conteneva un assortimento di croste e fette di diversi tipi. Infine, tirò fuori un grosso barattolo di burro di arachidi.

"È pesante, deve essere pieno", disse.

"Fammi vedere". Presi il barattolo dalla sua mano tesa. Lo feci rimbalzare nella mia e lo pesai. Le mie dita tremanti svitarono il coperchio e lo tolsi dal barattolo. La carta copriva l'apertura. "È un barattolo nuovo". Lo inclinai verso mia sorella in modo che potesse vedere la copertura che lo sigillava.

"Perché ci ha dato un barattolo intero? Perché non un panino?". Beth chiese. La sua voce e i suoi occhi stretti rivelavano la sfiducia in ciò che vedeva, e a ragione.

"Sembra che per un pò dovremo nutrirci da sole". Eravamo così abituate a tre pasti preparati al giorno che non mi era mai venuto in mente che le cose sarebbero state molto diverse. C.E.C.I.L. soddisfaceva i nostri bisogni nonostante la prigionia.

Ovunque fossimo, eravamo sole, abbandonate a noi stesse. Solo che ora avevamo meno libertà.

Girai il barattolo tra le mani e lessi l'etichetta. La carta verde mi era familiare. La mia mente cercò nel suo archivio di ricordi. L'elenco dei pensieri e degli avvenimenti era cresciuto di giorno in giorno. Un piccolo frammento di un ricordo spiccava sul resto. Mi fissai su quel piccolo frammento. Come le unghie che cercano di estrarre una scheggia, scavai fino ad afferrare l'oggetto estraneo.

Mi concentrai su un'immagine nella mia testa. I miei pensieri si concentrarono e si affilarono finché il ricordo si liberò.

Il burro di arachidi era stato il mio cibo preferito fino a un'estate. I nostri genitori erano partiti per un viaggio e ci avevano lasciato alle cure di una babysitter. Se la mia memoria è corretta, i panini al burro di arachidi erano tutto ciò che ci aveva dato da mangiare: colazione, pranzo e cena. Dopo quell'esperienza, non ne mangiai mai più uno. Fissai il barattolo pieno tra le mani; il ricordo mi fece rivoltare lo stomaco.

"Allora, hai intenzione di s-stare lì tutto il giorno o mangiamo?". Le sopracciglia di Beth si alzarono e sembrò infastidita.

"Tieni". Spinsi il barattolo verso di lei. "Puoi aprirlo". Non ero sicura di come il mio stomaco avrebbe sopportato l'odore. Beth prese il barattolo dalla mia mano e lo posò sul tavolo. "C'è qualcos'altro nella borsa?".

Bethany infilò la mano e tirò fuori un piccolo coltello di plastica. "Come questo?" Sorrise.

Il mio stomaco brontolò quando Bethany tolse la carta dal barattolo. Non ero sicura che il brontolio fosse dovuto alla fame e feci un piccolo passo indietro. L'aroma fresco delle arachidi si sprigionò dal barattolo nel momento in cui liberò la carta. Beth lo inclinò verso di me prima di portarlo al naso. Aspirò a lungo dal barattolo e chiuse gli occhi. Per un attimo pensai che avesse inalato tutto l'odore del burro di arachidi.

Senza dire un'altra parola, ci sedemmo. Presi una banana e tolsi la buccia marrone scuro. Il frutto all'interno era morbido e dovetti fare attenzione a non ridurlo in poltiglia mentre lo affettavo in piccoli pezzi. Quando finii, passai il coltello a Beth, che iniziò a preparare panini con burro d'arachidi e banana. Gran parte del pane era raffermo o ammuffito, ma riuscimmo a trovare quattro fette abbastanza buone da mangiare. Quando finì, mi porse uno dei panini. Ispezionai il panino bianco e marrone; l'odore del burro di arachidi e della banana non era più forte come prima. Il mio stomaco brontolò di nuovo.

"Mmm!" La voce di Beth mi distrasse e alzai lo sguardo verso di lei. Teneva il cibo tra le mani e si leccava le labbra. Chiuse gli occhi e morse la sua creazione. Assaporò il boccone come se fosse il suo ultimo pasto.

Io rivolsi la mia attenzione al mio cibo. Avvicinai il panino alla bocca, esitai, chiusi gli occhi e diedi un morso. Non era così male come pensavo.

Mangiammo in silenzio. Ogni boccone era più buono del precedente. Masticai ogni pezzo appiccicoso finché non si sciolse in bocca. Anche se c'era molto burro di arachidi, la prossima volta che avremmo mangiato mi sarei assicurata di non essere così liberale. Il mio istinto mi diceva che il cibo non sarebbe stato così abbondante come prima. Non si sapeva quando o se Cecil ci avrebbe portato altro. Eravamo lì solo da pochi giorni e mentre Jasper aveva portato cibo per ogni pasto, non potevamo fidarci che Cecil facesse lo stesso. Se Jasper fosse stato troppo malato, il burro di arachidi avrebbe potuto essere l'ultimo cibo che avremmo ricevuto.

"Dopo la colazione... possiamo aprire una di quelle scatole...

per favore?". Beth parlò tra i morsi appiccicosi del burro di arachidi.

Avevo dimenticato che prima dell'interruzione di Cecil stavo per spiegare perché non pensavo che avremmo dovuto aprire nessuna scatola. "Ok." Cambiai idea. Forse c'era qualcosa in uno di quei cartoni, qualcosa che ci avrebbe aiutato a fuggire.

20

LA FINESTRA

"Sᴃʀɪɢᴀᴛɪ!" Bethany batté il piede e mi guardò con occhi impazienti. Dopo che le avevo detto che avremmo aperto una scatola, aveva ingurgitato il suo panino al burro d'arachidi così in fretta che temevo si sarebbe strozzata. Abbassai lo sguardo sul pezzo di panino rimasto in mano. Mancavano solo pochi bocconi e volevo assaporarli fino all'ultimo.

"Perché ci metti così tanto?". Bethany piagnucolò.

Ci stavo mettendo molto, anzi, stavo temporeggiando. Il pensiero di riaprire quell'armadietto con tutti i suoi brutti segreti mi faceva rivoltare lo stomaco. E se ci avesse scoperti? Come potremmo anche solo iniziare a spiegarglielo? Ho tremato al pensiero. Non volevo immaginare cosa avrebbe potuto fare.

"Andiamo, April, prima che torni".

Ingoiai un altro pezzo e alzai lo sguardo su Beth. La sua bocca si era disegnata in una linea stretta e non c'era dubbio che si fosse infastidita . "Tornare? Che cosa intendi per ritorno?".

"Ho sentito di nuovo quel rombo. Credo che fosse un...". Chiuse gli occhi, la fronte aggrottata per la concentrazione. "Un camion!" Bethany sorrise quando le tornò in mente la parola perduta.

"Pensi che abbia un camion? Non ho sentito nulla". Inclinai la testa.

"Questo perché eri troppo impegnata a pensare a masticare". Bethany indicò il pezzo di panino ancora stretto tra il pollice e l'indice.

Misi in bocca l'ultimo boccone e mi diressi verso il guardaroba. La sedia si trascinava dietro di me mentre la tiravo.

"Stiamo aprendo una s-scatola, vero?".

"Aiutami!" Ignorai Beth e posizionai la sedia accanto all'armadio, poi tornai a prendere il tavolo. Afferrai un'estremità e le feci cenno di prendere l'altra.

"Sai che la chiave è nella tua tasca", mi ricordò Bethany mentre mettevamo il tavolo davanti all'armadietto.

"Non mi serve". Afferrai la sedia e la sollevai sul tavolo, poi ci salii sopra. "Tienila ferma".

"Cosa stai facendo?" Beth afferrò una gamba della sedia in ogni mano e la tenne ferma sul tavolo.

"Vado a guardare fuori dalla finestra".

"Perché?" La sua voce si alzò un pò.

"Hai detto di aver sentito un rombo. Voglio vedere se riesco a vedere qualcosa".

Mi inginocchiai sopra l'armadio e passai un dito su uno strato di polvere e sporcizia. Alcuni di essi erano già stati spalmati dalla precedente visita di Beth. La finestra era ancora piuttosto sporca, anche se lei era riuscita a togliere un pò di sporco. L'impronta della sua mano era ancora visibile nella sporcizia rimasta.

Un piccolo sussulto mi sfuggì dalle labbra mentre controllavo la mia prima vista dell'esterno. Il cielo azzurro, gli alberi verdi: tutto ciò che vidi in quel primo momento mi chiamò. Le mie mani si strinsero in pugni e ci volle tutto il mio controllo per non battere sulla finestra. La libertà era a portata di mano e mi frustrava. Mi sollevai sulle ginocchia per avere una visuale migliore. Un tocco leggero sulla testa mi fece tornare alla distrazione dell'esterno e alzai lo sguardo. La prima trave era appena sopra la cima della finestra e io vi avevo sfiorato la testa. Era vicino. Mi passai la mano sulla testa. L'aver sfiorato la collisione mi rese consapevole della necessità di fare più attenzione. La consapevolezza mi ha spinto a pensare; i pensieri mi hanno fatto preoccupare. E se Cecil ci becca?

"Dammi qualcosa con cui pulire questa finestra". Scossi la testa nel tentativo di distogliere i miei pensieri dalla preoccupazione per ciò che sarebbe potuto accadere al finestrino di fronte a me.

"Tipo?"

Dal mio trespolo, la stanza sembrava squallida come a livello del suolo. Infilai la mano in tasca; le mie dita sfiorarono la chiave. Scavando ancora, trovai il bottone liscio e lo strinsi tra le dita. L'altra mano lisciò la gonna del vestito e afferrò la tasca. Il quadrato di stoffa si strappò su entrambi i lati e pendeva da pochi fili rimasti lungo il fondo. Sotto si intravedeva una macchia di verde più brillante. Mi abbassai e strappai la tasca.

"Ecco, mettici un pò d'acqua". Mi accovacciai e allungai il braccio. Bethany prese il panno dalla mia mano e si diresse verso le nostre bottiglie d'acqua. Ne prese una dal tavolo e tornò all'armadietto.

"Quanto la vuoi bagnata?". I suoi ampi occhi blu ghiaccio mi fissarono.

"Solo un pò".

Beth mise il panno sull'estremità e rovesciò la bottiglia.

"Ecco." Allungò la mano verso di me; l'acqua, dal pezzo di stoffa umido, le gocciolò lungo il braccio. Mi abbassai e lo afferrai.

Il pezzo di stoffa bagnato inumidiva la sporcizia sulla finestra, ma a ogni passaggio si spalmava ancora di più. La finestra non diventava più chiara. Anzi, era peggio di prima.

"Non sta funzionando molto bene", affermò Bethany con un'ovvietà.

Io alzai gli occhi. "Non è abbastanza grande", dissi mentre mi tiravo su il vestito fino alla vita e ne usavo la parte inferiore per pulire la finestra.

"Ti sporchi il vestito", mi rimproverò Bethany.

"È già sporco", dissi mentre pulivo il più possibile. Quando fui soddisfatta, appoggiai il lato del viso sul vetro freddo e liscio. Schiacciai più forte la guancia per cercare di vedere meglio l'esterno. "Uh!" Sussultai e ritirai il viso dal vetro.

"Cosa?" Disse Bethany.

"La finestra si è mossa". Ho premuto sui bordi della finestra rotonda e ho cercato altri movimenti. Ma non vidi nulla. "Prendimi qualcosa". I passi frettolosi di Bethany mi rimbombavano nelle orecchie mentre continuavo a spingere e a fare leva sulla finestra con le mani.

"E questo?"

Mi girai e guardai Bethany. Stava tenendo in mano il coltello di plastica ricoperto di burro di arachidi. Sorrisi, mi accovacciai e allungai la mano.

"Aspetta!" Bethany disse e leccò il coltello. "Non voglio sprecarlo". La guardai con invidia; mi aveva preceduto in quello che avevo in mente di fare. Quando finì, allungò il braccio e mi porse il coltello pulito e leccato.

Rimossi la sostanza grigia che teneva ferma la finestra. Alcuni pezzetti si staccarono più facilmente di altri. Dopo qualche istante mi fermai. Mi tolsi una ciocca di capelli umidi dagli occhi e mi asciugai il sudore dalla fronte con il dorso della mano. Ci sarebbe voluto molto più tempo di quanto pensassi. Mi sedetti sulle ginocchia e sospirai. Non saremmo fuggite tanto presto.

"Sta funzionando?" La voce eccitata di Beth giunse dal basso.

"No, ci vorrà del tempo".

"Sei... sicura che si sia mossa?".

Fissai la finestra. "Sì." La mia voce era sicura, ma nella mia testa mi chiedevo se fosse successo davvero.

"Ok, beh, come hai detto tu, ci vorrà del tempo". La sua voce sembrava delusa quanto lo ero io. "Hai visto qualcosa?". Riprese l'entusiasmo di prima.

La domanda di Bethany mi ricordò il motivo per cui ero salita sul mobile. Mi piegai in avanti sulle ginocchia e scrutai fuori dalla finestra, molto più pulita. Una foresta mista di alti sempreverdi e alberi frondosi si estendeva fino a dove potevo vedere. Notai anche un dettaglio che Bethany non aveva menzionato prima. Sotto la finestra c'era un altro tetto.

Girai la testa verso destra e appoggiai la guancia al vetro freddo. Ancora una volta mi sembrò di percepire un movimento, ma non suscitò alcuna speranza. Se si era mosso, era rimasto saldamente attaccato.

Verdi e marroni di varie tonalità incontrarono i miei occhi mentre guardavo la foresta che circondava la nostra prigione. Un lampo di movimento attirò la mia attenzione e un bellissimo uccello blu passò di lì. Rimasi a bocca aperta.

"Che cosa!" Bethany chiamò allarmata.

"Niente, un uccello".

"Oooh, non dovrei farlo - ah!".

Mi guardai alle spalle e individuai Beth mentre saliva sulla sedia.

"Beth!"

"Sto salendo, spostati". Lei allungò entrambe le mani verso di me, con un'espressione di paura e determinazione negli occhi.

"Bene." Mi aggrappai alle sue braccia e la sostenni mentre si tirava su in cima all'armadio. "Va bene?" Dissi una volta che si fu sistemata.

Annuì e mi fece un debole sorriso.

Ci sedemmo sulle ginocchia e a turno scrutammo fuori

dalla finestra. Guardammo il volo degli uccelli e ci stupimmo quando ogni tanto uno atterrava sul tetto sottostante. Per quanto avessero cercato di ricreare una foresta nella grande stanza del C.E.C.I.L., non era nulla in confronto al mondo reale.

Gli alti alberi ondeggiavano nella brezza invisibile. Qualche nuvola vaporosa e bianca punteggiava il cielo azzurro. Tutto era vibrante e caldo quando i raggi del sole toccavano il mondo esterno.

"Che cos'è?" Bethany allontanò la guancia sudata dalla finestra. Raccolse i capelli lunghi fino alle spalle in una mano, li attorcigliò e li tenne fermi sulla sommità del capo. Entrambe le sue guance erano arrossate per averle premute contro il vetro, ed ero sicura che le mie avevano lo stesso aspetto.

Appoggiai la guancia sinistra sul vetro. "Cosa?"

"Tra gli alberi c'è un'apertura come un sentiero o qualcosa del genere".

"Hai ragione. È una strada. Dobbiamo essere venute qui con quel camion che continui a sentire". Le mie parole mi ricordarono che avevo dimenticato di cercare i segni di qualche veicolo. I miei occhi seguirono il sentiero sterrato tra gli alberi e lo ripercorsero verso l'edificio. C'era una strada, ma non potevo dire se ci fosse un veicolo parcheggiato davanti. Il tetto sotto la finestra bloccava la vista.

"Il mio giro di boa". Bethany mi strattonò il vestito e io indietreggiai.

Beth girò la testa da sinistra a destra e viceversa. Ogni pochi secondi pronunciava silenziose espressioni di piacere. Stavo per chiederle di spostarsi, quando si sedette di nuovo dalla finestra.

"Si sta facendo buio. Non è già notte... vero?", disse con un'espressione perplessa.

Io imitai la sua espressione. Non eravamo in cima all'armadio da così tanto tempo. Mi chinai in avanti e scrutai fuori. Il cielo azzurro si era trasformato in diverse tonalità di grigio vorticoso. Nuvole arrabbiate allontanavano gli sbuffi bianchi che ci eravamo divertite a guardare pochi minuti prima. Le cime degli alberi verdi ondeggiavano più velocemente per effetto del vento. Un forte boato scosse le travi.

"Cosa sta succedendo?". La voce di Beth vacillò un po'.

Le misi un braccio intorno alla spalla. "Una tempesta, credo".

Beth si tirò indietro e mi guardò, con gli occhi spalancati. "Credo che i temporali mi piacciano quanto le altezze".

"Hai ragione. Non ti piacciono i temporali, ma sono sicura che presto finirà. Pioverà solo forte per un pò. Non preoccuparti". Le diedi una pacca sulla schiena. Beth non ricordava quanto odiasse entrambe le cose.

"Pioggia". Bethany si chinò in avanti e scrutò fuori dal finestrino. "Pioggia", sussurrò ancora. "Pioggia pazza".

Ci fu un altro brontolio, ma non proveniva da nessun temporale.

"È tornato?" Dissi.

Bethany annuì e si allontanò dalla finestra. Scendemmo dal mobile e riportammo il tavolo e la sedia al loro posto. Ci avvicinammo in punta di piedi alle nostre stuoie.

Alzai lo sguardo verso la finestra bagnata dalla pioggia e mi passai una mano sulla guancia. Potevo ancora sentire il leggero spostamento della finestra. Si era mossa. Mi assicurai che il dubbio fosse appassito e morto. E anche se ci sarebbe voluto del tempo, la speranza viveva.

21

SEGRETI NASCOSTI

IL TEMPORALE fuori ci teneva rannicchiate sulla mia stuoia. Sebbene Beth avesse implorato di sedersi sulla brandina, non avevo intenzione di usarla, per quanto sembrasse comoda. Sotto le proteste di Beth, la piegammo e la facemmo rotolare nell'angolo della stanza vicino alla porta.

Bethany si sedette accanto a me, abbastanza vicina da farmi sentire il calore del suo corpo. Si portò le ginocchia al petto e vi seppellì il viso. I suoi capelli scuri e ondulati le ricadevano intorno. Le sue mani erano appoggiate sopra la testa e si copriva le orecchie ogni volta che il tuono rimbombava. Anche se la stanza era calda, Beth tremava come le travi a ogni tuono. La pioggia batteva sul tetto ed era quasi assordante. Riuscivo a malapena a sentire il mio respiro. La stanza si oscurò mentre il cielo si riempiva di nuvole nere da tempesta.

"Presto finirà", dissi più forte del solito. Speravo di avere ragione, perché non c'era alcun segno che la tempesta stesse per finire. Mi avvicinai e strofinai la schiena di Beth. Il suo vestito blu era umido di sudore.

Beth girò la testa di lato e mi guardò attraverso una ciocca dei suoi capelli indomiti. "Come fai a saperlo?". Un lampo filtrò dalla finestra. Un inquietante bagliore blu illuminò la stanza per un secondo. Beth chiuse gli occhi e seppellì il viso nelle ginocchia. Le mani le coprirono le orecchie quando, pochi secondi dopo, il tuono si scatenò. "Sì, certo che lo è", disse. Le sue parole si persero quasi nella pioggia battente.

Mi cullai la fronte tra i palmi delle mani e mi coprii gli occhi con i talloni delle mani. "Possiamo", esitai, "fare un gioco". Un altro ricordo era tornato.

"No." Beth scosse la testa.

"Ti aiuterà a capire quando la tempesta è quasi finita".

Beth alzò gli occhi dalle ginocchia e si asciugò il viso sudato con la mano. "Cosa vuoi dire?"

Sospirò. "Lo facevamo quando eravamo piccole. Papà ce lo faceva vedere".

Beth aggrottò la fronte. "Dimmi".

"Dovrai guardare su alla finestra".

Beth guardò la finestra mentre un altro lampo la illuminava. Si coprì il viso e si coprì le orecchie. "Non credo che sia una buona idea", balbettò.

"Ti prometto che ti aiuterà. È sempre stato così in passato". Le appoggiai una mano sulla spalla; il suo corpo tremò sotto il mio tocco.

Beth alzò la testa e fissò la finestra. "Ok", gemette, "cosa devo fare?".

"La prossima volta che vedi un lampo, inizia a contare uno, mille, due, uno...".

"Ok, ok, ho capito. E poi?"

"Fermati, quando senti il tuono. Più lungo è lo spazio tra il fulmine e il tuono -".

"Più lontano è il temporale", interruppe di nuovo Beth. La sua voce mostrava più eccitazione che paura. I suoi occhi erano spalancati mentre mi fissava. "Mi ricordo!" Mi gettò le braccia al collo e quasi mi fece cadere.

Un forte rumore di tuono la fece alzare in piedi in un

istante. Si coprì le orecchie con le mani, ma non chiuse gli occhi.

"Ti ricordi?" Dissi. La mia voce si alzò sopra il frastuono.

Lei annuì. "Solo il gioco, però, nient'altro".

"Beh, è un inizio". Sorrisi.

Fissammo la finestra e non passò molto tempo prima che lampeggiasse un fulmine; la stanza si illuminò nella luce inquietante.

"Uno", iniziò Beth. Non riuscì a fare altro prima che un tuono facesse tremare la finestra.

Le strinsi un braccio intorno. "Va tutto bene". La pioggia scrosciava contro il vetro. Una forma scura sbatté contro il vetro. La crepa che ne derivò riecheggiò nella stanza e sperai che, qualunque cosa fosse, avesse rotto il vetro. Un lampo lampeggiò e Bethany ricominciò a contare.

La mia mente si divideva tra l'aiutare Beth a contare e la mia speranza di fuga. A ogni pensiero ottimistico ne corrispondeva uno di disperazione. Ben presto, le impossibilità si accumularono e annegarono ogni mia fiducia. Quando la tempesta finì, mi ero già autoesclusa dalla libertà.

Espirai quando tutta la tensione causata dalla tempesta fuori e da quella che infuriava nella mia testa si liberò dal mio corpo. Le mie spalle si abbassarono e la testa si alzò mentre una coraggiosa Beth tornava al suo tappetino. I tuoni e i lampi si erano allontanati e la stanza si era rischiarata. Mi strappai il vestito umido che mi aderiva al corpo.

"È finita?" Disse Beth. La pioggia si era attenuata fino a diventare un picchiettio ritmico e lei parlava con voce normale.

Annuii. "Penso di sì".

"Anch'io". Lei annuì in segno di assenso e si asciugò una ciocca di capelli umidi dalla fronte. Si allungò dietro di lei, raccolse i capelli in una coda di cavallo con una mano e li sollevò in alto dal collo. "Vorrei avere un elastico o qualcosa del genere. Fa caldo qui dentro".

Io imitai Beth e mi scostai per un attimo i capelli umidi dal collo. Il mio sguardo vagò per la stanza e si posò sul mobile. Avvicinai le ginocchia al petto e abbracciai le gambe. Fissai i miei piedi. Non arrenderti, sussurrò una vocina.

La mia testa si alzò di scatto e guardai Beth. Era già sdraiata sul suo tappetino e lo stava smanettando. Potevamo davvero fuggire? Il pensiero mi fece battere il cuore. Strinsi gli occhi; la discussione nella mia testa non era finita. L'ottimismo si stava opponendo al pessimismo. E se la finestra si liberasse, cosa succederebbe?

Mi misi in piedi. Mi tornò in mente il ricordo del temporale e del forte scricchiolio contro la finestra. Mi diressi in punta di piedi verso l'armadio. La paura che Cecil sentisse il movimento e si chiedesse cosa stessimo facendo era reale.

"Cosa stai facendo? Stiamo finalmente aprendo qualche scatola?". La voce pacata e ossessionata dalle scatole di Bethany mi chiamò da dietro.

"No, sto controllando la finestra". Mi fermai davanti all'armadio e guardai in alto: il vetro era ancora intatto.

"È r-rotto?" La mano calda di Bethany si infilò nella mia.

Mi misi in punta di piedi e cercai la più piccola crepa, anche se non era facile dal mio punto di osservazione. "No".

"Vuoi salire e guardare?".

"No". Non riuscivo a distogliere lo sguardo dalla finestra.

"Apriamo una scatola". La voce di Beth era quasi un sussurro.

Sospirai e chiusi gli occhi.

"Me l'avevi promesso, April".

Gemetti e scrollai la mano dalla presa di Beth. Mi girai e feci qualche passo indietro verso i nostri tappetini. "Mi aiuterai?" Chiesi a Beth, che non si era mossa. Un ampio sorriso le si allargò sul viso e si avvicinò a me in punta di piedi. Prendemmo il tavolo, lo portammo verso l'enorme armadio e lo mettemmo davanti alle sue ante.

Frugai nella tasca rimasta del mio vestito e tirai fuori la vecchia chiave prima di salire sul tavolo. Sbloccai il lucchetto e lo sfilai dagli anelli metallici, poi lo appoggiai sul bordo superiore dell'armadio.

"Prima riportiamo indietro il tavolo", dissi a Bethany mentre scendevo dal mio trespolo. Lei annuì e rimettemmo il tavolo al suo posto.

Mi morsi il labbro e mi passai le dita tra i capelli aggrovigliati. Le mie mani lisciarono la gonna del mio vestito mentre i miei occhi si fissavano sulle grandi ante del mobile. Appoggiai le mani sui pomelli ed esitai un attimo. Una parte di me sperava che Bethany cambiasse idea e rinunciasse all'idea.

Il battito del mio cuore mi risuonò nelle orecchie e feci un respiro profondo. Beth era in silenzio accanto a me. Lasciai le maniglie e girai la testa per guardarla. Sorrideva e le brillavano gli occhi. Sospirai e strofinai di nuovo le mani sul vestito.

"Lo farò io". Beth allungò la mano verso l'anta del mobile; io le afferrai il braccio.

"Aspetta!"

"Perché?"

"Solo una."

"Due." Era testarda.

"Va bene, due, ma le apriamo vicino alle nostre stuoie e se arriva nascondi la scatola sotto la tua coperta".

Beth annuì e si avvicinò di nuovo alle porte. Mi scostai mentre le sue mani afferravano ogni pomello. Diede un rapido strattone ed entrambe le porte si spalancarono. L'odore di muffa dei vecchi vestiti all'interno mi punse il naso e lo stropicciai istintivamente.

Con la coda dell'occhio notai i miei vecchi pantaloni del pigiama sbiaditi appoggiati sopra le scatole. Non mi ero preoccupata di riappenderli e li avevo buttati dentro l'ultima volta che avevamo aperto.

"Sbrigati a scegliere due scatole", dissi con poco entusiasmo.

"Quali?" Bethany mi guardò; le sue sopracciglia si alzarono così tanto da incontrare quasi l'attaccatura dei capelli.

"Non mi interessa, Beth, qualsiasi".

Bethany rimase immobile per un momento prima di allungare la mano nel mobile e tirare fuori una scatola. "Questa", scrollò le spalle, "perché ha un sacco di fiori rosa". Tese la scatola. "La apro", aggiunse. Fiori rosa, scritti a pennarello, ricoprivano la scatola; anche i gambi e le foglie erano rosa.

Bethany tornò nell'armadietto, riordinò alcuni cartoni e scelse la seconda. Me la porse e prese dalle mie mani quella che aveva preso per sé. "Questa è tua".

Girai la scatola tra le mani. Era ricoperta da una confusione di scritte multicolori. Era quasi impossibile distinguere le parole vere e proprie. "Beth!" L'ho avvertita. Lei aveva già fatto scivolare via il coperchio della scatola che teneva in mano e stava sbirciando all'interno.

"Cosa?" Rimise il coperchio e mi guardò con occhi innocenti. Beth sbatté le palpebre per effetto. Poi si girò e tornò verso i tappetini.

Scossi la testa, chiusi le ante dell'armadietto e la raggiunsi.

22

SEGRETI ESPOSTI

NEL MOMENTO in cui tornammo ai nostri tappetini, Beth aveva già tolto il coperchio della scatola. Scrutò il contenuto con cura.

"Non c'è molto qui dentro", disse con un tono un pò deluso, e tirò fuori la mano dalla scatola.

"Cosa ti aspettavi?".

I capelli aggrovigliati di Beth le pendevano davanti al viso mentre fissava il contenuto della piccola scatola. Dopo un attimo, scrollò le spalle. "Non lo so", borbottò, "qualcosa di interessante!". Si avvicinò e mescolò di nuovo gli oggetti con il dito.

"Beh, spero che sia più utile che interessante".

"Per esempio?" Lei girò la testa all'indietro e i suoi gelidi occhi blu si fissarono per un attimo sui miei. La sua bocca si è tirata in una linea retta.

Scrollai le spalle. "Non lo so. Qualcosa".

Beth posò la scatola accanto a sé e vi frugò dentro. Tirò fuori un piccolo oggetto solido. "Questo non è né interessante né utile", disse, tenendo il piccolo sasso nel palmo della mano.

La raccolsi e la tenni tra il pollice e l'indice. La piccola pietra grigia era fredda e ruvida. Mi ricordava il giorno in cui avevo quasi allungato la mano e toccato un masso molto più grande al C.E.C.I.L. O un masso finto, pensai. Non avrei mai saputo l'autenticità del masso, ma me lo chiedevo lo stesso. Mi scossi dai miei pensieri e le restituii la pietra. "Cos'altro c'è lì dentro?".

Beth tirò fuori un altro oggetto e fece una smorfia. "Che schifo!" Si stropicciò il naso e sollevò una ciocca di capelli che strinse tra le dita. Dall'altra estremità penzolava un nastro verde. Poi lo rimise dentro e tirò fuori un pezzo di carta accartocciato.

"Ecco, lascia che lo prenda io". La vista del foglio fece riaffiorare il ricordo del mio disegno. Mi avvicinai al gomitolo di carta, ma Beth lo mise dietro la schiena.

"È la mia scatola; lo faccio io".

Stavo diventando impaziente mentre lei dispiegava la carta appallottolata. Volevo allungare la mano e strappargliela dalle mani, ma resistetti. Alla fine, lo spianò sul pavimento accanto a lei.

"È una specie di strano disegno", disse mentre me lo metteva davanti.

Presi il foglio stropicciato e lo girai. Un vertiginoso disegno di cerchi e vortici blu e gialli copriva la pagina. Lo girai lentamente; le linee curve sembravano muoversi insieme alla carta. Socchiusi gli occhi e misi a fuoco il centro. All'interno del disegno c'era qualcosa di più comprensibile.

Una famiglia di figurine faceva capolino, intrappolata per sempre in uno strano vortice ipnotico. Mi concentrai sul punto focale. Più lo fissavo, più le linee curve sembravano scomparire. Alla fine, le figure a bastoncino divennero più chiare.

Tre forme più grandi erano vicine tra loro e una più piccola si trovava su un lato. L'artista aveva prestato molta attenzione alla figura solitaria e aveva aggiunto altri dettagli. La figura aveva lunghi capelli gialli e dagli occhi scendevano grandi lacrime blu. Le altre figure erano senza volto.

Feci un respiro profondo. I miei polmoni si espansero e

alleviarono la tensione che improvvisamente mi assalì mentre fissavo il triste disegno tra le mani. Stavo per restituirla a Beth, quando un altro dettaglio attirò la mia attenzione. Avvicinai il foglio. Piccoli nastri verdi pendevano dalle estremità dei lunghi capelli biondi, proprio come la ciocca che Beth aveva estratto dalla scatola.

Rabbrividii e chiusi gli occhi per un attimo. "C'è qualcos'altro?".

"Sì, un'altra cosa". Bethany tirò fuori una piccola borsa blu-velata con dei cordoncini gialli. "Cosa pensi che ci sia qui dentro?". I suoi occhi si allargarono.

Prima che potessi risponderle, Beth iniziò a slegare le corde che tenevano chiusa la borsa. Quando l'ebbe slegata, ne rovesciò il contenuto nella mano.

"Oh!" Prese il braccialetto d'oro e lo tenne davanti a sé. Un piccolo ciondolo a forma di cuore oscillava avanti e indietro. Con l'altra mano si avvicinò e lo fermò. "È quasi come il tuo cuore".

Il piccolo ciondolo solido era liscio; quello della mia collana era più grande e più piatto. Tirai fuori la catenina da sotto il vestito e premetti il mento sul petto per vedere meglio. Ma non era facile da vedere e, per la seconda volta da quando l'avevo scoperto, tolsi la catenina e presi il cuore in mano.

"Immagino che non sia come il tuo", la voce di Beth fece breccia nei miei pensieri. Mi mise in mano il braccialetto e allineò i due cuori. L'unica somiglianza era la forma. "Il tuo mi piace di più. È più grande e ha una farfalla sopra". Prese il mio ciondolo e lo tenne vicino agli occhi, girandolo e ispezionandolo da ogni angolazione.

Mi sono trattenuta, perché l'impulso di dirle che anche lei ne aveva uno era forte. Ma mi fermai. Dirglielo non avrebbe fatto sì che accadesse.

"Anche il tuo ha questa linea sottilissima, quasi una crepa

intorno al bordo, tranne che qui". Indicò un'area sul lato del cuore, ma il suo dito era d'intralcio.

"Questo è un cuore molto speciale", disse papà e alzò la mia collana davanti a me. La mamma era uscita dalla mia stanza per vedere dov'era Benny.

"Cosa vuoi dire?" Dissi, fissando il gioiello penzolante. Brillava alla luce del sole che entrava dalla finestra.

"Custodisce dei segreti".

I miei occhi si allargarono. "È vero."

Papà annuì. "Devi solo aprire il tuo cuore, Av".

Il mio viso si è increspato. "Cosa vuoi dire?"

"Oh! È meglio che vada ad aiutare tua madre, prima che mi metta nei guai. Buon compleanno, tesoro". Si alzò dal letto e mi baciò la testa.

23

VENITE DA ME FIGLI MIEI

NON ERA UN SOGNO; il pavimento scricchiolava mentre qualcuno lo attraversava. Trattenni il respiro e sbirciai attraverso la palpebra semiaperta di un occhio. Un pallido bagliore giallo illuminava la forma addormentata di Bethany e sapevo che la porta era aperta dietro di me.

Rimasi in silenzio. Le mie orecchie si torsero al rumore dei passi e a un colpo di tosse soffocato. Ogni muscolo del mio corpo si contorceva, spingendomi a girarmi. Volevo disperatamente sapere se il visitatore notturno fosse Jasper. Ma la mia immaginazione si dimostrò più forte del mio desiderio e non mi mossi. Poteva benissimo essere Cecil, avvertì una vocina nella mia testa. Nello stesso momento, un odore familiare si diffuse verso di me e fui felice di essere rimasta immobile. Mi venne in mente la lima per unghie appuntita che avevo fatto scivolare sotto lo zerbino.

Le mie dita cercarono sotto il bordo del cuscino di schiuma e sfiorarono l'oggetto freddo e metallico. Lo tirai fuori e lo tenni vicino al mio corpo. Il sudore mi colava sulla fronte mentre la mia immaginazione prendeva il sopravvento. Il pensiero che Cecil ci avrebbe attaccato di notte mi invase il cervello.

Pianificai la nostra autodifesa e attesi il suo arrivo. Ad ogni scricchiolio delle assi del pavimento, il mio cuore accelerava.

"Come osi?" La sua voce sussurrò nella mia testa.

Stringevo più forte la lima per unghie. Avevo osato davvero.

Beth ricominciò e io rimasi in silenzio. La fine di una strofa sollecitava il ricordo di un'altra. Il canticchiare e il riempire gli spazi vuoti continuarono.

"Continua", esortai quando Beth si fermò di nuovo.

"Ricominceremo da capo...". Mi guardò.

"Cosa?"

"Cosa c'è dopo?".

"Credevo che non volessi essere interrotta".

Beth alzò le spalle. "È più difficile quando non sei d'aiuto".

Alzai gli occhi e aiutai. Quando ci stancammo, avevamo tre versi parzialmente completati.

Eravamo in silenzio. Beth si sdraiò sul pavimento e si coprì il viso con un braccio. La canzone e il suo testo spezzato mi passavano per la testa, impressi in modo permanente.

"Mi ricordo tutta la canzone", disse. "Sembra molto più...". Si alzò a sedere e si grattò la testa: "sinistra". Ci guardammo negli occhi.

"Canta, Beth. Non ti interromperò".

Beth chiuse gli occhi. "Venite da me, figli miei, e sarete al sicuro. Siamo tutto ciò che è rimasto in questo mondo, solo io e voi. Ricominceremo da capo, figli miei, un mondo che abbracceremo. Solo quelli intelligenti e speciali vivranno in questo posto. Ascoltatemi figli miei, sarete così felici. E quando sarà il momento di ricominciare, tutti noi...".

"Siate liberi", sussurrai. Scesi sulla sedia e sul tavolo. Quando raggiunsi il pavimento, avvolsi le braccia intorno a Beth.

"Pensi che l'abbia scritto lui?". Beth si staccò e mi guardò. I suoi gelidi occhi blu mi fissarono.

"Chi?"

"Cecil. Credo che abbia scritto lui quella canzone".

"Ma io te l'ho cantata quando eravamo bambine, prima di tutto questo". Agitai la mano intorno alla nostra prigione. "Inoltre, allora non lo conoscevamo. Lui non ci conosceva".

Beth scosse la testa. "Non ci conosceva? Come facciamo a sapere se i r-ricordi che abbiamo sono reali? Forse non sono nostri. Forse sono i-impiantati nella nostra testa".

"No, sono reali".

"Come fai a saperlo?". La voce di Bethany tremò. "Come fai a essere così sicura?".

Mi sfilai la collana dal vestito e strofinai il cuore tra le dita. "Per via di questo". La porsi a Beth.

"Come fai a sapere che non è stata messa intorno al tuo collo solo per far sembrare reali i ricordi?".

Mi si strinse lo stomaco: doveva essere reale. "È reale, ne sono sicura". Rimisi il cuore sotto il vestito.

"E la canzone?"

Scrollai le spalle. "Forse la conosciamo da tanto tempo perché...".

Strinsi gli occhi mentre un pensiero incredulo si agitava nella mia mente. "Perché qualcuno sapeva che un giorno saremmo stati al C.E.C.I.L.? Perché qualcuno ha pianificato tutto questo fin dall'inizio o almeno una parte di esso? È tutto troppo assurdo".

"E chi dovremmo ascoltare? Cecil?" La domanda di Beth mi fece rizzare i capelli sulla nuca.

Il ricordo delle parole di Jasper mi sussurrò all'orecchio. "La sua voce sarebbe l'unica a suscitare quel tipo di risposta. Una volta ho sentito dire che aveva a che fare con una canzone". Scossi la testa. "Non lo so".

"Saremo libere?"

Il mio sguardo cadde sull'ingresso della stanza. "No, non credo". Guardai di nuovo Beth. "Non credo che le cose siano andate come dovevano".

Lei scosse la testa. "Non credo nemmeno io". Beth incrociò le braccia. "Allora, hai intenzione di riprovarci?". Scosse la testa all'indietro e puntò il mento in direzione della finestra.

Guardai il vetro rotondo. "Forse più tardi, prima vediamo cosa c'è dentro". Indicai i cinque grandi contenitori seduti nell'angolo all'altro capo della stanza. Doveva essere stato quello che stava facendo, il rumore delle scatole che scivolavano sul pavimento a svegliarmi. E nell'angolo opposto, la branda inutilizzata era spinta contro il muro.

"Hai qualche idea?" Bethany indicò i contenitori.

Diedi a ciascuno una piccola spinta; alcuni si muovevano più facilmente di altri. "Non ne ho idea. Ecco, aiutami con questo". Misi le mani su un grosso cartone e, con l'aiuto di Beth, lo staccammo dalla parete. Estrassi la lima dalla tasca e la usai per rompere il nastro che la teneva chiusa.

"Altri libri!" Disse Beth mentre aprivamo i lembi della scatola. Si avvicinò all'interno e, uno alla volta, tolse i libri, ammucchiandoli sul pavimento.

"Questi sembrano tutti i....".

"I libri che avevamo al C.E.C.I.L.". Beth finì la mia frase.

Estrassi l'ultimo e rigirai il testo tra le mani. "Tranne uno, il mio libro di storia". Posai il testo in cima alla pila sul pavimento.

La scatola successiva che aprii era molto più piccola e leggera. All'interno c'erano numerosi fogli di carta ricoperti di disegni. A parte l'ID mio o di Beth scritto da qualche parte sulla pagina, erano irriconoscibili.

"Ti ricordi di averli fatti?". Tenni in mano un'illustrazione con l'ID di Beth scarabocchiato sul retro. Lei strizzò gli occhi, scosse la testa e tornò alla pila di libri.

Mi sedetti per terra accanto a Beth e cercai nella scatola. Ero ansiosa di trovare l'unica foto che ricordavo di aver creato. Quella piccola scintilla di speranza a cui mi aggrappavo si riaccese. Mentre setacciavo gli ultimi pezzi, mi si strinse la gola e ingoiai il dolore. L'illustrazione non era in vista. L'unico indizio che avevo di una memoria sepolta era andato perduto. Dovevo spegnere qualsiasi speranza di trovarla.

Ho cercato tra le immagini e ho tirato fuori una foto colorata e ben disegnata di una famiglia di quattro persone. Studiai l'illustrazione, perdendomi nei dettagli di una famiglia felice che si godeva un picnic. Due bambine dai capelli castani giocavano con una palla mentre i genitori li guardavano con il sorriso stampato sul volto. Il padre era seduto dietro la madre. Le sue mani avvolgevano la pancia di lei e si posavano sul suo ventre sporgente. Il disegno era irriconoscibile per me e, se non fosse stato per la mia carta d'identità scritta nell'angolo in basso, non avrei mai saputo che era mio.

"Vedo che hai trovato le tue cose".

La sua voce inaspettata mi fece sobbalzare e Beth strillò. Eravamo così prese dalle nostre foto e dai nostri libri che non lo sentimmo entrare. Afferrai il braccio di Beth, balzammo entrambe in piedi e ci voltammo verso di lui.

"Dovreste scegliere alcune delle vostre cose preferite e metterle in queste", sogghignò. Sollevò due piccole scatole, una per mano. Disegni colorati, scarabocchi, lettere e numeri decoravano le scatole: una era piuttosto familiare.

Una goccia di sudore gli colava dalla tempia e scendeva lungo la guancia. Percorse l'angolo acuto della mascella e scomparve sotto di essa. Riapparve di nuovo e rotolò lungo il collo, bagnando il colletto della camicia viola. Il ghigno svanì quando un colpo di tosse lo colse di sorpresa. Quando si riprese, lasciò cadere le due scatole sul pavimento, si voltò e uscì dalla stanza senza dire un'altra parola. Il suono caratteristico di una serratura che gira interrompeva la quiete: era un suono a cui ci eravamo abituate.

Fissai le scatole di scarpe che aveva lasciato cadere sul

pavimento e le spinsi contro il muro. Cosa si aspetta che ci mettiamo dentro? Mi avvicinai e mi toccai la parte superiore del petto, sentendo il ciondolo a forma di cuore sotto il vestito.

"Pensi che rivedremo mai J-Jasper?". Disse Beth accanto a me.

"Non lo so. Spero di sì". Mi voltai e mi allontanai.

"Non vuoi vedere cosa c'è nelle altre scatole?". La voce di Bethany mi chiamò alle spalle mentre mi avvicinavo all'armadietto.

"No."

"Cosa stai facendo?"

Mi girai e affrontai mia sorella. "Sto lavorando alla finestra". Con la lima per le unghie ho trafitto l'aria sopra la mia spalla.

Beth sorrise.

Era molto più facile salire sul mobile con Bethany a reggere il tavolo. In pochi secondi, stavo scavando nella sostanza che sigillava la finestra. La punta della lima si conficcò nella sostanza gommosa e io la tirai su. Un piccolo pezzo si allentò. Ho ripreso a pungere nello stesso punto, spingendo la lima per unghie più in profondità. La mossi e un piccolo pezzo si liberò e cadde sul mobile. Ho ripreso a strofinare e alla fine sono riuscita a staccare un pezzo. Non era molto, ma mi diede speranza mentre affondavo di nuovo la lima.

"Pensi che se ne sia accorto?" La voce di Bethany proveniva dal basso.

"Accorto di cosa?" Ho infilato di nuovo la lima nella sostanza spessa e dura.

"Il tavolo e la sedia".

Mi fermai. La bile mi salì in gola e lo stomaco mi si rivoltò. Non li avevamo rimessi a posto quando avevamo deciso di indagare sulle scatole. La testa mi girava per le domande. E se l'avesse visto? Cosa avrebbe fatto? Perché non ha detto nulla? Forse non se n'è accorto. Cercai di placare le mie paure. Ha almeno guardato l'armadietto? No, mi convinsi.

"Non se n'è accorto". Infilai la punta e lavorai su un altro pezzo allentato.

"Come fa a saperlo?".

"Perché lo so", mi fermai di scatto, colpendo la sostanza gommosa. Non ci riuscii e la punta della lima affondò nel legno. Mi sedetti sulle ginocchia e chiusi gli occhi. Il cuore mi rimbombava nelle orecchie.

"April?"

"Sì", sospirai.

"Sei sicura?"

Mi ci volle un pò di tempo per rispondere e sapevo che quando l'avrei fatto non sarebbe stato quello che Beth voleva sentire.

Estrassi la lima dal legno prima di conficcarla con tutta la forza possibile nel sigillante.

"No."

24

UN VISITATORE INATTESO

Avevo trovato un altro uso per la lima, oltre a quello di scacciare la finestra e aprirne le scatole.

Sotto il mio tappetino, avevo iniziato a graffiare piccoli segni sulle assi del pavimento. L'idea era quella di tenere traccia di quanto tempo eravamo state nella stanza, ma non era facile perché ogni giorno si confondeva con l'altro. C'erano sedici piccoli graffi sul pavimento, anche se non ero sicura di averne dimenticato qualcuno.

"Vai a lavorare alla finestra oggi?". Beth disse con la sua voce mattutina e assonnata mentre finivo di graffiare il diciassettesimo segno sul pavimento. Beth era quasi invisibile nella luce fioca della stanza e la sua domanda mi sorprese. Erano giorni che non mi chiedeva della finestra.

Infilai la cartella sotto la stuoia e mi rotolai sulla schiena. Fissai le travi di legno. Era passata più di una settimana dall'ultimo tentativo. Rimasi in silenzio e ascoltai il mondo intorno a noi: il respiro di Bethany, la pioggia leggera sul tetto e il brontolio profondo che proveniva dai nostri stomaci. A volte era difficile dire chi avesse lo stomaco che brontolava più forte.

"Sto mangiando". Bethany si alzò dalla stuoia e si avvicinò al tavolo, mentre io rimasi immobile, supino.

"Quanto è rimasto?" Dissi anche se conoscevo già la risposta.

"N-non molto", disse Bethany esitando. La sua balbuzie era diventata più evidente negli ultimi due giorni.

Non avevamo mangiato pane per una settimana e negli ultimi cinque giorni non avevamo mangiato altro che un cucchiaio di burro di arachidi e qualche sorso d'acqua a ogni pasto. L'acqua era l'unica cosa che Cecil ci portava, oltre all'occasionale frutta marcia. La scatola di cereali stantii era finita da un pezzo: stavamo morendo di fame.

Mi alzai e mi diressi verso il tavolo per prendere il mio cucchiaio di burro d'arachidi. Bethany aveva ragione, non era rimasto molto, non abbastanza per finire la giornata.

Ci sedemmo a tavola in silenzio ad ascoltare la pioggia. Nessuno di noi aveva la forza di leggere o di sfogliare i libri che avevamo. Le nostre scatole di scarpe decorate sedevano in un angolo della stanza, intatte.

Il mio pensiero andò alle altre scatole nell'armadietto. Ne avevamo aperte solo due, nonostante Beth avesse esortato ad aprirne altre, ma aveva rinunciato a chiedere anche quelle. Il contenuto delle due scatole mi aveva convinto che i loro proprietari non erano sopravvissuti.

Un boato interruppe i miei oscuri pensieri. "Era un tuono?" Dissi.

Bethany mi guardò. I suoi gelidi occhi blu si erano spenti negli ultimi giorni. Scosse la testa, con un movimento quasi impercettibile. Chiuse gli occhi come se quel leggero movimento le desse le vertigini. "Il suo camion, credo".

Mi alzai dalla sedia ma dovetti sedermi di nuovo perché il rapido movimento mi fece girare la testa. Dopo un attimo mi alzai di nuovo e mi diressi verso l'armadietto, trascinandomi dietro la sedia.

"Ti serve il tavolo?". La voce monotona di Beth mi chiamò.

"No, solo la chiave".

Una volta aperte le ante dell'armadio, tirai fuori le scatole e le gettai sul pavimento.

"Che cosa stai facendo?".

Bethany era dietro di me con le braccia incrociate. Batteva il piede nudo. Le scatole la circondavano. Alcune erano rovesciate su un fianco con il coperchio sollevato, altre avevano il contenuto rovesciato sul pavimento, altre ancora erano sigillate.

"Stiamo esaminando queste".

"Tuttie" Sembrava sorpresa, ma anche un pò felice.

"Sì, tutte".

Ci sedemmo sul pavimento e frugammo nelle scatole, facendo attenzione a restituire il contenuto quando avevamo finito. Eravamo sorprese dal fatto che molte contenessero le stesse cose. Da disegni e giocattoli a sassi e piume, poche avevano qualcosa di importante.

"Che cosa stiamo cercando?". Disse Beth mentre rimpacchettava un'altra scatola.

Io scrollai le spalle. "Non lo so. Qualcosa che possiamo usare, come la lima per le unghie".

"Oh." Bethany prese un'altra scatola tra le poche che dovevamo ancora controllare.

"E questo?" Tenne in mano un pezzo di filo di ferro.

"Sì, forse, mettilo qui". Avevo un piccolo assortimento di oggetti che pensavo potessero essere utili.

Quando finimmo, avevamo nove scatole impilate intorno a noi. Una piccola collezione di oggetti utili, due pezzi di filo di ferro, una penna, dello spago e una lima per unghie più piccola, ammucchiati tra i tappetini.

"Abbiamo dimenticato quello scaffale". Bethany indicò

dietro di me e io seguii il suo dito fino al fondo dell'armadietto vuoto.

Il piccolo scaffale che si estendeva sul fondo dell'armadio era vuoto. "Dove?"

Bethany si avvicinò all'armadio e spinse un mucchio di vestiti dal lato sinistro. In fondo c'era un piccolo scaffale ad angolo, sul quale era appoggiata un'altra scatola.

"Come hai fatto a...."

Beth alzò le spalle. "Ho pensato di poter vedere qualcosa". Prese la scatola dallo scaffale e me la porse. "È pesante", disse.

Presi la scatola e la girai tra le mani. Guardai verso l'armadietto e gli intagli grezzi all'interno.

"È suo, vero?", disse, indicando l'ID sulla scatola e quello graffiato all'interno del grande armadio.

Annuii.

Posai la scatola sul pavimento di fronte a me e la fissammo. Alla fine, Bethany si avvicinò e tolse il coperchio.

"Cosa c'è dentro?" Mi chinai in avanti per vedere meglio.

Bethany si avvicinò e tirò fuori un piccolo orsacchiotto marrone. Rimasi a bocca aperta, non aspettandomi il peluche.

"Oh, è carino!". Bethany coccolò l'orsetto, prima di posarlo accanto a sé. La sua mano si tuffò di nuovo nella scatola e tirò fuori un pesante oggetto metallico. "Che ne dici di questo?", sorrise porgendomelo.

Presi l'oggetto e lo girai. La mia testa tornò a girare in direzione dell'armadietto. "È questo che ha usato, ne sono certa".

Tirai uno dei tanti attrezzi e ne uscì una lama di coltello. Le mie dita tirarono un'altra parte e dall'altro lato spuntò una piccola lima. Tirai di nuovo un'altra parte e ne uscì un cavatappi. Un sorriso si insinuò sul mio viso mentre le mie mani spingevano i pezzi al loro posto. "Questa è una cosa che possiamo usare". Misi il coltello da tasca con il manico di perla nella tasca del vestito che mi era rimasta. Le mie dita si assicurarono che il bottone fosse ancora appoggiato nell'angolo prima di ritirare la mano. "C'è altro?"

Beth rovesciò la scatola e ne uscì una piccola piuma. "No."

"Sarà meglio rimettere tutto a posto". Mi alzai, sentendo il peso del nuovo strumento in tasca, e cominciai a rimettere le scatole nell'armadietto.

Non ci volle molto prima che tutto fosse infilato nell'armadio e che il lucchetto fosse rimesso a posto. Tornata sul mio tappetino, infilai sotto di me gli oggetti che avevamo trovato, tranne il coltello. Il nuovo strumento mi aveva dato nuova speranza e mi accinsi a ricominciare a lavorare sulla finestra. Mi alzai per iniziare il mio lavoro quando la porta della nostra stanza si aprì.

Lui era in piedi sulla soglia; le sue mani erano appoggiate ai lati dello stipite. La sua testa, con la sua folta massa di capelli castano scuro, pendeva verso il basso. Le sue spalle arrotondate si alzavano e si abbassavano a ogni respiro affannoso. Lo fissai a bocca spalancata, incapace di parlare o di muovermi.

Dopo qualche istante, sollevò faticosamente la testa. I suoi familiari occhi marroni mi fissarono in quelli blu. Non portava più la maschera che un tempo nascondeva il suo volto. La sua pelle bruno-dorata aveva assunto un tono più grigio cenere. La maglietta blu reale che indossava era bagnata a chiazze dal suo sudore. Tolse una mano dallo stipite della porta e si passò il dorso sulla fronte. Fece un passo avanti instabile e si fermò; si aggrappò di nuovo allo stipite.

"Jasper!" Lo chiamai, trovando finalmente la voce. Beth e io ci muovemmo verso la porta.

"No!" La sua voce si incrinò e alzò una mano, mentre con l'altra si chiudeva la porta alle spalle. "Posso camminare da solo".

Beth e io restammo ai suoi lati. Lo guidammo verso il tavolo dove si sedette su una delle sedie. Beth prese una delle poche bottiglie d'acqua rimaste e la posò davanti a lui. Lui la guardò e sorrise prima di riportare la sua attenzione su di me. Mi sedetti sull'altra sedia di fronte a lui e Beth si sedette sul pavimento.

"Pensavamo che tu fossi...". Mi fermai mentre cercavo di trovare la parola appropriata.

"Morto", sbottò Beth.

Lanciai un'occhiata di avvertimento a Beth. Lei alzò gli occhi e fece spallucce. "Pensavamo che fossi troppo malato per venire a trovarci", dissi correggendo l'affermazione schietta di mia sorella.

"No, non morto", fece una pausa Jasper, "non ancora", concluse. Fece un respiro profondo e ansimò.

"Si sta prendendo cura di voi?". Mi avvicinai e misi la mia mano sopra la sua. La sua mano calda si tese e pensai che stesse per ritirarla, ma poi si rilassò.

"Chi?" I suoi morbidi occhi marroni si restrinsero.

"Cecil".

"Ah", si lasciò sfuggire una risata soffocata. "Beh, ogni tanto ci porta cibo e acqua, ma questo è tutto". Jasper chiuse gli occhi come se le parole che aveva pronunciato lo avessero prosciugato.

"Dove va?" Chiese Beth.

Lo sguardo si spostò da mia sorella e tornò su Jasper. Ero curiosa anche di questo e aspettavo la sua risposta.

Jasper inspirò, i suoi polmoni si agitarono e la sua gola mugugnò al passaggio dell'aria. "Per trovare altri. Per cercare cibo - segreti". Scrollò le spalle.

I miei occhi si allargarono. "Altri?"

"Quelli che sono scappati quella notte". Jasper prese la bottiglia d'acqua con una mano tremante, mentre con l'altra cercava di girare il coperchio. Dopo un secondo, mi avvicinai e lo svitai per lui. La sua bocca si contrasse come se cercasse di sorridere. "Grazie", sussurrò.

"Che cosa è successo quella notte?". Gli strinsi delicatamente la mano.

"Sì, cosa è successo?" Beth ripeté.

La fulminai con lo sguardo.

"Cosa?" Lei alzò le spalle e ricambiò lo sguardo. Se i suoi gelidi occhi blu non si fossero spenti negli ultimi giorni, sarebbero apparsi più intimidatori.

Mi voltai di nuovo verso Jasper e attesi ancora una volta la sua risposta.

"C'è stato un incendio nella foresta... nella stanza della simulazione", ansimò mentre un improvviso attacco di tosse gli scuoteva il corpo. Quando finì, si pulì la bocca con il fondo della maglietta. "Mi dispiace".

Scossi la testa. Non aveva motivo di scusarsi.

"Com'è iniziata?" Chiesi.

"Sono stato io". Abbassò lo sguardo sul tavolo. "Doveva finire; dovevo salvarvi, da lui". Chiuse di nuovo gli occhi. "Devo andare". Jasper si mosse come per alzarsi.

"Aspetta!" Gli strinsi la mano. Il corpo di Jasper si rilassò sulla sedia e ansimò.

"Perché vaccini diversi? Perché i richiami?".

Scosse la testa. "Ad ogni nuovo vaccino dovevamo somministrare uno o più richiami. Alcuni vaccini venivano somministrati in piccole dosi nel corso di alcuni giorni". Fece un altro profondo respiro affannoso. "Ne sperimentavano continuamente di nuovi. Quando uno non funzionava, ne creavano un altro, che veniva somministrato a te e agli altri". Jasper piegò la testa e appoggiò il mento sul petto come se si fosse addormentato. Gli strinsi delicatamente la mano.

"Come facevano a sapere che non funzionava?".

"Sì, come...".

"Sh!" Interruppi Beth dalla sua domanda riecheggiante.

"È stato testato".

I miei occhi si restrinsero. "Come?"

Le spalle di Jasper si abbassarono di più. "Portavano qui

alcuni dei bambini meno promettenti. Li facevano giocare all'aperto, li esponevano alle zanzare".

Zanzare? La parola mi era familiare, ma non riuscivo a ricordare cosa significasse. Stavo per chiederlo quando un altro pensiero mi interruppe e lanciai un'occhiata all'armadietto. Immaginai i vestiti appesi all'interno. "Che cosa è successo?" Fissai gli occhi chiusi di Jasper.

"Sono morti, tutti. A ogni morte corrispondeva un nuovo vaccino". I suoi occhi si aprirono, ma non mi guardarono. Fissavano un luogo o un ricordo lontano.

"Ogni singolo vaccino?" Chiese la voce pacata di Beth.

Jasper annuì. "Tutti tranne uno, con l'ultimo vaccino".

"Chi?" La mia voce stridette.

Jasper scosse la testa e mi fissò. "Potrebbe essere morto. Non lo sappiamo. È scappato. È scappato".

"Quando?" La mia mente balzò all'incisione all'interno dell'armadietto. Mi strinsi le labbra. Volevo dire a Jasper quello che avevamo trovato, ma non potevo correre il rischio che Cecil lo scoprisse in qualche modo.

Jasper si strofinò il mento e si prese un momento prima di rispondere. "Un paio di settimane, forse anche un mese, prima di portarti qui". Spinse indietro la sedia. "Tornerà presto. Devo andare". Jasper si alzò al rallentatore dalla sedia e io non lo fermai. Beth saltò in piedi.

"Aspetta! È malato? Cecil è malato? Ha sempre la tosse", dissi.

Lui scosse la testa. "No, allergie".

"Come fa a sapere tutto questo?". Piegai le braccia.

Jasper sospirò. "Perché ho lavorato con lui".

"Vuoi dire per lui", mi corressi.

"No, intendevo con. Facevo parte della sua squadra, finché non ho scoperto che non voleva solo salvare il mondo, ma anche dirigerlo. Quando non sono stato d'accordo con i suoi metodi, sono passato improvvisamente dall'essere al comando a diventare il tuo infermiere". Jasper si girò e si diresse verso la porta. Beth e io rimanemmo accanto al tavolo.

"Per quanto tempo sei stato il mio infermiere?".

Jasper alzò le spalle. "Solo negli ultimi due anni, quando Cecil..." si fermò per un attimo, come se cercasse le parole giuste. "Ha deciso che non ci si poteva fidare di me per il suo piano. È stato nello stesso periodo in cui tutto è cambiato e l'umanità era davvero in grave pericolo. I primi tre anni alla C.E.C.I.L. furono solo di pianificazione e preparazione. Abbiamo costruito i nostri magazzini di rifornimento per diventare autosufficienti mentre lavoravamo a una soluzione". Inspirò e chiuse gli occhi. "Quando il mondo era ormai malato. C.E.C.I.L. era sostenibile. Era il suo piccolo mondo all'interno di un altro". Jasper si appoggiò alla porta e si riposò. I suoi respiri erano brevi e affannosi.

Chiusi gli occhi per un momento, mentre le sue parole affondavano nella mente, cose come le scorte di cibo avevano finalmente un senso. "Non ci farà uscire, vero?". Dissi, esprimendo ad alta voce i miei pensieri e le mie preoccupazioni.

Jasper si voltò. "Se trovo un modo prima che sia troppo tardi, vi farò uscire".

"Lasciateci andare, adesso!". Il mio cuore batteva a mille mentre i miei piedi mi portavano vicino a Jasper; Beth mi seguiva a ruota.

"Non posso. Non avrai alcuna possibilità. Vi prenderà prima ancora che abbiate l'opportunità di nascondervi".

"Non avremo alcuna possibilità qui dentro", disse Beth a denti stretti. Le mani si strinsero a pugno sul fianco.

Lui scosse la testa. "State indietro... per favore".

Allungai la mano e afferrai il braccio di Beth tirandola indietro con me. Il mio sguardo si fissò per un attimo sugli occhi di Jasper prima che si girasse e si mettesse di fronte alla porta. Si mise le mani in tasca, tirò fuori qualcosa e in pochi secondi aprì la porta.

"Ah!", urlò Beth. Le afferrai il braccio mentre si muoveva verso di lui, ma la mia presa scivolò. Raggiunse la porta mentre si chiudeva dietro di lui. Beth batté i pugni sull'ingresso nascosto. "Lasciateci. Usciamo. Fuori!" urlò. Dopo un attimo si girò, con la faccia rossa. "Avremmo potuto p-prenderlo e spingerlo fuori strada. Avremmo potuto essere fuori. Perché mi hai fermata?". Si pulì gli occhi con le mani prima che il liquido le colasse sulle guance.

La fissai, incapace di rispondere alla sua domanda. Avremmo potuto uscire. Anche nel nostro stato di debolezza, insieme eravamo più forti di Jasper. Ma non potevo fargli questo. Scossi la testa. Il rombo lontano del suo camion mi toccò le orecchie. "Jasper aveva ragione. Ci avrebbe presi". Mi voltai e afferrai il tavolo.

"Che cosa stai facendo?". La voce tremante di Beth chiese da dietro di me.

Mi girai e guardai mia sorella appoggiata alla porta. "Io vado a lavorare sulla finestra; tu tieni l'orecchio sulla porta. Se lo senti, fammelo sapere". Feci un debole sorriso. Lavorare alla finestra era il minimo che potessi fare; avevo già rovinato la nostra prima vera possibilità di fuga.

25

GIOCHI DI TORMENTO

"APRIL", la voce di Bethany sussurrò nel buio.

"Hmmm."

"Pensi che verrà stasera?".

"Cosa?"

"Pensi che verrà in camera stanotte?

Alle sue parole mi alzai di scatto. L'oscurità della stanza mi faceva sembrare che gli occhi fossero ancora chiusi, e sbattei le palpebre per esserne sicura.

"Vuoi dire Cecil? Perché dovrebbe venire stasera?". La mia voce tremò un pò al pensiero.

Il rumore dello scalpiccio di Bethany mi disse che anche lei si era alzata.

"Voglio dire, pensi che si intrufolerà e lascerà delle cose?".

"Non lo so, Beth, vai a dormire". Mi sdraiai di nuovo sulla stuoia e mi coprii con il lenzuolo. Era una notte calda e il lenzuolo non era necessario, ma mi confortava e mi faceva sentire al sicuro.

I miei muscoli si rilassarono uno ad uno mentre i pensieri e le immagini scomparivano dalla mia mente.

"April?"

"Sì." La sua voce mi fece risvegliare

"Pensi che Jasper ci aiuterà in qualche modo? Voglio dire, se può".

La sua domanda mi colse di sorpresa. Non risposi subito; invece, mi allontanai da lei e mi misi di fronte alla porta. "Sì... se può".

"Anche se ci ha detto che lavora con lui?". La sua mano si posò sulla mia schiena.

"Una volta. Ora dormi, Bethany", sussurrai; domande e incertezze mi frullavano in testa.

Il rumore del fruscio mi svegliò. Il mio cuore saltò e poi accelerò. Sotto la copertura del lenzuolo, le mie dita cercarono sotto la stuoia uno degli strumenti nascosti. Il panico salì quando sentii solo il pavimento di legno grezzo sotto la stuoia. La mia confusione sonnolenta si dissolse e ricordai che ero di fronte alla porta e non da Beth. I miei attrezzi si nascondevano sotto il bordo dietro di me.

Sbirciai attraverso una palpebra semiaperta e vidi una figura sfocata vicino al tavolo. Strofinai via la sfocatura. La forma seduta di Bethany divenne visibile.

"Cosa stai facendo?" La mia voce mattutina suonava più graffiante del solito.

"Cibo". Non mi guardò, ma continuò a rovistare tra le borse di stoffa sul tavolo di fronte a lei.

"Cosa?" Mi alzai a sedere.

Beth distolse lo sguardo dalla borsa in cui stava guardando. "Ci ha portato del cibo".

Saltai in piedi. La combinazione del mio movimento rapido e della fame mi riportò a terra con forza. La sottile stuoia offriva poca protezione.

I miei passi lenti e cauti mi portarono finalmente al tavolo.

"Fammi vedere". Mi avvicinai alla borsa nelle mani di Beth, ma lei me la strappò via.

"Scusa", disse, prima di restituirmi la borsa. "Ho solo fame".

Mi infilai nel sacco e tirai fuori dei barattoli di cibo: pesche, arance a fette, fagioli, pomodori. "Ha lasciato qualcosa con cui aprirli?".

"Intendi questo".Beth tese un apriscatole ben arrugginito prima di posarlo sul tavolo. Non sembrava che potesse funzionare.

"Cosa c'è negli altri due sacchetti?". Le indicai con il mento mentre le tiravo verso di me e le aprivo. Gli occhi risposero alla mia domanda: era la stessa cosa.

"Ha lasciato anche una brocca d'acqua". Beth sollevò dal pavimento una grossa bottiglia di plastica e la posò sul tavolo.

Nonostante la nuova consegna di cibo, Beth non era la solita eccitata per i regali. La sua voce era piatta e non mostrava alcuna emozione mentre fissava i sacchetti e il loro contenuto.

"Qual è il problema?" Dissi, guardando le occhiaie che aveva sotto gli occhi.

Il suo mento tremò. "Voglio andare a casa", balbettò. Si strinse le labbra. Il suo viso si tinse di rosa e si asciugò gli occhi. Quasi nello stesso istante tirò indietro le spalle, annusò e si schiarì la gola. A parte gli occhi ancora lucidi, tutti i segni della sua improvvisa emozione si disintegrarono. In tutti i giorni e le settimane che eravamo state lì, Beth non aveva mai parlato di tornare a casa.

"Vuoi dire C.E.C.I.L.? Hai sentito Jasper dire che bruciava".

Beth scosse la testa. "N-no, casa-casa - ricordo delle cose, n-non tutto, ma alcune. Voglio uscire e andare a casa".

Mi avvicinai e la abbracciai; il suo corpo più piccolo si accoccolò contro di me. Le baciai la sommità del capo. L'odore della sua colonia mi bruciò il naso, facendomi allontanare e provocare un conato di vomito. Mi aggrappai alle spalle di Beth tenendola a distanza.

"Bethany, si è.... si è avvicinato a te?". La mia voce vacillava.

Lei aggrottò le sopracciglia e scosse la testa. "N-no".

"Sei sicura?" La fissai negli occhi.

"Sì". Mi guardò. "P-perché?".

"Perché i tuoi capelli profumano di lui".

"Cosa?" Beth afferrò una ciocca di capelli, la portò verso di sé e annusò. Il suo naso si stropicciò. "Che schifo! Perché?" Lasciò cadere i capelli e mi fissò con occhi spalancati.

"Non l'hai visto?".

Beth mi guardò con uno sguardo perplesso. "N-no. Stavo dormendo".

Mi avvicinai ai nostri tappetini e mi misi in ginocchio.

"Cosa stai cercando?" Beth si mise sopra di me con le mani sui fianchi.

Mi sedetti di nuovo sulle ginocchia e scossi la testa. "Non so, un motivo per cui i tuoi capelli profumano di lui?". La mia risposta suonò un pò più irritata di quanto mi aspettassi.

Beth alzò le spalle e ignorò il mio tono. "Lascia perdere; sta cercando di spaventarci. Possiamo mangiare adesso?".

Mi strinsi le labbra. Non mi fidavo di Cecil ed ero sicura che fosse capace di tutto. Aveva già dimostrato che tormentare era uno dei suoi giochi preferiti.

Avevo ragione sull'apriscatole: era inutile. Tuttavia, il coltello tascabile aveva lo strumento che ci serviva e siamo riuscite ad aprire un paio di lattine. Riempimmo i nostri stomaci brontolanti prima di tornare alle nostre stuoie per un pisolino. Poco dopo, il tamburellare della pioggia e il rombo del camion di Cecil ci svegliarono. Stava ripartendo, alla ricerca di altre persone che speravamo non trovasse. Con rinnovata forza, ci affrettammo a lavorare sulla finestra.

"Credo che si stia allentando", le dissi mentre infilavo il

coltello nella guarnizione gommosa e ne estraevo un grosso pezzo.

Beth alzò il pollice, con il viso più luminoso dopo aver mangiato. "Pensi che J-Jasper tornerà?". Disse girando la testa in direzione della porta invisibile.

"Io non. Credo. Quindi." Grugnii mentre infilavo di nuovo il coltello.

"Speravo solo che forse...", la sua voce si affievolì.

Mi sedetti sulle ginocchia e mi asciugai il sudore dalla fronte. "Non lo rivedremo più". Deglutii l'improvvisa stretta alla gola.

"Lo so". La voce di Beth era tranquilla.

Mi chinai in avanti e ripresi a lavorare alla finestra, risoluta nel mio lavoro. La concentrazione allontanò Jasper dai miei pensieri.

"Quando avrai tolto tutta quella roba, cosa farai?". Disse Beth. La sua voce mi fece trasalire un pò e il mio cuore ebbe un sussulto.

Fissai il cielo. "Toglierò la finestra".

"E poi?"

Un sospiro forte e frustrante mi sfuggì dalle labbra. Il mio piano non era andato oltre la rimozione della finestra. "Credo che per oggi sia sufficiente. Tornerà presto". Ripiegai il coltello e lo misi in tasca prima di scendere dal mobile. Beth mi seguì in silenzio.

Riportammo il tavolo e la sedia, prendemmo un paio di libri dalla nostra piccola collezione e ci sistemammo sui nostri tappetini.

Aprii il libro al punto in cui l'avevo lasciato giorni prima, ma le domande di Beth e le mie non mi lasciavano in pace.

Aveva ragione: cosa facciamo una volta tolta la finestra? Quanto tempo avremmo avuto per uscire e scendere sul tetto prima che tornasse? E poi dove andiamo?

Avevo pensato solo di sfuggita a queste stesse domande

quando mi era venuta l'idea di fuggire. Ma ora mi rendevo conto che quelle domande dovevano trovare una risposta prima di andare avanti. Non aveva senso lavorare a quella finestra finché il piano non fosse stato solido.

Grattai un altro segno sul pavimento.

26

NON C'È MOLTO DA ELENCARE

"Voglio andare a casa", gridai. La mia lingua senza vita giaceva immobile in fondo alla bocca. Legami stretti mi legavano i polsi e le caviglie a uno strano letto e nessun tentativo di dimenarmi mi avrebbe liberato. Volti sfocati fluttuavano su di me. Ogni respiro era più veloce del precedente e la testa mi girava. Voci incoerenti sussurravano mentre una punta acuminata mi trafiggeva la spalla. Le mie palpebre si fecero pesanti.

"Certo, A2, ma non oggi". La sua voce soave mi sussurrò all'orecchio. Le mie palpebre si riaprirono; il suo volto sfocato si librava sopra il mio. Sbattei le palpebre e per un attimo la nebbia si diradò. Fissò il suo lungo naso appuntito; i suoi occhi grigi si concentrarono sui miei e un profumo opprimente mi punse le narici.

MI ALZAI TREMANDO e scrollai via i resti del mio incubo. I capelli umidi mi si appiccicavano al collo e al viso. Li raccolsi e li ammucchiai sulla testa. La stanza era calda e l'aria densa, mentre ansimavo per prendere aria. Le mie orecchie si sintonizzarono sui respiri lenti e regolari di Bethany. Mi sono concentrata sul suono e ho abbinato ogni inspirazione ed espirazione, mi ha calmato e presto il mio respiro è rallentato.

La stanza era più luminosa del solito e all'inizio pensai che fosse mattina. Presto capii che si trattava di un altro tipo di luce.

Mi alzai dalla stuoia, spostai il tavolo, poi la sedia, verso il mobile e vi salii sopra.

Mi sedetti a gambe incrociate; il gomito poggiava su un ginocchio e mi cullai il mento sul palmo della mano mentre fissavo fuori dalla finestra. La luna piena si librava sopra gli alberi e illuminava il cielo. Sembrava che mi sorridesse e sembrava così vicina, come se potessi quasi toccarla se non ci fosse una barriera ad ostacolarmi. Ma sapevo che era così lontana, una distanza inimmaginabile.

Quando i miei occhi si adattarono alla luce della luna, sembrò che ci fosse tanto da vedere di notte quanto di giorno. Piccole forme nere si immergevano e si tuffavano nell'aria e capii subito che si trattava di pipistrelli che catturavano la loro cena. Luci in miniatura lampeggiavano nell'ombra degli alberi. Sapevo che erano insetti, ma mi sfuggiva il nome delle piccole creature luminose. Lucciole, la parola mi balzò in mente.

Hoo, hoo! Il debole e strano richiamo attirò la mia attenzione e mi avvicinai alla finestra. Per quanto mi sforzassi, non riuscivo a immaginare cosa avesse prodotto quel rumore. Rabbrividii per il suono inquietante.

Ai margini del bosco, gli occhi brillavano quando la luce della luna si rifletteva su di loro. Ombre di creature a quattro zampe strisciavano tra gli alberi. La notte era viva come il giorno, non tutto dormiva. Non saremmo partite di notte; scossi la testa.

"Cosa stai facendo lassù? April, svegliati!".

Aprii gli occhi e scoprii che stavo fissando il muro, raggomitolata in una palla stretta - mi ero addormentata sulla parte superiore dell'armadio.

Mi alzai, mi stiracchiai e scrutai fuori dalla finestra. Fuori era tranquillo, a metà tra il momento in cui le creature della notte vanno a dormire e quelle del giorno iniziano a svegliarsi.

Sarebbe stato il momento giusto per evadere? Non appena mi venne in mente il pensiero, nello stesso istante mi resi conto che non sarebbe stato possibile. Cecil sarebbe ancora qui, senza dubbio addormentato, ma ancora qui. La nostra fuga sarebbe dovuta avvenire quando lui se ne sarebbe andato.

"Abbiamo della carta?" Chiesi a Beth mentre scendevo dall'armadietto. Lei mi guardò con un'espressione confusa. "Devo prendere appunti", spiegai. Presi la sedia dal tavolo e la portai al suo solito posto.

Beth rovistò in una delle scatole e io mi sedetti sulla sedia. Dopo qualche secondo, trovò quello che cercava e si avvicinò al tavolo. Tirò fuori l'altra sedia di fronte a me e si sedette porgendomi un foglio di carta stropicciato e un pastello verde.

"Grazie". Cominciai a scrivere.

"Cosa stai facendo?".

"Scrivo una lista". Tenevo gli occhi puntati sul foglio mentre pensavo alle mie recenti osservazioni.

"Quale lista?"

"Quello che dobbiamo fare per uscire da qui".

"Oh."

"Vedi", spiegai. "Numero uno: ce ne andiamo quando lui va in perlustrazione - una volta che abbiamo liberato la finestra, cioè".

"Davvero?" Un accenno di sarcasmo le colorò il tono.

Sgranai gli occhi e continuai. "Numero due: non sarà di notte, anche se lui se ne va di notte".

"Perché?"

"Perché è buio e chissà cosa c'è là fuori".

"Va bene. Che altro?"

Mi aveva fregato. Oltre a quello che avevo scritto, non avevo idea di quali altre informazioni ci servissero per eseguire la nostra fuga. La mia lista aveva solo due voci e mi sembrava sciocca. Poi mi venne in mente qualcos'altro.

"Dobbiamo sapere quanto tempo abbiamo a disposizione".

Beth aggrottò la fronte.

"Il tempo che intercorre tra quando se ne va e quando torna. Non vogliamo essere scoperte".

Beth alzò le spalle. "Come? Non abbiamo mica..." fece una pausa, "un orologio". Agitò la mano per la stanza.

"Dovremo contare". Scrissi il numero tre.

"Ah! Tu sai contare". Beth piegò le braccia e si dondolò un pò sulla sedia.

"Sai, cadrai ribaltando la sedia in quel modo".

"Pfft! Parli come la mamma!".

Lasciai cadere il pastello e fissai Beth. "Che cosa hai detto?".

"Ho detto che sembri...". I suoi occhi si spalancarono.

"Ti sei ricordata qualcosa?".

Annuì. "Alla mamma non piaceva che mi piegassi all'indietro sulla sedia". Beth si sedette in avanti; i piedi anteriori della sedia sbatterono sul pavimento.

"C'è altro?"

Beth scosse la testa. "No".

"Ci riuscirai. Mi ci è voluto un pò. Ci sono ancora molte cose che non ricordo". Ripiegai la lista e la misi in tasca con la speranza di poterla aggiornare in seguito.

Ci annoiavamo e diventavamo ansiose. Erano giorni che Cecil non partiva con il suo furgone e aveva l'abitudine di sorprenderci con delle visite. A volte entrava dalla porta, non diceva nulla e se ne andava. Altre volte si metteva comodo sul lettino che non usavamo; rimaneva per minuti o per ore. E se faceva un salto al mattino, non significava che non sarebbe tornato più tardi nel corso della giornata. La mancanza di coerenza ci ha impedito di lavorare sul nostro piano di fuga. Senza quello, non ci restava altro da fare che leggere e rileggere i nostri libri. Nonostante la noia, le scatole da scarpe decorate rimasero intatte. Non avevamo intenzione di fare quello che ci aveva chiesto, anche se lui controllava le scatole ogni volta che entrava nella stanza.

I due piccoli cartoni erano ancora appoggiati al muro dove li avevo presi a calci. Mettere dentro qualcosa sarebbe stato un chiaro segno che avevamo abbandonato ogni speranza di fuga. Per il momento era ancora il nostro piano.

"Potremmo cercare di nuovo nell'armadietto", suggerì Beth una mattina presto mentre facevamo la nostra piccola colazione. Dopo il primo pasto in scatola, mangiavamo porzioni molto più piccole dalle scatole. Non sapevamo mai se e quando Cecil ci avrebbe portato altro cibo.

"No." Scossi la testa. "Inoltre, potrebbe entrare da quella porta in qualsiasi momento". Non c'era modo di riaprire quell'armadietto; c'erano troppi fantasmi all'interno.

"Non è stato qui ieri, e il giorno prima ancora, solo una volta".

"No!"

Finimmo di mangiare in silenzio e poi tornammo alle nostre stuoie. Mi sdraiai sulla schiena e fissai le travi. Ogni dettaglio delle travi di legno era così radicato nella mia memoria che potevo disegnare la nostra prigione a occhi chiusi.

"Possiamo fare un gioco di G", suggerì Beth.

"No."

Beth espirò forte. "Devo andare". Si alzò in piedi. Le assi del pavimento sotto di me scricchiolarono un pò per il suo movimento improvviso.

"Rimetti il coperchio, l'hai dimenticato l'ultima volta".

Avevamo scoperto che in una delle visite notturne di Cecil, aveva portato via uno dei nostri due secchi. Inoltre, non aveva rifornito la nostra scatola di fazzoletti che stava diminuendo.

Alzai le sopracciglia quando Bethany tornò al suo tappetino.

Lei colse il mio sguardo interrogativo. "Sì, l'ho fatto". Ha alzato gli occhi al cielo. "Possiamo fare un gioco?".

Sospirai. "Quale gioco? Non ne conosco nessuno".

"Il gioco 'E se'", disse Beth. "È sempre stato un bel gioco".

"Un altro ricordo?". Chiusi gli occhi cercando di ricordare io stesso il gioco.

"Credo di sì. Mi è venuto in mente così".

"Suppongo che non ricordi come si gioca?". Mi alzai e mi grattai la testa. Erano settimane che i miei capelli non incontravano acqua o shampoo.

La stanza rimase in silenzio per un momento, a parte il sussurro occasionale di Beth tra sé e sé. "Ho capito! Comincio io!".

"Non sarebbe d'aiuto se conoscessi le regole?". Mi strinsi le labbra un pò infastidita.

"Te ne ricorderai".

"Bene." Riaprii gli occhi.

"E se..." Bethany fece una pausa: "E se tu avessi i capelli viola?".

"Capelli viola?" Mi premetti la punta delle dita sulla fronte.

"Rispondi alla domanda". Era seria nel suo gioco.

Pensai alla mia risposta e, mentre lo facevo, il debole ricordo del gioco fece capolino dalle fessure del mio cervello. "Indosserei un cappello per non essere scambiato per un acino d'uva". Girai la testa di lato e guardai Beth. "Va bene così?".

"Non mi sorprende."

"Doveva esserlo?".

"Questo è il punto A. Comunque, tocca a te". Mi guardò; le sue mani piegate erano appoggiate sullo stomaco.

Io tornai a guardare le travi. "E se finiamo i fazzoletti?".

"Userò le pagine dei nostri libri".

"Davvero?" La sua risposta mi sorprese e mi girai su un

fianco. Piegai il braccio e lo infilai sotto la testa; un attimo dopo Beth si girò e si mise di fronte a me.

"Sì, lo farei".

"Ti piacciono quei libri".

Sorrise. "Mi piace di più avere un sedere pulito e asciutto".

Scoppiai a ridere e rotolai di nuovo sulla schiena.

"April?"

"È il tuo turno, Beth".

Sospirò. "E se... non usciamo da qui?".

"Ce la faremo".

"Ma... e se..."

"Noi. Lo faremo."

"Ma...

"Sh!"

"April..."

La interruppi di nuovo e mi alzai a sedere. "Sh! Ho sentito qualcosa".

"È un tuono".

"No, è il suo camion". Saltai in piedi e afferrai il tavolo e Bethany mi seguì con la sedia. Una volta sistemati, mi arrampicai in cima al mobile e premetti la guancia contro la finestra. Le luci posteriori rosse brillavano nell'ombra degli alberi. Se ne stava andando.

"Uno, due, tre...".

27

ATTENZIONE

Mi sedetti in cima all'armadietto, guardando la finestra e contando. Era molto più difficile di quanto pensassi. Più volte una perdita di concentrazione mi ha fatto dimenticare dove mi trovavo e ho ricominciato da capo. Il compito si stava rivelando difficile, e poi notai il cielo. Si era schiarito da quando avevo iniziato, anche se il sole non aveva ancora fatto capolino oltre le cime degli alberi. In quel momento ricordai come la sua posizione potesse misurare il tempo. Scossi la testa, desiderando di aver pensato prima al sole.

Scesi dall'armadio, infastidita dalla mia stupidità. "È stata una perdita di tempo". Mi buttai a terra sul mio tappetino.

Beth alzò lo sguardo dal suo libro. "È tornato? È stato v-veloce".

Scossi la testa. "Contare, tutto quello che dovevo fare era notare la posizione del sole. Stupida", mi dissi sottovoce.

Beth posò il suo materiale di lettura. "No, non stupida, mi sto ancora svegliando". Sorrise. "Il nostro cervello non è ancora pronto". Si batté la testa con un dito.

"Non ne so niente".

"Certo che lo sai. Altrimenti perché siamo state così...". Fece un cenno con la mano per allontanare il pensiero. "Comunque, non sei stata lassù a lungo".

Quando finalmente sentimmo il rombo del suo camion, mi arrampicai di nuovo sul mobile e notai che il sole era alto nel cielo.

Scesi e, con l'aiuto di Bethany, riportai il tavolo e la sedia al loro posto.

Seduta al tavolo, compilai l'elenco numero tre, anche se avrebbe richiesto ulteriori osservazioni. Ma per il momento, e in base a ciò che ricordavo dai suoi viaggi precedenti, sembrava che Cecil partisse più spesso all'alba. Tornava molto più tardi, quando il sole era alto. Sarebbe stato un tempo sufficiente? Mi battei le dita sulla fronte. Dovrebbe esserlo.

Fissai la strategia che cominciava a prendere forma; l'unica domanda rimasta era: dove andiamo? Avevo letto abbastanza storie per sapere che addentrarsi nella foresta non era una buona idea. Dovevamo seguire la strada. Ma anche il pensiero di camminare lungo una strada mi spaventava: e se avessimo incontrato qualcuno che non aveva intenzione di aiutarci?

Ripiegai la mia lista. Finché la via d'uscita non fosse stata libera, non aveva senso pianificare altro. Raggiunsi Beth sui tappetini e infilai la lista sotto il mio.

"Allora?", disse lei, chiudendo il libro.

"Cosa?" Chiesi a mia volta.

"Quando partiamo?"

Scrollai le spalle. "Quando possiamo".

"Hai intenzione di lavorarci ancora un pò oggi?". La voce di Beth era speranzosa mentre indicava la finestra.

"No! È ancora qui. Dovremo aspettare".

"Che se ne vada di nuovo?".

"No." Scossi la testa. "Dovrò farlo di notte. La prossima volta che se ne andrà potrebbe essere la nostra unica possibilità di fuga".

Beth annuì.

Tirai fuori tutti gli attrezzi da sotto la stuoia e il coltello dalla tasca e li posai sul pavimento. Ispezionai ogni oggetto. Dovevo scavare seriamente fuori dalla finestra, e solo gli strumenti migliori sarebbero serviti.

Bethany si accasciò a terra, piagnucolando e afferrandosi il piede ferito.

"Ecco, fammi vedere".

Allontanò le mani dal piede e io lo sollevai dal pavimento. Il coltello da tasca venne fuori con esso. Era riuscita a calpestare la punta del cavatappi. Aveva bucato la pelle sottile e pendeva dalla base del piede.

"Che cosa è successo?" Bethany gridò.

Tirai il coltellino e il cavatappi si liberò. La ferita non era così grave come sembrava. "Va tutto bene", dissi, "è solo un piccolo buco".

Le sue sopracciglia si alzarono. "Un buco?"

"L'hai calpestato". Presi il coltello e le mostrai il pezzo di metallo arricciato. Ad un'attenta analisi, una piccola goccia di sangue ne macchiava la punta. "Ti è entrato un pò nel piede, ma non troppo in profondità".

"Che schifo!" Beth contrasse la faccia. "Fa male".

"Aspetta." Lasciai Beth per un momento e tornai dal nostro pietoso magazzino di provviste con una bottiglia d'acqua quasi vuota. "Non ho trovato il panno". Svitai il coperchio.

"Usa un pezzo del mio vestito", disse.

"Sei sicura?"

Annuì. "Sì."

Con il coltellino tagliai un pezzetto di tessuto blu dall'orlo del vestito. Lo inumidii con acqua e le lavai il piede. La parte inferiore era più sporca di quanto pensassi, poiché la pelle intorno alla ferita si era illuminata.

"Cosa credi che intendesse quando ha detto che poteva sistemarla?". Beth disse mentre finivo di pulirle il piede.

"Sistemare cosa?".

"Ha detto che avrebbe sistemato la finestra sporca".

"Non so, pulirla?".

Beth inarcò la testa da un lato. "Lo pensi davvero?". La sua domanda sembrava scettica.

Pensai per un attimo e poi scossi la testa. "No." Cecil non aveva intenzione di rendere piacevoli le nostre condizioni di vita.

28

COLTA SUL FATTO

I GIORNI PASSARONO. Non avevamo contatti con Cecil o Jasper e non sentivamo il rombo del camion. L'unico segno che Cecil, o qualcuno, si fosse fermato fu circa quattro giorni dopo l'ultima visita conosciuta di Cecil. Ci eravamo svegliate e avevamo trovato una scorta di cibo e acqua rifornita. Ci aveva lasciato una torcia elettrica, qualche altro libro e un vecchio gioco da tavolo, con un miscuglio di elementi di vari altri giochi. Aveva anche svuotato il nostro secchio dei rifiuti e ci aveva restituito il secondo. Purtroppo, non aveva fornito altri fazzoletti di carta. La distruzione dei libri era diventata una possibilità.

Avevo insistito per annusare i capelli di Beth nel momento in cui avevo notato l'aumento delle scorte di cibo. Lei era stata riluttante, ma l'avevo convinta. La mia ansia si attenuò quando sentii solo sudore e sporcizia e non il persistente profumo della sua colonia putrida.

Dall'ultima visita di Cecil, il piede di Beth era guarito senza ulteriori problemi. Il coltello tascabile rimase nascosto sotto la stuoia con il resto dei miei attrezzi. La finestra rimase intatta. Temevo troppo che, se fosse tornato per "aggiustarla", avrebbe notato i pezzetti di sigillante grigio mancanti.

. . .

"Lavori alla finestra oggi?". Disse Beth. Spalmava la marmellata di un barattolo mezzo mangiato su un pezzo di pane raffermo. Aveva fatto questa domanda ogni giorno dall'ultima volta che avevo lavorato alla finestra. Ogni giorno avevo risposto allo stesso modo. Bethany sospirava e alzava le spalle prima di passare ad altro.

"No". Scossi la testa e diedi un morso alla mia misera colazione.

"Posso?" Incrociò le braccia e mi guardò. Il suo linguaggio del corpo era in conflitto con il luccichio della paura nei suoi occhi.

"No".

"PERCHÉ. NO?", disse a denti stretti. Il suo cambiamento di tono mi colse di sorpresa.

"E se oggi fosse il giorno in cui decide di sistemare le cose?". Le chiesi di rimando, posando il mio pezzo di pane mezzo mangiato sul tavolo e rivolgendole uno sguardo.

Lei alzò le spalle e diede un grosso morso al suo cibo.

"Perché devi mangiare così?". Mi coprii le orecchie con le mani e chiusi gli occhi. Era disgustoso.

"Be...uz...it....ugs....ou".

"Cosa?" Lasciai cadere le mani.

Bethany masticò ancora un pò prima di deglutire e poi si pulì la bocca con il dorso della mano. "Perché. Ti. Insegue. Ti." Sorrise.

Scossi la testa e ridacchiai. Non aveva senso discutere con lei. Finimmo di mangiare in silenzio e mi sentii sollevata dal fatto che Beth avesse smesso di tormentarmi.

Mi ritrovai a fissare la finestra, attratta da essa come il metallo da una calamita. Pochi secondi dopo, Beth era al mio fianco; la sua mano calda si posava sul mio braccio.

"Pensi che sia ancora vivo?", sussurrò.

"Chi?" Il volto di Jasper mi balenò nella mente.

"Jasper. Cecil", fece una pausa, "chiunque!".

Le accarezzai la mano. "Non lo so".

"Ce ne andremo da qui".

Mi voltai e sorrisi. "Dai, aiutami con il tavolo".

Era una bella giornata di sole. La luce del sole era confortante mentre raccoglievo e tiravo fuori pezzi di materiale duro e gommoso. Alcuni pezzi erano secchi e fragili, altri elastici. Il lavoro era lento, ma facevo progressi. Dopo un pò di tempo, finalmente avevo un piccolo punto in cui ero riuscita ad estrarre tutto il sigillante. "Vai alla porta!" Dissi a Beth.

"Cosa? Perché?"

"Ascolta se arriva".

Beth si alzò dal tavolo e andò verso la porta invisibile. "Che cosa stai facendo?".

"Sto provando qualcosa". Mi sdraiai sulla schiena sopra il mobile. Mi dimenai e abbracciai le ginocchia al petto, i capelli pendevano sul davanti dell'armadio.

"Ma che diavolo!" Disse Beth.

"Ho tirato fuori un bel pezzo. Vado a vedere se riesco a liberare questa cosa".

"Stai attenta".

"Ascolta e basta". Allargai le ginocchia e guardai la finestra tra di loro, poi allungai le gambe fino al contatto con i piedi. La spinta non sarebbe stata molto potente perché le ginocchia erano ancora piegate, ma dovevo provarci. Tirai indietro le gambe, chiusi gli occhi e allontanai il pensiero che i miei piedi nudi potessero sbattere contro il bordo della finestra.

"Aspetta!" Beth mi chiamò.

Le mie ginocchia ricaddero verso il petto. "Cosa?"

La mia camicia da notte e quella di Beth volarono e mi atterrarono sul viso prima che potessi prenderle.

"Avvolgile intorno ai tuoi piedi", disse Beth mentre sentivo i suoi passi allontanarsi dall'armadio.

Sorrisi e avvolsi una camicia da notte intorno a ciascun piede. Almeno non farà così male. Mi preparai e spinsi le gambe in avanti.

Non passò molto tempo tra la spinta delle gambe e l'atterraggio dei piedi. Non passò molto tempo tra il tonfo contro la finestra e il dolore lancinante. Mi salì lungo le gambe e mi arrivò nella parte bassa della schiena. Gemetti, mi riposizionai e riprovai. La seconda volta non mi fece tanto male, ma fu altrettanto inutile. La terza volta è quella buona, sussurrò una voce nella mia testa, e sapevo che era quella di mio padre.

Il sudore mi colava dalle tempie e mi impregnava i capelli. Strinsi gli occhi e feci un respiro profondo. Le ginocchia si piegarono contro il petto. Contai fino a tre nella mia testa e lasciai andare le gambe come se fossero caricate a molla.

La polvere e la sporcizia delle travi mi ricoprirono il viso intriso di sudore quando i miei piedi avvolti fecero contatto con la finestra. Il tonfo fu più forte delle due volte precedenti. Il dolore nel mio corpo era peggiore della prima volta. Rotolai su un fianco e mi accasciai su una palla.

"Stai bene?" La voce preoccupata di Bethany mi chiamò da sotto il mobile.

"Sì", gemetti e appesi il braccio oltre il bordo, salutandola mentre il dolore si attenuava. Dopo qualche istante mi alzai a sedere e guardai se avessi ottenuto qualcosa.

Con il solo sguardo la finestra sembrava intatta e fissata al suo posto. Le mie mani premevano lungo il bordo dove erano atterrati i miei piedi e rilevavano un leggero movimento. Spinsi più forte.

"Whoop!" Urlai e mi coprii la bocca con la mano quasi nello

stesso istante. Il movimento non era solo percepito, ma anche visto.

"Ce l'hai fatta?" Gridò la voce eccitata di Beth.

"Quasi! Finisci quello che stavi facendo; scendo tra poco". Mi asciugai il sudore dalla fronte e mi sedetti di nuovo contro la finestra. Beth tornò a costruire il suo gioco da tavolo.

Piccole macchie di polvere danzavano nel raggio di sole che mi illuminava le spalle. Mossi le mani nell'aria e i granelli vorticarono. Mi sono persa nella danza e nella caduta di ogni piccola particella. Ho fatto finta che fossero vive mentre si muovevano e fluttuavano nell'aria. Il sole mi scaldava la nuca e mi faceva sentire bene. Chiusi gli occhi e immaginai di sedermi su un ceppo d'albero, mentre fuori sentivo il debole suono degli uccelli che cantavano.

"Allora, cosa abbiamo qui?". La sua voce cantava.

I miei occhi si aprirono di scatto. Il mio cuore ebbe un improvviso sussulto, come se volesse liberarsi dal petto. Rimasi senza parole. Bethany era seduta al tavolo a pochi metri da lui. Era a bocca aperta e dalla sua reazione era evidente che non l'aveva sentito entrare. Lui mise un altro piede nella stanza. Beth rimase al tavolo, mentre io mi bloccai sul piano del mobile.

"Qual è il problema?", ansimò fissando Beth. "Di solito non sei a corto di parole". La camicia viola stropicciata gli si appiccicava addosso con il sudore.

Beth saltò in piedi e piegò le braccia. "Io", cominciò.

"Beth!" Mi misi in guardia e scesi dal mobile. Nella fretta, la sedia si spostò un pò e per poco non caddi. Recuperai l'equilibrio mentre mi facevo strada verso il pavimento.

"Tsk, tsk." Cecil schioccò la lingua e si passò una mano tra i capelli bianchi e sudati.

Bethany era tornata alla sua stuoia e io mi spostai accanto a lei. I suoi occhi si erano ristretti e le sue guance avevano assunto un colorito rosa.

Guardò oltre noi e verso la finestra, prima di posare il suo sguardo grigio su di me.

"Io... volevo solo sentire il sole". Balbettai. Il mio cuore batteva forte. Feci un respiro profondo e cercai di calmare i miei nervi.

Sorrise. "Hmph! È tutto qui? Sembrava un pò rumoroso. Comunque", il suo umore migliorò, "ho detto che l'avrei sistemato". Si voltò e tornò verso la porta. "Oh!" Si girò; il suo movimento improvviso mi fece trasalire. "Ti ho portato una cosa". Alzò un dito gesticolando un attimo e uscì dalla porta. Un secondo dopo portò un'altra brandina. "Ho pensato che ne volessi uno anche tu", disse a Bethany.

"Pensavo che ne avessi solo una", disse Beth.

Cecil alzò le spalle. "È vero, ma... beh, forse ho detto una piccola bugia". Alzò il pollice e l'indice e li pizzicò insieme. "Non credo che questa ci serva più". Sorrise.

Il mio stomaco si annodò. "Come sta Jasper?" La mia domanda suonava disperata.

Gli occhi grigi di Cecil si posarono su di me e lui sorrise. "È ancora vivo, ma non per molto". Tossì e uscì dalla stanza.

Sia io che Bethany espirammo quando il suono della serratura riempì le nostre orecchie. Ancora una volta, fui grata per la sua brutta tosse. Lo faceva sempre scappare dalla stanza e riusciva a salvarci da ulteriori tormenti.

"Non capisco cosa intenda con "aggiustarla"", disse Beth voltandosi a guardare la finestra, "non è rotta".

"In un certo senso lo è, adesso".

"Forse la pulirà dall'esterno".

"A patto che non ci spinga troppo sopra".

Beth alzò le spalle. "Non se ne accorgerà. E quel gioco da tavolo?". Cambiò argomento e indicò il gioco sistemato sul tavolo.

"Tanto vale. Non c'è altro da fare".

Ci sedemmo e, mentre Beth finiva di sistemare gli ultimi

pezzi, diedi un'occhiata alla finestra. Era sporca, ma traspariva molta luce. Mi si strinse lo stomaco, non pensavo che pulire la finestra fosse la sua intenzione.

29

DORMIRCI SOPRA

AVEVO PASSATO ALMENO metà della notte sveglia, rigirandomi tra la schiena e il fianco destro. L'anca mi faceva male mentre le ossa premevano attraverso il materassino e il pavimento duro. Volevo sdraiarmi dall'altra parte per far riposare l'anca, ma di fronte alla porta non se ne parlava. L'ultima volta che l'ho fatto, mi sono svegliata e mi sono sentita piuttosto disorientata. Mi ha mandato nel panico perché ho pensato che Cecil fosse nella stanza. Beth dormiva in tutti i sensi, anche se credeva il contrario. Insisteva sul fatto che, essendosi addormentata e svegliata sul fianco sinistro, aveva passato tutta la notte nella stessa posizione. Cercai di dirglielo, ma non lo volle considerare. Dopo alcune sciocche discussioni sull'argomento, smisi di cercare di convincerla.

Il mattino annunciò il suo arrivo attraverso la finestra; la lunga notte era giunta al termine. Mi alzai a sedere e allungai le braccia sopra la testa, sentendo le ossa scricchiolare sotto la pelle. Indossai il mio vestito verde e sporco e mi avvicinai in punta di piedi all'angolo che ospitava i secchi dei rifiuti. Le brande erano finalmente diventate utili. Le usavamo entrambe nella loro posizione ripiegata come mezze pareti, il che ci dava un pò di privacy.

Non avevo notato il cambiamento quando mi ero avvicinata al nostro bagno di fortuna. Non ero sicura se fosse perché nella mia visione periferica lo spazio era ancora occupato. Oppure la luce fioca non mi aveva permesso di vedere cosa mancava. Qualunque fosse il motivo, al mio ritorno lo vidi. Due piccoli sgabelli e una grande scatola di cartone capovolta avevano sostituito il nostro tavolo e le nostre sedie.

"Beth, svegliati". Fissai i nostri nuovi mobili. Era evidente che la mia notte non era stata così insonne come pensavo. Cecil era riuscito a intrufolarsi e a fare il cambio.

"Cosa?" Beth sbadigliò e si schiarì la gola mentre mi raggiungeva.

"Guarda." Indicai.

Beth si strofinò gli occhi. "Quando?"

Scossi la testa e scrollai le spalle. Speravo che avesse sentito qualcosa.

"Non lo so", sussurrò, rispondendo alla mia domanda non posta.

"Buongiorno, ragazze!". Stupite, ci girammo e lo trovammo in piedi sulla porta. Ci volle tutto quello che avevo per non correre verso di lui e buttarlo fuori dalla stanza. Ero arrabbiata. "Vedo che state ammirando i vostri nuovi mobili". Un colpo di tosse interruppe la sua risatina maligna e sperai che si strozzasse e cadesse a terra. Immaginai di correre e prenderlo a calci il più forte possibile prima di fuggire dalla stanza. "Cosa ne pensi?", disse, riprendendo a tossire e pulendosi la bocca con il dorso della mano. La sua domanda mi fece tornare dal mio sogno ad occhi aperti.

"Perché?" Disse Bethany. Piegò le braccia e si accigliò.

"Tua sorella avrebbe potuto farsi male quando è scesa dall'armadio. Non lo vorremmo mai". Le sue sopracciglia si alzarono, ma la sua intonazione suggerì che non gli importava.

"Comunque", disse più a sé stesso che a noi mentre si girava e guardava la finestra, "dovrei sistemarlo". Si voltò di nuovo verso di noi e sorrise di nuovo. "Questa maledetta tosse mi fa venire voglia di non fare granché". Mi guardò e poi spostò lo sguardo su Beth.

"Come sta Jasper?" Sbottai.

Lui mi guardò con un sorriso storto. "Ti piacerebbe saperlo", disse, poi si girò e tornò fuori dalla porta senza dire un'altra parola.

Mi si strinse la gola. Feci un respiro profondo e mi avvicinai al mio tappetino. Immaginai Cecil che rideva sentendo i miei passi. Estrassi il coltellino dal suo nascondiglio e lo misi in tasca. Sentii il leggero scatto quando si posò sul fondo e fece contatto con il bottone marrone. "Andiamo." Afferrai il braccio di Beth.

"Cosa stiamo facendo?", disse mentre ci avvicinavamo alle brande.

"Torniamo al lavoro".

"Come? Mi stai tirando su di morale? Lo faccio io... se vuoi".

"Useremo queste. Prendi l'altra estremità". Non volendo che Cecil li sentisse rotolare sul pavimento, portammo ogni lettino verso l'armadietto. Le mettemmo una di fronte all'altra e le spingemmo contro le ante.

"Posso farcela", disse Bethany.

"Lo so, ma prima provo io. Non so quanto sarà facile".

Beth alzò le spalle. "Come vuoi." Ma il sollievo che vidi nei suoi occhi era evidente.

La parte superiore delle brande piegate arrivava appena sopra la mia vita, un pò troppo alta perché potessi salire dal pavimento. La doga metallica inferiore mi avrebbe dato la spinta necessaria.

"Pronta?"

Beth annuì e spinse la schiena contro i letti ripiegati, facendoli aderire. Allungò le gambe davanti a sé. Girai la doga metallica sulle sue molle e appoggiai il piede sul lato piatto. Il metallo sottile si piegò un pò per il mio peso. Allungai la mano su entrambi i letti e mi stabilizzai, mentre con l'altro piede mi spingevo sul pavimento. Nel momento in cui tutto il mio peso era sulla branda, questa cominciò a cadere in avanti. Riportai rapidamente il piede sul pavimento.

"Tienili fermi, Beth".

Lei sgranò gli occhi. "Lo sto facendo. Continuano a rotolare".

"Tieni duro". Mi chinai e guardai le ruote. Un piccolo pezzo di metallo sporgeva sopra ogni ruota e io lo spinsi verso il basso, bloccandolo in posizione. "Ora non dovrebbero più rotolare". Mi misi di nuovo in posizione. "Va bene?"

Beth annuì e si appoggiò di nuovo alle brande.

Mi sollevai dal pavimento con un piede. La doga metallica si piegò sotto il mio peso quando tirai su il ginocchio e lo appoggiai sopra la branda. Le braccia mi tirarono in avanti. Beth sbuffò mentre stabiliva i letti. Una puntura acuta mi spinse in cima, mentre il bordo della sottile doga metallica mi tagliava la parte inferiore del piede. Aspirai l'aria tra i denti mentre la pelle sottile si apriva.

"Che cosa è successo?"

Mi sedetti sopra le brande e mi appoggiai alle ante dell'armadio. Con entrambe le mani tenevo la parte inferiore del piede sinistro; il sangue mi colava tra le dita. "Quanto è grave?" Grugnii. Mi si rivoltò lo stomaco.

"Muovi le mani".

Scossi la testa. "Non voglio". Le pulsazioni sostituirono il bruciore iniziale.

"Sembra che stia sanguinando bene".

"Non dirmi questo", dissi.

Beth sospirò e piegò le braccia. I suoi occhi gelidi mi fissarono.

"Bene". Mossi una mano alla volta.

Beth si chinò in avanti. "Brutte notizie, sanguina ed è lungo così". Alzò il pollice e l'indice per mostrare uno squarcio di circa un centimetro. "La buona notizia è che vivrai. A meno che non si infetti. Cosa che non succederà". Si raddrizzò. "Ma potrebbe." Si allontanò e tornò pochi secondi dopo con dell'acqua e alcuni fazzoletti dalle nostre scorte in esaurimento.

"Ahi! Brucia!" Ritrassi il piede dalle cure di Beth.

"Immagina se avessi avuto qualcosa come l'alcol invece dell'acqua. Ridammelo".

Lasciai che mia sorella finisse di pulire la mia ferita come meglio poteva con quello che avevamo. Dopo aver lavato via il sangue, Beth vide che il taglio era pulito e poco profondo. Non era del tipo che avrebbe avuto bisogno di punti. Tagliò un altro pezzo dall'orlo del suo vestito e lo legò intorno alla base del mio piede.

"Ecco, tutto sistemato". Mi guardò e mi restituì il coltello.

"Grazie".

"Quando vuoi". Sorrise.

"Ok, ho perso abbastanza tempo. Tieni ferme quelle cose".

Beth si girò e premette ancora una volta la schiena contro le brande. "Vuoi che lo faccia io? Sei ferita".

Scossi la testa. "Sono già su fino a questo punto". Mi girai e allungai le braccia sul piano del mobile. Il tavolo e la sedia erano più alti, ma non di molto. Saltai giù dal mio piede buono. Mi dimenai e tirai; le mie gambe sbatterono contro il mobile. E poi fui in cima.

"Sei già in piedi?" Mi chiamò Beth. Era ancora in piedi con la schiena spinta contro i letti piegati.

"Che ne pensi?"

Si girò e sorrise quando mi vide in cima all'armadio. "Vai a sederti davanti alla porta e controlla; se senti qualcosa bussa sul pavimento e io scendo".

"E le brande?" Chiese Beth.

"Dovrò spostarle velocemente".

Lavorai febbrilmente, scavando il coltello in profondità nel sigillante. Piccoli pezzi grigi si staccavano e disseminavano la parte superiore dell'armadio, ma non riuscivo a liberare un'area come l'ultima volta. Dopo diversi minuti mi fermai. La fame e la stanchezza interferivano con la mia concentrazione. Le dita mi facevano male a forza di impugnare il coltello e il collo e le spalle mi bruciavano. Il dolore al piede era diventato un pallido ricordo. Scesi di nuovo e, con l'aiuto di Beth, riportai i letti piegati a fungere di nuovo da pareti del bagno.

Ci sedemmo al nostro rozzo tavolo e consumammo il primo pasto della giornata. Nonostante avessimo sostituito il tavolo e le sedie, Cecil ci aveva fornito altro cibo. Scoprimmo che una nuova borsa di tela conteneva diverse scatole di cibo e una scatola di cereali stantii mezza mangiata.

Le mie palpebre si fecero pesanti e fu difficile tenerle aperte mentre finivo l'ultimo pasto.

"Hai bisogno di un s-sonnellino". Beth inclinò la testa di lato e mi fece un mezzo sorriso. I suoi gelidi occhi blu si riempirono di preoccupazione.

Scossi la testa e mi sfregai entrambi gli occhi con la punta delle dita. "Sto bene". Beth aveva ragione, ma il pensiero di sdraiarmi sul materassino sottile con il corpo dolorante era sufficiente a tenermi sveglia.

"Non riesci quasi a stare sveglia. Ti sei quasi addormentata mangiando".

"Mi riposerò qui". Piegai le braccia sul tavolo di cartone e riposai la testa. Era scomodo ma indolore. Attraverso la nebbia del mezzo sonno, sentii Beth che si muoveva.

"Vieni", sussurrò qualche istante dopo.

Resistetti al leggero strattone al braccio e rimasi seduta

sullo sgabello. Un altro strattone più forte e il mio corpo si alzò dalla sedia.

"No", sussurrai nel mio stato di semi-incoscienza.

"Hai bisogno di una bella dormita".

Troppo stanca per discutere, le permisi di aiutarmi a sdraiarmi. Il morbido materasso della branda cullò il mio corpo mentre mi sistemavo e sprofondavo in un sonno beato.

30

FACILE ARRIVARE, FACILE ANDARE

"So cosa stai combinando". La sua voce crudele mi sussurrò all'orecchio. Il suo alito caldo e puzzolente mi fece lacrimare gli occhi.

"C-cosa vuoi dire?". Balbettai. Il suo dito mi colpì il braccio. Ero sicura che mi avrebbe provocato dei lividi.

"Non fare finta di non sapere di cosa sto parlando. Stai cercando di scappare". I suoi occhi grigi mi fissarono.

"No, non è vero!" Le mie gambe cedettero e, se non fosse stato per il muro contro cui mi aveva appoggiato, sarei caduta a terra.

"Beh, hai capito bene. Resterai qui fino alla decomposizione".

Mi alzai di scatto; i miei occhi cercarono ombre sussurranti mentre si adattavano all'oscurità. Il respiro di Beth e il mio cuore che batteva forte erano gli unici suoni nella stanza.

"Ti sbagli", sussurrai. Mi sdraiai di nuovo sulla branda e attesi il ritorno del sonno. Avrei lavorato alla nostra fuga quando sarebbe arrivato il mattino.

. . .

"April, April, svegliati!". La voce urgente di Beth mi ronzava nell'orecchio; rotolai via. "Dai, alzati". Lei insistette e mi scosse la spalla.

"Lasciami in pace", piagnucolai, volendo dormire ancora.

"Ma se n'è andato!".

Le sue parole mi svegliarono e rotolai verso Bethany. "Sei sicura?".

"Ho sentito il suo camion!". Lei aggrottò la fronte.

Mi alzai a sedere e mi stiracchiai. Il corpo mi faceva ancora male, ma non mi sentivo meglio da settimane. Beth mi aveva già preparato una colazione a base di pane raffermo e marmellata e me la porse appena finii di sbadigliare.

"Mangia!"

Ringraziai e presi il pezzo di pane dalla sua mano tesa.

Nonostante il piede ferito, riuscii a salire in cima all'armadio più velocemente dell'ultima volta. Feci un cenno alla finestra, il suo leggero movimento mi diede l'ispirazione e mi misi al lavoro. Il ricordo del mio incubo era ancora presente nella mia mente.

"Allora?" Disse Beth, dopo qualche minuto dal mio scavo.

"Cosa?" Continuai a lavorare.

"Stai tirando fuori ancora qualcosa?".

"Sì, ma solo un pò alla volta. C'è molta roba ed è spessa in alcuni punti". Affondai il coltello e tirai fuori un grosso pezzo. Lo afferrai con le dita e lo strappai. Lo alzai per mostrarlo a Beth e sorrisi. Era lungo quasi la metà del mio braccio, il pezzo più grande che avessi mai visto.

"Sì! Questo fa un altro s-spazio vuoto?".

Ispezionai la zona e scossi la testa. "Ha lasciato un bel buco, ma ne vedo ancora un pò. È molto spesso stratificato. Forse un altro pò lo ripulirà".

. . .

Ero stata così occupata a lavorare che avevo dimenticato di controllare il suo ritorno. L'arrivo improvviso del suo furgone davanti alla casa mi sorprese.

"Beth, tieni le brande", chiamai. "Sbrigati, è tornato".

Beth si affrettò e premette la schiena contro i letti, mentre io mi arrampicavo a terra. Le portammo al loro posto, temendo che le ruote rotolanti lo mettessero in allarme. Quando tutto fu a posto, prendemmo i nostri libri e ci sdraiammo a leggere. Il piede mi pulsava un pò mentre lo infilavo sotto il lenzuolo. Pochi minuti dopo si affacciò alla porta.

"Come stanno le mie ragazze preferite oggi? Beh, guardate come usate quelle brandine!".

Mi alzai a sedere e mi tirai il lenzuolo sul piede fasciato, nascondendolo alla sua vista. Lui era in piedi sulla porta, con un sorriso stampato sul viso sudato. Anche se l'odore della sua colonia era debole, era comunque abbastanza forte da farmi arricciare il naso.

"Mi faceva male la schiena". Scrollai le spalle.

"Beh, non abituarti troppo a loro. Potrei averne bisogno di nuovo".

"Cosa... perché?" Non riuscivo a sopportare di nuovo il tappetino sottile.

Lui alzò le spalle. "Nel caso ti venisse qualche idea brillante. Tipo usarle per arrampicarti sul mobile come hai fatto con il tavolo. Aspetta un attimo", si batté la fronte con il palmo della mano. "Ti ho appena dato l'idea. Forza, alzati". Guardò Beth mentre si avvicinava. I loro occhi si bloccarono in uno scambio di sguardi.

Mentre la sua attenzione era altrove, strappai la striscia di stoffa dal piede e la nascosi in tasca. La sua distrazione fu temporanea, e ridiresse la sua attenzione quando si trovò di fronte alla mia branda.

"Ti prego, non prenderle". Mi alzai e gli toccai l'avambraccio. Le maniche arrotolate della camicia esponevano la sua pelle, che era calda e umida sotto la mia mano. Scosse il braccio; il movimento violento mi fece ricadere sul letto.

"Alzati", ringhiò mentre si passava una mano tra i capelli grigi e disordinati.

Bethany e io ci mettemmo di lato mentre lui si allungava e afferrava il bordo del mio lettino. Scosse il materasso e il materassino di gommapiuma dalla struttura. Trattenni il fiato mentre cadevano a terra, temendo che trovasse i miei attrezzi incastrati tra loro. Per fortuna il materassino si attaccò al fondo e caddero insieme. Il lettino di Bethany fu il successivo e lei sussultò quando lui scaricò il materasso e la coperta sul pavimento. Lo sforzo lo mandò in un attacco di tosse e, quando riprese il controllo, era rosso vivo. Sudore e lacrime gli colavano sul viso. Piegò le strutture del letto e le portò fuori dalla stanza, chiudendosi la porta alle spalle.

Mi precipitai al mio materasso e liberai il tappetino; i miei attrezzi erano ancora al sicuro al loro posto.

"Cosa stai facendo?" Dissi, allungando il collo per guardare intorno a Beth. Stava raccogliendo le poche cose che Cecil aveva gettato sul pavimento. Le sue azioni sembravano più sospette di quelle di una persona che cercava di essere ordinata.

"N-nulla". Mi dava le spalle. Il suo tono aumentò i miei sospetti.

"Beth?"

"Bene", sbuffò Beth e si voltò. Tra le sue due mani c'era il piccolo orsacchiotto marrone che aveva tirato fuori da una delle scatole dell'armadio.

Mi cadde la mascella. "Come l'hai avuto?" Indicai il giocattolo dall'aspetto pietoso.

Beth alzò le spalle. "L'ho preso il giorno in cui l'abbiamo trovato".

"Ma l'hai rimesso a posto. Ti ho visto".

"No, non hai visto. Ho iniziato a rimettere le cose nella scatola mentre tu lavoravi all'armadio. L'ho infilato sotto il vestito finché non sono riuscita a nasconderlo sotto la coperta". Un sorriso malizioso le si allargò sul viso.

"E se l'avesse trovato?". Sibilai; il calore mi riempì le guance al pensiero. "Avrebbe saputo che eravamo nell'armadio". Il mio sguardo si spostò verso l'orsetto, che sembrò farmi l'occhiolino.

"Pfft!" Beth liquidò il mio commento con un gesto della mano. Le sue guance erano rose come immaginavo fossero le mie. "Non aveva più possibilità di trovare il mio orso di quante ne avesse di trovare il tuo coltello e le altre cose. Sono abbastanza sicura che avrebbe avuto più problemi con quelli". Si voltò e tornò a rifare il letto.

Gli attrezzi giacevano sul fondo del mio materasso. Li coprii con il tappetino sottile e rovesciai il tutto. Beth aveva ragione. Il suo orsacchiotto non era nulla in confronto al piccolo arsenale di oggetti taglienti che tenevo nascosto.

"Dov'è il mio coltello?". Una rapida ricerca sul pavimento intorno a me non fornì alcuna risposta. Rivolsi la mia attenzione a Beth; stava sistemando le sue cose, ma si fermò abbastanza a lungo per fare spallucce.

Non importava che la mia tasca non fosse appesantita. Infilai comunque la mano dentro. Le mie dita si impigliarono nella striscia di stoffa e sfiorarono il bottone. Un sudore mi imperlò la fronte al pensiero di aver perso il mio strumento migliore. Ma come poteva essere? L'avevo appena usato. La mia memoria si spostò sull'armadietto; l'avevo lasciato in cima nella fretta di scendere.

"L'hai trovato?" Disse Bethany mentre si affiancava a me.

Annuii.

"Dove?"

Indicai la parte superiore dell'armadio e guardai Beth. C'era solo un modo per recuperare quel coltello. Ci avvicinammo in punta di piedi al grande mobile e io intrecciai le dita per lei. Lei esitò un attimo, poi mise il piede nella mia mano.

Dopo pochi secondi di tensione, era salita in cima.

"È lì?" Mi allontanai dal mobile.

Beth si sedette con le spalle alla finestra e alzò il coltello: "Sì!".

"Ok, scendi". La tensione nel mio corpo si allentò.

"Prima voglio guardare fuori".

"Sicura?"

Beth strinse le labbra in segno di determinazione e annuì.

"Non metterci molto".

Beth si spostò con cautela e si mise di fronte alla finestra. "Uh!", sussultò.

"Qual è il problema?".

"È là fuori", sussurrò.

Il mio cuore batteva forte. "Scendi prima che ti veda". Mi prese il panico.

"Credo... credo che l'abbia fatto".

31

OMBRE E FORME SCURE

Erano passati due giorni prima che ci sorprendesse con un'altra visita. E se aveva visto Beth guardare fuori dalla finestra, se lo tenne per sé. Ci portò altri libri, altro cibo, altra ansia. Si era ripresentato il giorno successivo e quello dopo ancora. Ogni volta che la porta si apriva, trattenevo il respiro. Era diventato imprevedibile e così, ancora una volta, smettemmo di lavorare alla nostra fuga.

Le sue visite erano rapide e, per la maggior parte, silenziose. Entrava nella stanza e si guardava intorno, il suo sguardo finiva sempre alla finestra. Ridacchiava sottovoce e sorrideva per qualche battuta interna. Poi se ne andava.

Anche il suo aspetto era cambiato. I suoi capelli bianchi, un tempo luminosi, si erano opacizzati con lo sporco. Non cambiava più le camicie e indossava solo quella viola macchiata di sudore e di qualsiasi altra cosa vi avesse versato sopra. Il suo profumo personale aveva sostituito la colonia. Non c'erano più gli occhi grigi e luminosi che avevano brillato per i progetti che aveva fatto per il futuro. Si erano spenti ed erano diventati gli occhi di un uomo che esisteva e basta. L'uomo ben curato che ricordavamo dalla C.E.C.I.L. si era trasformato in un disordinato e sporco.

Lo avevamo già temuto in passato, ma questo Cecil più silenzioso lo temevamo ancora di più. Le sue parole erano state una finestra sulla sua mente, ma ora il suo silenzio nascondeva i suoi pensieri. Aveva in mente qualcosa e il mio corpo era in costante stato di tensione nell'attesa della sua realizzazione.

Il pavimento sotto il mio materasso era diventato ben inciso con segni per ogni giorno della nostra prigionia. Ogni nuovo graffio aveva stimolato il bisogno di fuggire, mentre la paura e l'agitazione impedivano i nostri progressi.

Dopo una breve visita, Cecil se ne era andato con i nostri sgabelli. Era entrato nella nostra stanza a mani vuote, aveva fissato la finestra e poi aveva preso gli arredi rimasti. L'azione ha fatto rinascere l'interesse a lavorare sulla nostra unica via di fuga. Purtroppo, non avendo altro modo per raggiungere la parte superiore dell'armadio, Beth avrebbe dovuto occuparsi del lavoro. Io avrei ascoltato Cecil.

Ogni mattina all'alba, aiutavo Beth a raggiungere la cima dell'armadio. Lavorava nella penombra finché il sole non faceva capolino sugli alberi. I progressi erano lenti, ma lei lavorava sodo. La situazione disperata aveva tenuto a freno la sua paura dell'altezza mentre scavava il sigillante. Infilava ogni pezzo rimosso nel retro dell'armadietto e spingeva sulla finestra ogni pochi minuti.

Una mattina, dopo che il camion si era allontanato, Beth lanciò una lattina di cibo contro il vetro. Speravamo che si rompesse, ma rimbalzò solo con un forte rumore. Accaldata e frustrata, si era arrampicata di nuovo giù. Tornò la sera presto, prima che il sole tramontasse, e lottò di nuovo contro la finestra. Non si sarebbe arresa.

. . .

Mi alzai al buio, piena di sudore. Il rumore della pioggia che batteva sul tetto risuonava nella stanza buia. Un sorriso si allargò sul mio viso: era da tempo che non pioveva. Il suono era rilassante e speravo che rinfrescasse l'aria.

Nell'oscurità riuscivo a scorgere il corpo addormentato di Bethany accanto a me, il suo respiro lento e facile. Ero invidiosa di lei, ma allo stesso tempo felice. Almeno una di noi poteva godere di un sonno tranquillo. Non riuscivo a ricordare l'ultima volta che avevo dormito senza svegliarmi, anche se sospettavo che fosse stato sotto i farmaci di Cecil.

Toccai il braccio di Beth. La sua pelle era fresca e lei giaceva tranquilla e immobile. Allontanai la mano e cercai la torcia alla testa del materasso. L'accesi tenendo la mano sopra l'obiettivo. La luce bianco-blu filtrava attraverso le mie dita, proiettando ombre minacciose sulle travi in alto. Abbassai la luce sul pavimento e cercai nel materasso di Beth.

Il piccolo orsacchiotto marrone giaceva nell'incavo del suo braccio. Mi avvicinai e lo liberai delicatamente. Beth sbuffò e si allontanò da me.

Ispezionai il piccolo peluche che tenevo nella mano sinistra, mentre con la destra tenevo la torcia. Rovesciai il vecchio orso sul davanti. C'erano delle chiazze consumate nella sua pelliccia e la cucitura lungo la schiena sembrava essere stata fatta a mano. Era un orso piuttosto ordinario, logoro, ma ben amato. Lo ribaltai e lo punzecchiai sul pancino, ridacchiando tra me e me per l'azione improvvisata. L'orsacchiotto aveva un sorriso gentile. Il nero del naso si era consumato in alcuni punti, tanto da sembrare più marrone che nero. Il mio dito percorse il naso fino al punto tra i suoi occhi ammiccanti. E poi vidi per la prima volta che non stava ammiccando, gli mancava un occhio. Il mio dito passò sull'unico occhio marrone e poi sul punto in cui mancava l'altro. C'era un piccolo buco nel punto in cui era stato.

Mi sdraiai e mi allontanai da Beth, portando con me l'orso e la torcia. Infilai la torcia contro il mio corpo. La sua luce brillò sul pavimento e sulla porta nascosta. Posi l'orsetto davanti a me e lo mossi avanti e indietro. L'ombra dell'orsetto cresceva e si riduceva con il movimento. Sospirai e chiusi gli occhi. È questo? Guardare l'ombra di un orso di peluche sarà il mio unico divertimento? La torcia tremolava e si affievoliva. La spensi per preservare la carica della batteria e la riportai al suo posto sopra la mia testa. Mi strinsi l'orsetto contro lo stomaco mentre i miei occhi fissavano nel buio la porta invisibile.

Uno spiraglio di luce apparve sotto la porta e lungo il bordo. Ho avuto un sussulto e ho infilato l'orsacchiotto sotto la camicia da notte. La porta si aprì e la luce entrò nella stanza. Per un breve momento intravidi la sua sagoma nera in piedi sulla soglia e chiusi gli occhi.

Rimasi immobile. Sentivo che era in piedi accanto a me; abbastanza vicino che se avessi allungato la mano, avrei sentito il suo piede. Ci volle tutta la mia forza per mantenere il respiro lento e regolare, nonostante il cuore che batteva forte. Dopo qualche secondo, i suoi piedi lo portarono via, scuotendo e scricchiolando lungo le assi del pavimento. Aspettai e combattei il tentativo del mio corpo di farsi prendere dal panico. Quando finalmente se ne andò, espirai il respiro che avevo trattenuto. Il mio corpo tremò e le lacrime mi sgorgarono dagli occhi. Le settimane di paura e frustrazione si sono liberate come una nuvola di tuono che scoppia di pioggia.

"Che succede?" Una voce assonnata sussurrò alle mie spalle.

"Niente." Mi asciugai le lacrime dal viso ed esalai un respiro tremante. Ero ancora rivolao verso la porta - paralizzata.

La mano calda di Beth si posò sulla mia spalla. "Era qui?" La sua voce sembrava un pò più sveglia.

"Sì", dissi.

"Cosa voleva?"

Che cosa voleva? "Non lo so... fissarci". Mi stropicciai il viso mentre pronunciavo le parole. Era strano, ma non avevo mai sentito alcun suono, se non il suo camminare verso di noi e poi allontanarsi.

"L'ha fatto?"

Mi venne in mente il senso del suo stare così vicino. "Sì." Mi rotolai sulla schiena, tirai il lenzuolo fino al mento e rabbrividii. La stanza era ancora calda, ma lui si era lasciato dietro un brivido freddo.

Beth sbadigliò. "Buonanotte", disse.

Fissai il soffitto oscurato, ricordando l'orso. Lo tirai fuori da sotto la camicia da notte. Lo tenni a distanza di braccia e lo feci dondolare nel buio. Il suo volto ammiccante mi attraversò la mente mentre le mie braccia si abbassavano e le palpebre si facevano pesanti.

Il peso del mio corpo premeva sul materasso. Il sonno si insinuava. Lo combattei, ma non riuscii a fermare la sua avanzata. Speravo solo che non lo portasse con sé.

A ogni espirazione mi avvicinavo all'incoscienza. Mentre l'ultimo momento di consapevolezza si allontanava, le mie orecchie captarono un leggero picchiettio sopra la testa. Presto ci sarebbe stato solo il suono dei nostri respiri regolari e della pioggia che tamburellava sul tetto.

32

I MENDICANTI NON POSSONO ESSERE SCELTI

ALLUNGAI LE BRACCIA sopra la testa e sbadigliai prima di aprire gli occhi ancora assonnati. Davanti a me c'era il letto vuoto di Beth. Il mio cuore sussultò per un attimo, finché non la sentii canticchiare l'unica canzone che ricordava. Rabbrividii al ricordo della canzone che un tempo era stata la preferita dell'infanzia, ma che ora era circondata dal mistero. Mi scrollai il sonno rimasto dagli occhi. La stanza era ancora buia e riuscivo a intravedere Beth che rovistava qualcosa sul nostro tavolo di cartone.

"Cibo?" Dissi al suono del tintinnio delle lattine. Presi la torcia prima di alzarmi.

"Sì." Non si preoccupò di guardarmi mentre continuava a rovistare nella borsa di stoffa. Mi tornò in mente il ricordo della sua visita notturna. Ero così sicura che non avesse fatto altro che guardarci dormire.

La mia schiena scricchiolò mentre allungavo di nuovo le braccia sopra la testa e giravo il collo. Era bello non sentirsi più doloranti al risveglio come quando dormivo sulla stuoia sottile. Sbadigliai di nuovo e mi diressi verso Beth; mi lacrimavano gli occhi.

"Ti sei alzata presto". Il cielo fuori dalla finestra era ancora buio, anche se sospettavo che l'alba sarebbe arrivata presto.

Beth tirò fuori dalla borsa alcune scatolette di cibo. Scrollò le spalle. "Non riuscivo più a dormire".

La torcia tremolò con lo scatto dell'interruttore. Presi una delle lattine sul tavolo e la feci girare nella mano. Il fascio di luce scialba era appena sufficiente.

Come il resto del cibo, la data di scadenza era prossima o appena superata. Alcuni barattoli non avevano data e potevo solo supporre che fossero ancora buoni. Quello che non capivo era la provenienza. Si trattava di cibo salvato dal C.E.C.I.L. o lo prendeva da qualche altra fonte? Riposi il barattolo sul tavolo quando la porta della stanza si aprì e ci colse di sorpresa. Rimanemmo fermi e lo fissammo.

"Perché sei qui?" Mi alzai di scatto, con grande sorpresa mia e di Beth, come sua. Venire a trovarci all'alba non era una cosa che aveva l'abitudine di fare. Ero contento che Beth non stesse lavorando alla finestra. Posizionai la torcia ancora illuminata al centro della scatola di cartone. Il raggio puntava verso il soffitto.

Sogghignò e si avvicinò al tavolo. Una ciocca di capelli bianchi e sporchi gli pendeva su un occhio, ma non si preoccupò di spazzolarla via. "Mi chiedevo dove avessi lasciato quella borsa", disse.

Gli occhi di Beth si socchiusero e le nocche sbiancarono mentre stringeva i manici della borsa.

Gli occhi di Cecil si posarono sul tavolo di cartone. "Perché non rimetti quelle lattine nella borsa per me?". Sorrise a Beth. "Le ho lasciate qui per sbaglio".

"Peccato!" Beth alzò le spalle e lo guardò.

Cecil alzò le sopracciglia e sbuffò con disprezzo. "Sì, è un peccato, per te". Si avvicinò e le strappò la borsa dalle mani.

Beth gridò, si portò le mani al viso e si ispezionò le dita.

"Dammi queste", ordinò puntando il mento in direzione delle poche lattine che giacevano sulla scatola di cartone.

Raccolsi le lattine una per una e le gettai nel sacchetto che teneva aperto. "È venuto solo per questo?" Mi ripresi di scatto. I muscoli dello stomaco mi si strinsero mentre lui mi fissava con occhi minacciosi.

"Sai, ti avrei lasciato tenere una o due lattine, ma ora", mi disse agitando il dito, "non sono così sicuro che nessuno di voi due se lo meriti". Si girò.

"Aspetta!" Chiusi gli occhi mentre la mia bocca parlava prima che il mio cervello avesse la possibilità di protestare.

Beth mi afferrò il braccio. "Cosa stai facendo?", sussurrò a denti stretti.

"Mi dispiace". La presa di Beth si strinse sul mio braccio. "Non volevo, ti prego". Il mio stomaco brontolò.

Cecil rimase fermo con le spalle rivolte a noi per un attimo prima di voltarsi. Sorrise. "Ora va meglio. Non deve essere difficile", disse, scostando finalmente la ciocca di capelli errante dagli occhi.

"Possiamo... possiamo avere una lattina, per favore?". Mi sentii implorare con una smorfia. Beth sbuffò e mollò la presa.

Cecil abbassò il mento e alzò le sopracciglia. "Stai implorando?".

Annuii.

"Immagino che potrei lasciarti qualcosa". Frugò nella borsa e tirò fuori una lattina. Trattenni il fiato perché era una di quelle che dovevano ancora scadere. "Forse non questa", disse e la rimise nella borsa. Ne tirò fuori un'altra; le mie spalle caddero. "Che ne dici di questo? Ti piacciono i fagioli? Beh, suppongo che non abbia molta importanza, no?". Fece un cenno con la mano in aria per liquidare la domanda. "Era una domanda stupida". Tese la lattina verso di me. "Prendila!", scattò.

Allungai la mano e presi la lattina.

"C'è altro?", disse.

La punta della mia lingua spuntò tra le labbra e le leccai.

"Possiamo averne un altro?". Il mio cuore batteva forte. Se avesse detto di no, non avrei più implorato.

Mi fissò per un attimo, i suoi occhi grigi e spenti si illuminarono un po' quando ricambiai lo sguardo. "Un'altra", disse e tirò fuori un'altra lattina. "Tanto non mi piacciono le pesche".

Afferrai la lattina prima che potesse cambiare idea. Si girò per andarsene, ma ancora una volta la mia bocca lo fermò prima che il mio cervello se ne accorgesse. "Aspetta!" Lo chiamai.

"Questa cosa sta diventando davvero fastidiosa", disse Cecil voltandosi verso di me. "Posso facilmente riprendermeli". I suoi occhi si posarono sulla lattina che tenevo in ogni mano.

"Da dove vengono questi?". Sollevai il cibo.

Cecil strinse gli occhi per un attimo, come se non avesse capito bene la mia domanda. Ma poi si illuminò un pò quando se ne rese conto. "Per anni, al C.E.C.I.L. abbiamo accumulato e conservato scatolette per le emergenze. Non ne avevamo bisogno perché coltivavamo il nostro cibo fresco e allevavamo la nostra carne. Avevate sempre il cibo migliore e più fresco".

"E ora?" Dissi.

"Ora è un'emergenza. Ho preso tutto quello che potevo prima che la C.E.C.I.L. bruciasse e, naturalmente, ne avevamo una buona scorta anche qui. Tuttavia, non ce n'è abbastanza per tutti". Si voltò e tornò verso la porta.

"Lasciateci andare!" Urlai.

Si fermò ancora una volta ed esitò prima di voltarsi.

"Sì, lasciaci andare". La voce di Beth si unì al mio fianco.

"Hmph! Ti piacerebbe, ma non credo proprio. Non finché non avrò quello che voglio".

La mia fronte si aggrottò. "Che cosa vuoi?".

"Beh, vedi, mia cara. Qualcuno ha qualcosa di mio e, finché non lo riavrò, avrò qualcosa di suo". Aprì la porta e uscì.

Beth e io restammo a fissare la porta invisibile mentre la serratura scattava. La luce tremolò.

"Che diavolo significa?". Beth spense l'interruttore della torcia morente.

"Beth!" Fissai mia sorella.

Lei scrollò le spalle. "Che c'è? Lo dicevo sempre e anche peggio".

"Altri ricordi?".

Annuì e sorrise.

Io sgranai gli occhi. "Non ho idea di cosa significhi", dissi rispondendo alla domanda di Beth.

"Mangiamo! Non si può pensare bene a stomaco vuoto".

"Beth!"

"Cosa?" Mi fissò con occhi spalancati.

"Papà lo diceva sempre".

"Lo so." Lei sorrise e prese l'apriscatole dalla parte superiore del nostro tavolo di cartone.

Ci sedemmo sui materassi e mangiammo piccoli bocconi dalla lattina di fagioli che aveva lasciato. Sebbene avessimo ancora alcune lattine rimaste dalle visite precedenti, i fagioli erano i più vecchi. Speravamo che le proteine ci aiutassero a mantenerci in forze. Il sapore non era dei migliori. Non so se fosse per il sapore o per la scadenza, ma hanno evitato che il nostro stomaco si lamentasse troppo.

"Di cosa pensi che stesse parlando?". Disse Beth mentre si sdraiava sulla schiena e giocava con l'orsetto, tenendolo in alto sopra di sé come avevo fatto io la sera prima.

"Non lo so". Mi sdraiai sulla schiena e fissai le travi.

"Penso che sia diventato p-pazzo".

Annuii in segno di assenso e chiusi gli occhi. La mia mente ripercorreva la visita di Cecil e le sue parole. Chi può avere qualcosa che lui vuole e cosa ha? Strinsi di più le palpebre.

Piccoli puntini bianchi galleggiavano sotto di me come stelle lontane nel cielo notturno. Che cosa ha Cecil? Mi chiesi di nuovo.

Elencai le cose più ovvie: la casa, o qualunque fosse la nostra prigione, il furgone, Jasper, se era ancora vivo. Lo stomaco mi si strinse al pensiero e scossi la testa per non credere al peggio. C'era del cibo, ma secondo il suo racconto non ce n'era molto. Qualunque altro manufatto o tesoro si celasse dietro la porta chiusa, era un mistero. La mia mano si allungò distrattamente sul davanti del vestito, estrassi il medaglione e lo strofinai tra le dita.

I miei occhi si aprirono di scatto. "Ci ha preso", sussurrai.

"Cosa?"

La voce di Beth mi fece sobbalzare perché avevo dimenticato che era sdraiata accanto a me. Mi girai e mi misi di fronte a lei, appoggiando la testa sulla mano.

"Ci ha preso", dissi più forte, convinta che fossimo quello che qualcuno stava cercando.

Beth si girò e mi fece da specchio, lasciando cadere l'orso sul pavimento tra di noi. "Di che cosa stai parlando?". Si stropicciò il naso.

"Cecil ha detto: "Qualcuno ha qualcosa che vuole e lui ha qualcosa di suo". "Allargai gli occhi mentre Beth restringeva di nuovo i suoi. Il suo sguardo gelido si illuminò quando le mie parole vennero memorizzate.

"Chi?" Disse Beth.

Scossi la testa. Mi venne in mente un pensiero e il mio cuore ebbe un sussulto. "Mamma e papà!".

"Lo pensi davvero?". Gli occhi di Beth non potevano allargarsi di più.

"Non lo so, ma posso sperare". Distolsi lo sguardo da Beth e lo alzai verso la finestra. Era arrivata l'alba e un altro giorno stava per iniziare.

33

OCCHIO PER OCCHIO

"HO FAME", piagnucolò Beth. Il suo stomaco brontolante le diede ragione.

"Lo so, anch'io".

"Quando diavolo tornerà?".

Scrollai le spalle. "Non lo so".

"Tu vuoi che lo faccia". Beth alzò il pugno.

"No, tocca a me". Mi misi davanti alla porta nascosta e feci un respiro profondo. "Ehi, ehi... mi senti?". Il mio pugno batteva. Nonostante i turni di lavoro di tutto il giorno, era dolorante per i colpi di ieri e dell'altro ieri. Un livido scuro aveva cominciato a formarsi sul punto più delicato.

Erano passati diversi giorni dall'ultima volta che lo avevamo visto e, sebbene ci avesse lasciato altro cibo, non aveva portato molto di commestibile. Ci eravamo persino ammalate e concordammo che era colpa della carne che ci aveva dato per colazione l'ultima volta che l'avevamo visto. Pensavamo che il sapore fosse buono, ma non sapevamo come avrebbe dovuto essere.

Era stata una delizia, ma una delizia che si è ritorta contro di noi molto più tardi, quel giorno. Fummo fortunate che avesse anche svuotato i secchi del bagno e li avesse restituiti entrambi. Dopo di allora, non ci fidammo più di niente di quello che ci aveva dato. Esaminammo ogni barattolo e il suo contenuto. Non toccammo nessuna lattina piegata o arrugginita. Se il cibo avesse avuto un odore, un sapore o un aspetto sgradevole, lo avremmo messo in un sacchetto con altro cibo avariato. Per giorni abbiamo vissuto con le bottiglie d'acqua che ci aveva fornito e con alcune lattine di frutta e fagioli.

"Non credo che ci senta... o che gliene importi qualcosa", dissi, allontanandomi dalla porta e massaggiandomi la mano dolorante. Beth era ancora seduta sul materasso, ma si era tolta la camicia da notte ed era tornata a indossare il suo vestito blu e sporco.

"Non ci porterà più cibo". La sua voce vacillava per l'emozione. I suoi occhi scintillarono con la minaccia di lacrime, ma lei le scacciò prima che potessero cadere. Il suo corpo si irrigidì come se avesse detto a sé stessa di irrobustirsi.

"Ci porterà del cibo, non preoccuparti. Ci ha messo molto tempo in passato". Speravo di sembrare più convincente di quanto credessi.

Beth sembrò riflettere un attimo sulle mie parole prima di scuotere la testa. "Questa volta è diverso. Non sa che non abbiamo mangiato quasi tutto".

Aveva ragione; probabilmente lui aveva dato per scontato che avremmo mangiato tutto quello che ci aveva dato. Ma diversi barattoli erano rimasti intatti, il loro contenuto era discutibile. E se non avesse portato presto qualcos'altro, la fame ci avrebbe spinto a correre il rischio.

"Dovresti vestirti, non si sa mai", disse Beth indicando la mia camicia da notte logora.

Il mio vestito verde, sporco, giaceva piatto sopra una scatola. Erano passati un paio di giorni da quando stavo abbastanza bene da potermi cambiare, ma anche adesso non ne vedevo l'utilità.

Avevo appena tirato il vestito sopra la testa quando sentii lo scatto della serratura. "È qui", dissi a Beth, con voce non molto più alta di un sussurro. Bethany saltò in piedi e mi raggiunse vicino alla pila di scatole. Fissammo la porta e aspettammo che entrasse.

"Buongiorno, ragazze". Il suo sorriso si affievolì e si stropicciò il viso. "Che diavolo è questa puzza?", disse guardando in giro per la stanza.

"Siamo state male", gli dissi.

"Cosa?"

"Stavamo male... il cibo era cattivo". Beth incrociò le braccia e lo fissò con i suoi occhi di ghiaccio leggermente infossati.

"Beh, c'è puzza qui dentro". Si guardò di nuovo intorno come per trovare la fonte dell'odore.

"I secchi sono pieni... e abbiamo bisogno di altro cibo... e di acqua".

"Hmph." Si girò e si diresse verso la porta.

"Aspetta!" Lo chiamai, ma la porta si chiuse alle sue spalle.

Beth e io tornammo ai nostri materassi e ci sdraiammo. Aveva ragione, non ci avrebbe portato altro cibo e saremmo morte di fame in quella stanza.

Il rumore delle assi del pavimento che scricchiolavano ci svegliò dal nostro sonno leggero e ci alzammo a sedere. Un capello umido mi si appiccicò alla fronte e lo asciugai. Aggrottai la fronte; ero confusa e non sapevo da quanto tempo avevamo dormito. Mi passai una mano sul viso madido di sudore. Beth non avrebbe lavorato alla finestra, almeno fino a sera; faceva troppo caldo nella stanza.

Non disse una parola, ma si avvicinò al nostro tavolo di cartone con due sacchetti di stoffa e una cassa d'acqua nascosti sotto il braccio. Li posò sul pavimento. Il mio stomaco brontolò al pensiero del cibo e ci volle tutto quello che avevo per non alzarmi a vedere cosa aveva portato.

"Mangia con parsimonia". Tossì un paio di volte e si asciugò il sudore dal viso. "Ti ho portato anche tre secchi puliti, ma dovrai fare uno scambio".

Ero perplessa. Cosa voleva dire... scambiare? Guardai le nostre misere cose. Non avevamo nulla da scambiare.

"Cosa?" Scrollai le spalle.

Lui sorrise. "Informazioni". Inclinò la testa di lato e una ciocca di capelli bianchi e unti gli cadde negli occhi prima di spazzolarla via.

Socchiusi gli occhi. "Cosa vuoi dire?".

"Che cosa ti ricordi?". Si abbassò sul pavimento e si appoggiò alla parete dietro di lui. La porta alla sua sinistra era aperta, ma non abbastanza da permettermi di vedere il corridoio.

"Di cosa?" Beth si intromise e strisciò dal suo materasso verso il mio. Accavallò le gambe davanti a sé e tirò il bordo del mio lenzuolo sulle ginocchia.

"Qualsiasi cosa". Scrollò le spalle.

"Non molto", dissi.

"Davvero? Beh, mi riesce difficile crederlo. Gli effetti del blocco della memoria dovrebbero essere ormai superati. Anche se molti anni di sottomissione possono cancellare la maggior parte, se non tutta, la memoria, Jasper mi ha assicurato che non hai ricevuto una dose completa per diversi mesi. Quindi. Cosa. Fai. Ricordi? Ricordi?".

"Per lo più", cominciai, "solo alcune cose di quando ero più giovane. Non riesco ancora a vedere i volti dei nostri genitori". Mi voltai a guardare Beth che annuì.

"Mi ricordo quella stupida canzone". Beth piegò le braccia e guardò Cecil.

Cecil alzò le sopracciglia. "Oh! E che canzone è?".

"La conosci".

"No, davvero non la conosco. Illuminami". Cecil piegò le braccia e incrociò le gambe alle caviglie. I loro occhi si bloccarono in battaglia.

Beth cantò il primo verso e Cecil sorrise. "Ti ricordi. Mi fa piacere".

"N.", disse Beth accigliata. "Non riesco a togliermelo dalla testa".

"Beth!" Lo avvertii.

"Mi dispiace, ma è v-vero". Mi guardò.

Cecil si schiaffeggiò la gamba e ridacchiò. "Ah! Meraviglioso!"

Beth ringhiò sottovoce, ma ero abbastanza sicuro che fosse ancora abbastanza forte da farsi sentire da Cecil.

"E tu?" Cecil riportò la sua attenzione su di me. "Ti è rimasta in testa?".

Scossi la testa. Era la verità. Beth canticchiava la melodia quasi ogni giorno. A volte cantava le parole nel sonno, cosa che non le avevo detto. Pur ricordando il testo nella sua interezza, non ero obbligata a cantare o canticchiare la canzone. E anche se non l'avrei mai dimenticata, non era una costante nel mio cervello. A differenza di Beth, ero in grado di spegnerla. "No".

"Beh, uno su due non è male", sogghignò.

"Quindi ce l'hai insegnata tu. È la tua canzone?". Dissi.

Cecil annuì. "Sì, April, è mia".

"Come facciamo a saperlo?".

Cecil allargò le braccia e abbassò lo sguardo sulla sua camicia viola macchiata. Le sue dita hanno pizzicato qualche piccolo residuo prima di scacciare il pezzo incriminato. Si lisciò le mani lungo le gambe dei pantaloni neri stropicciati. Si scostò e incrociò le caviglie. "Beh..."

"Ce l'ha insegnato lui", interruppe Beth.

La mia testa si girò nella sua direzione. Lei non si mosse; i suoi occhi azzurri, infossati e gelidi, erano fissi su Cecil.

Cecil rise. "Brava, Bethany". Applaudì. Il suono riecheggiò tra le travi. "Qualche altro ricordo? Forse dei tuoi genitori? Cose che potrebbero averti detto?".

Beth scosse la testa e chiuse gli occhi per un attimo. "Non ricordo assolutamente nulla di loro", sussurrò.

"E tu, April? Hai detto che non riesci a vedere i loro volti, ma ricordi le loro parole?".

Non dirlo a tua sorella. Sarebbe una sorpresa. Un giorno, April, avrai bisogno di questo. Si apre, vedi? Ricordi speciali, segreti nascosti, quello che vuoi. Nascondilo. Fai attenzione. Gli echi delle loro voci mi riempirono la testa, frasi e parole che non capivo. "No." Mi sfregai la nuca.

Cecil sospirò. "Beh, credo che per ora sia tutto". Grugnì un pò mentre si tirava su dal pavimento e si puliva la parte inferiore dei pantaloni.

"Oh, sì, i tuoi secchi". Si stropicciò il naso annusando l'aria. "Temo che avrò ancora bisogno di qualcosa in cambio. Purtroppo le vostre risposte non mi hanno fornito alcuna informazione pertinente".

Non abbiamo nulla. Cosa potrebbe mai prendere? A quel pensiero, guardai il pavimento e il materasso su cui ero seduta La mia mano strofinò la parte superiore del letto.

Non le avevo mai volute quando aveva portato le brande, ma ora erano l'unico conforto che avevamo. Mi si annodò lo stomaco al pensiero che le avesse prese.

Mi lesse nel pensiero. "Potete tenere i materassi".

Cos'altro avevamo da dare?

"Penso che prenderò i vostri libri. Sono sicuro che ormai siete stufe delle stesse storie".

Non aspettò la risposta di nessuna di noi, ma si diresse verso la nostra pila di scatole. Per sua fortuna, li rimettevamo sempre a posto e quindi si trattava solo di prendere gli scatoloni e portarli fuori dalla stanza. Rimanemmo lì a guardare, troppo deluse per muoverci, troppo spaventate per fermarlo.

Nel suo ultimo viaggio, tornò con i tre secchi promessi e portò via quelli pieni.

"Dovreste essere a posto per un bel pò". Ci guardò con un ghigno dall'ingresso. Vedevo la pila di scatole nel corridoio e mi chiedevo se le avrebbe spostate al piano di sotto o se le avrebbe lasciate lì. "Prima che mi dimentichi". I suoi occhi non erano più puntati su di me ma su Beth, che non si era ancora mossa minimamente mentre lo guardava. "Potresti farti male su quel mobile, quindi stai giù... capito?".

Il volto di Beth divenne bianco quasi quanto i capelli di Cecil e la sua schiena si irrigidì.

"Dovrei proprio fare qualcosa", si disse guardando sopra le nostre teste e verso la finestra. Si girò e uscì dalla porta.

"Credo che questo risponda alla domanda se mi ha visto o no". Beth si sdraiò.

Rimanemmo sul materasso per un pò, finché lo stomaco non brontolò. Poi ci alzammo e ci dirigemmo verso il tavolo di cartone per vedere cosa aveva lasciato.

"Puoi darmi il mio piano?" Chiesi a Beth mentre finivo di rimpacchettare le scatole di cibo.

"Perché?", rispose lei, porgendomi l'ultimo barattolo di frutta.

"Dobbiamo elaborare un piano per i pasti".

"Perché?" Gli occhi infossati di mia sorella si fissarono nei miei.

"Perché ho la sensazione che non tornerà per un po'".

34

TUTTE LE SPERANZE SONO PERSE

MI ROTOLAI SULLA SCHIENA; un lento sorriso si allargò sul mio viso. Non avevo dimenticato dove ci trovavamo, ma era passato così tanto tempo dall'ultima volta che avevo dormito bene e serenamente. E potevo attribuirlo solo alla pancia piena. Anche se avevo detto a Beth che avremmo dovuto fare attenzione alla nostra nuova scorta di cibo, avevamo mangiato fino a quando il nostro stomaco non ne aveva più spazio. Temendo che parte del cibo si rovinasse, ci assicurammo di mangiarlo per primo: avevamo un pò di cose da recuperare.

Il buio mi riempì gli occhi e la mia convinzione di aver dormito una notte lunga e tranquilla si interruppe bruscamente. Nella stanza era troppo buio per essere mattina presto. Sbattei le palpebre e aspettai che si adattassero a una minima quantità di luce, ma non c'era nulla. Non riuscivo nemmeno a vedere le mie mani tese che si agitavano davanti a me. La notte più buia e tempestosa non aveva mai fatto sprofondare la stanza in un'oscurità simile.

Proprio come quella prima notte buia, il movimento di Beth mi avvertì del suo risveglio.

"Che ora è?" La sua voce piena di sonno sussurrò. Cercavo

ancora di concentrarmi sulle mani tese davanti a me. "È molto buio qui dentro", aggiunse Beth prima che potessi rispondere alla sua domanda.

"Sì, lo è". Socchiusi gli occhi. Le mie orecchie si appuntarono su un suono familiare. "Sh!" Dissi prima che Beth potesse dire qualcosa. "Lo senti?" Concentrai la mia attenzione sui cinguettii degli uccelli canori.

"Uccelli che cantano", affermò Beth; il suo tono era piatto.

"Nel cuore della notte?". Era quello che supponevo; era troppo buio per essere qualcos'altro. Mi alzai e mi diressi in punta di piedi verso l'armadio. Ancora una volta mi ricordò la prima notte in cui ci eravamo svegliate nella stanza buia, solo che era stato per il rumore della pioggia sul tetto.

La superficie fresca e liscia delle ante del mobile incontrò le mie mani. Inclinai la testa verso la finestra. Era nero e non riuscivo a vedere nemmeno la più piccola puntina di luce di una stella lontana. Sbattei le palpebre.

"È solo una notte buia, nuvolosa e senza luna, o un mattino presto", disse Bethany.

Scossi la testa. "No, non credo. Inoltre, ho visto la luce della luna quando siamo andate a letto. No, non è normale, c'è sempre una specie di luce, anche nelle mattine buie e nuvolose. Questo è solo nero".

"Non è che in qualche modo... siamo doventate..". Fece una pausa come se cercasse la parola, "cieche?". Beth parlava con incertezza.

Mi sfregai gli occhi aperti; il mio battito cardiaco ebbe un'impennata. C'era qualcosa nel cibo che provocava la cecità? Scossi la testa; l'idea era assurda. "Non credo. È qualcos'altro". Le mie mani si allungarono sul mobile. Il legno fresco sulla pelle mi piaceva di più rispetto all'aria calda e soffocante della stanza. Appoggiai la guancia contro lo sportello e chiusi gli occhi. Espirai un respiro tremante mentre i miei pensieri si trasformavano in oscurità.

Quando il panico si impadronì di me, il nero dietro le palpebre si illuminò e mi girai. Una figura scura stava sulla porta. Non riuscii a vedere il suo volto nell'ombra, ma sentii il sorriso nella sua voce.

"Ho riparato la tua finestra. Era davvero rotta, si è mossa un pò quando l'ho toccata", disse Cecil. "Ora ti servirà questo". Posò una lampada da tavolo sul pavimento. "È collegata alla presa di corrente nel corridoio, quindi fai attenzione a non allontanarla troppo dalla porta". Si chiuse la porta alle spalle. Ancora una volta rimasi al buio.

"Cosa vuol dire che l'ha riparata?". Beth sussurrò dal suo materasso.

Guardai in direzione della finestra. Aveva oscurato il vetro rotondo che ci aveva permesso di vedere per la prima volta dopo anni la vera luce del sole. Aveva sigillato la porta di fuga che ci aveva mostrato il mondo e che era stata la nostra speranza di libertà.

"Intende dire che l'ha coperta". Mentre pronunciavo quelle parole, tutte le speranze che avevamo di fuggire si svuotarono dal mio corpo. Era intorpidito, senza vita.

Mi ci volle un attimo per tornare verso Beth. Le chiesi di parlarmi per non calpestarla nel buio. Aggirando entrambi i materassi, mi diressi verso la porta.

Il mio piede trovò per primo la lampada. Mi inginocchiai e agitai le mani in aria mentre cercavano l'ombra. Dopo pochi secondi, entrarono in contatto. Mi aggrappai al paralume con una mano, mentre con l'altra cercai l'interruttore sotto di esso. Il clic risuonò nella stanza.

L'improvvisa esplosione di luce mi accecò e per un attimo una macchia verde scuro mi bloccò la vista. La cancellai sbattendo le palpebre e fissai la vecchia lampada. Piccoli fori punteggiavano il paralume di carta plissettata e una ragnatela attraversava la parte superiore aperta. Ammaccature e graffi costellavano la base arrugginita color ottone.

La stanza appariva diversa al bagliore giallo della vecchia lampada. In un solo giorno era cambiata. Non era più un luogo in cui trovavamo la speranza, mentre il sole splendeva attraverso la finestra. Era invece diventata una stanza con angoli bui in cui poteva nascondersi qualsiasi cosa o persona. Tremai al pensiero, mentre davo un'occhiata alla stanza quasi vuota. L'unico posto che i miei occhi non cercarono fu la porta chiusa a chiave dietro di me; serviva solo a ricordarmi quanto fossimo in trappola.

"Merda!" Beth sussurrò. Alzò lo sguardo verso di me dal materasso; la lampada sul pavimento fece apparire una sua ombra molto più grande sulla parete di fondo.

Spinsi la luce con il piede. Il suo paralume logoro e ingiallito tremò un pò e i fili di ragnatela si agitarono. La tirai il più lontano possibile dall'ingresso; il cavo nero si allungò da sotto la porta.

Il silenzio avvolse la stanza. Era come se la lampada avesse prosciugato tutta la nostra energia per usarla per sé stessa, mentre sia io che Beth rimanevamo congelate al nostro posto.

"Come faremo a uscire da qui?".

Fissai la finestra coperta dall'altra parte della stanza, concentrando la mia attenzione. Attraverso gli occhi annebbiati, individuai una piccolissima scheggia di luce e il mio cuore ebbe un sussulto. Mi sfregai il bruciore dagli occhi e sbattei le palpebre. Non stavo vedendo nulla.

"Che cosa stai fissando?" Disse Beth. Sembrava sconfitta, ma speravo che la mia scoperta l'avrebbe fatta sentire un pò meglio.

Indicai la finestra. "C'è la luce".

Beth girò la testa e seguì il mio dito teso.

"Non vedo niente", disse. La sua testa si muoveva avanti e indietro alla ricerca di ciò che potevo vedere io.

"Vieni qui".

Beth si alzò dal materasso e si spostò al mio fianco. "Non vedo ancora dove".

La guidai e la misi di fronte a me. Le indicai sopra la spalla. "Proprio lì".

"Io... Oh!", disse lei, scorgendo finalmente ciò che i miei occhi vedevano.

"Vieni." Le presi la mano e la trascinai verso l'armadietto. Dall'altra parte della stanza c'era un pò di buio. I vaporosi fasci di luce gialla della lampada si estendevano da una parte all'altra e raggiungevano appena l'armadio. "Sali".Intrecciai le dita come tante altre volte. Beth mise il piede nella mia mano e io la spinsi su. Un attimo dopo si tirò su da sola. Era diventata piuttosto abile nell'arrampicarsi. "Cosa vedi?" Le chiesi quando si era ripresa e si era appoggiata sulle ginocchia.

Beth cercò la scheggia di luce che avevamo visto dal lato opposto della stanza. La sua ombra si muoveva tra le travi in alto. "Aspetta". Beth si spostò più vicino alla finestra.

"Allora?" I miei pugni si strinsero sui fianchi mentre la mia frustrazione cresceva. Quella piccola scheggia di luce non era stata immaginata. L'avevamo vista.

Mi allontanai dal mobile e mi misi in punta di piedi, mentre Beth si accovacciava più in basso e infine si sdraiava su un fianco. "È qui", borbottò.

Lasciai un respiro. "Che cos'è?".

"La luce".

"Lo so, ma come?".

"Sembra che non sia coperto del tutto".

"Riesci a capire cosa ha usato?".

Dopo un attimo Beth parlò di nuovo. "È difficile da dire, ma sembra che sia coperto di legno".

I miei muscoli si tesero. Speravo che la finestra fosse coperta da qualcosa di meno permanente, come un telo di plastica. Scoprire che aveva usato delle assi era un'ostacolo al mio piano per rimuovere la finestra. E le tavole significavano che aveva usato chiodi o qualche altro elemento di fissaggio.

L'idea dei chiodi e dei dispositivi di fissaggio mi ha fatto tornare in mente un ricordo. Il suono che avevo sentito nel sonno e che avevo pensato fosse parte di uno strano sogno. Chiusi gli occhi, rievocai quel rumore e capii che non apparteneva a nessun sogno. Si riferiva direttamente alla finestra sbarrata.

"Ora puoi scendere". Abbassai le spalle mentre la disperazione mi assaliva. Non aveva più senso che Beth rimanesse lassù. Non saremmo fuggite da quella finestra. In quel momento, ogni desiderio di libertà e ogni respiro di sopravvivenza uscirono da me come il sangue da un taglio.

Beth penzolò dalla punta delle dita e si lasciò cadere a terra con un tonfo. Nessuno di noi due si preoccupò del rumore che aveva fatto. Lo immaginai mentre guardava il soffitto sottostante e sorrideva di vittoria. Camminammo verso il centro della stanza; la luce gialla ci illuminava dal pavimento. Non avevo bisogno di voltarmi per sapere che le nostre ombre si aggiravano dietro di noi.

Il giorno passò lentamente. La luce gialla era diventata un angosciante promemoria del fatto che sarebbe stata la nostra unica luce. La gioia della luce del sole, della luna e perfino dei lampi era stata eliminata dalle nostre vite. Mangiavamo poco, parlavamo ancora meno e dormivamo molto. La nostra luce si era spenta e ci sentivamo senza speranza.

Con il passare dei primi giorni, la piccola scheggia di luce divenne la nostra guida. Era un faro, anche se piccolo, e ci informava se era giorno o notte. Ma ogni giorno che passava, ci stancavamo e diventava impossibile interessarsi a quel frammento di luce.

Alla fine, tutto il tempo si sciolse, e dimenticammo la

speranza che avevamo avuto mentre scivolavamo dentro e fuori dalla nostra realtà. Non grattavo più i giorni che passavano sul pavimento. I nostri giochi per riempire il tempo tra le routine quotidiane divennero inutili. Le scorte di cibo si ridussero a una quantità pietosa. Non c'era bisogno di discutere della nostra situazione. Sia io che Bethany ci rendemmo conto che la stanza si stava trasformando nella nostra tomba.

35

UNA LUCE GUIDA

GIORNO O NOTTE, intrappolate o libere, inspirando o espirando, nulla aveva importanza. Non c'era gioia, non c'era tristezza, non c'era nulla, solo l'esistenza. Io e Bethany "eravamo" e non potevo fare a meno di sperare che non sarebbe stato così ancora per molto.

Lui, che non consideravo più come qualcuno che meritasse un nome, aveva finalmente portato altro cibo e acqua. Era quanto bastava per tenerci in vita, per farci soffrire ancora per un pò. Era una quantità crudele. E mentre il pensiero di non mangiare mi attraversava la mente, la volontà di sopravvivenza del mio corpo era ancora forte. Il cibo riuscì a farsi strada nella mia bocca.

Si era intrufolato nel nostro spazio e, sebbene avesse cercato di fare le sue domande su ciò che ricordavamo, non avevamo risposto. Eravamo tornate al nostro precedente stato di silenzio. Guardammo con gli occhi sbarrati mentre metteva un sacchetto di cibo accanto alla vecchia lampada sul pavimento. Poi prese i nostri secchi quasi pieni e tornò con uno solo, di nuovo.

Non potevo fare a meno di chiedermi cosa avessimo fatto

per meritare un trattamento così orribile. Al C.E.C.I.L. eravamo state trattate meglio. Avevamo sempre cibo in abbondanza, cose da fare e acqua per fare il bagno. Ora non eravamo altro che animali in gabbia o peggio. La colpa era di Jasper e una piccola parte di me sperava che avesse subito una lunga morte.

Le nostre conversazioni diminuirono. Cercai di parlare di cose, di ricordi; era l'unica cosa che riusciva a soffocare le urla nella mia testa. Ogni giorno che passava parlavamo solo quando era necessario, e non lo era spesso. Le parole di Beth si affievolivano fino a quando le sue uniche risposte alle mie domande divennero dei grugniti. Dopo un pò, la mia stessa voce mi irritò le orecchie e rinunciai anch'io a parlare. Le urla dentro la mia testa si placarono fino a diventare mormorii.

Per un breve periodo ho vissuto dentro di me, ricordando, immaginando, pensando e contando. Ho contato tutto quello che potevo, le travi sul soffitto, le assi sul pavimento, i chiodi nelle pareti, e poi mi sono fermata.

Pensare mi faceva impazzire, mentre cercavo di dare un senso a tutto quello che ci era successo e ai motivi per cui era successo. L'ultimo vero pensiero fu quello di convincermi che l'aver sbarrato la finestra fosse una buona cosa. Senza la luce del sole, lo spazio non sembrava così caldo. Senza la luce del sole, non ci preoccupavamo più di uscire. Non c'erano più gli alti e i bassi, gli alti di credere che saremmo riuscite a fuggire e i bassi di pensare che non ci saremmo riusciite. Finalmente capivo dove sarebbe andato a finire.

Immaginare mi rendeva ansiosa, e non importava se i miei sogni a occhi aperti erano felici o tristi. Ogni fantasia mi ricordava la nostra prigionia e non riuscivo più a sopportare lo stress.

Ricordare era crudele. Sia che si trattasse di ricordare le nostre vite precedenti, sia che si trattasse di ricordare tutto quello che era successo dopo. Il mio cervello si acquietò. Il silenzio nella mia testa sembrava che stessi morendo dall'interno. Se si fosse trattato di morte, la avrei accolta con favore.

La cosa peggiore era vedere Bethany scivolare via. Passavo ore a osservarla mentre dormiva. Ascoltavo le conversazioni private che aveva con chiunque fosse nei suoi sogni. Niente di tutto ciò aveva senso. Quando era sveglia, passava il tempo a fissare il soffitto e a fare disegni immaginari con il dito. A volte allungava la mano sotto il materasso e tirava fuori l'orsetto marrone con l'occhio ammiccante. E a volte canticchiava quella melodia insopportabile.

I momenti passavano vuoti. Nemmeno il suono degli uccelli che cantavano fuori era piacevole; ci ricordava solo quello che ci mancava. Stranamente, c'era una cosa che aspettavamo con ansia, una cosa che ci avrebbe trascinato via dalla testa e riportato nella stanza: la pioggia. Il suono della pioggia che tamburellava sul tetto era rilassante, rinfrescante e, anche se non potevamo vederla o sentirla, quel suono significava comunque vita.

"Av?" La voce di Beth mi svegliò di soprassalto. Era strana e per un attimo irriconoscibile. Erano settimane che non mi chiamava così.

"Cosa?" La mia voce graffiò.

"Pioggia."

Mi misi in ascolto e finalmente le mie orecchie captarono il suono flebile di piccole gocce che colpivano il tetto. Mi alzai a sedere, concentrandomi su quell'unica cosa che mi faceva rivivere. Sentii Beth muoversi accanto a me e capii che anche lei si era alzata e stava ascoltando. Dopo altri minuti, la pioggia tamburellava più forte. Sorrisi.

"Adoro questo suono", disse Beth.

"Anch'io".

Rimanemmo sedute in silenzio ad ascoltare, assorbendo il

suono. Il suo ritmo martellante mi attraversava il corpo come il sangue che scorreva nelle vene. Ogni tanto rallentava e mi ritrovavo a trattenere il respiro, sperando che non fosse finita. Poi, proprio quando sembrava che stesse per smettere, iniziò un altro scroscio di pioggia martellante e assordante. Era. Era. Liberatorio.

"Av?" Beth sussurrò.

"Sì?"

"Perché non sentiamo più il camion?".

Mi voltai a guardare Beth, il suo volto oscurato dalla mia ombra, anche se non abbastanza da nascondere la preoccupazione che potevo leggere nei suoi occhi infossati.

"Non lo so". I miei occhi si restrinsero quando pensai alla sua domanda. Me lo ero chiesta anch'io, ma poi mi ero fermata, non volevo pensare. Ma era vero. Non sentimmo più il rumore del suo camion che si allontanava.

"Merda! Pensi che se ne sia andato?", disse con gli occhi spalancati, esprimendo ad alta voce la mia preoccupazione.

Scrollai le spalle. "Non lo so".

"Meglio che non lo sia", sussurrò e incrociò le braccia. Un accenno della sua vecchia impetuosità fece una breve apparizione.

"Hmph!" Erano le parole più dure che avevamo pronunciato da giorni, forse addirittura da una settimana. Non ero sicura da quanto tempo.

Mi sedetti nella luce gialla, ascoltando la pioggia. Le mie palpebre si fecero pesanti per il ritmo ipnotico. Mi sdraiai sulla schiena e fissai il soffitto, aspettando che si chiudessero. Beth si era già sdraiata accanto a me.

"April?"

"Uhuh!"

"Possiamo scambiarci?".

"Scambiarci?" Mi girai sul fianco destro e mi misi di fronte a lei.

"Cambiare lato. Mi sto stancando di dormire così". Pensava ancora di passare tutto il tempo rivolta verso di me mentre dormiva.

Mi alzai a sedere mentre Bethany strisciava sul mio materasso. Per un attimo pensai al mio coltello e agli altri attrezzi che tenevo nascosti. Ma poi mi venne in mente che non servivano più: non per la finestra, non per la protezione.

Strisciai sul materasso di Beth e guardai mentre si sistemava sul mio.

Sbadigliò. "Buonanotte".

La luce gialla bruciava dietro di lei, ma ero troppo pigra per strisciare e spegnerla. Non sarebbe stata la prima volta che rimaneva accesa mentre dormivamo.

L'orsetto di Beth giaceva sul materasso di fronte a lei. Lo presi e lo tenni sopra la testa. Gettò un'ombra minacciosa sul soffitto. Feci danzare l'ombra attraverso le travi e lungo l'armadio al ritmo della pioggia battente. Dopo alcuni istanti, le mie braccia e le mie palpebre si fecero pesanti e riposi l'orso sul materasso accanto a Beth.

Uno sbadiglio si allungò sul mio viso. Mi abbassai e tastai la protuberanza a forma di cuore sotto il mio vestito verde. Poi infilai la mano nella tasca rimasta. Le mie dita frugarono negli angoli ed estrassi il bottone marrone. Come l'orso, tenni il bottone sopra il viso e lo fissai con occhi assonnati. Le mie dita lo girarono lentamente; la sua plastica marrone brillava nella luce gialla.

Un altro sbadiglio improvviso mi sorprese di nuovo e lasciai cadere il braccio sul fianco. Il bottone mi scivolò tra le dita e rotolò sul pavimento. Gli occhi mi si aprirono e lo stomaco mi si afflosciò. Strisciai sul pavimento e perlustrai l'area tra il materasso e il mobile.

"Cosa stai facendo?" La voce assonnata di Beth mi chiamò da dietro.

"Niente".

"Non sembra niente", disse lei. La sua voce sembrava un pò irritata.

"Torna a dormire". Mi spostai in avanti; le ginocchia cominciavano a farmi male a causa del parquet sottostante.

Beth sospirò e brontolò qualcosa sottovoce. Aspettai un attimo che si calmasse prima di continuare la mia ricerca.

Strisciai verso il mobile e mi accovacciai in basso. Sotto di esso c'era un piccolo spazio che non distava più di mezzo centimetro dal pavimento. Era abbastanza grande da permettermi di infilare un dito al di sotto. Mi distesi a pancia in giù con la guancia ben premuta sul pavimento e sussultai.

"Beth!" Sussultai. Il suono del suo russare sommesso mi giunse alle orecchie. "Beth!" La chiamai un po' più forte e la sua unica risposta fu uno sbuffo. "BETH!"

"Cosa?" Disse arrabbiata. Ma non era arrabbiata neanche la metà di quanto lo fossi io.

"Perché. non. Tu. Detto. Niente". Parlai a denti stretti.

"Su. Cosa?", si schernì.

"La luce".

"Quale luce?"

"La luce sotto il mobile". Sbattei gli occhi per essere sicura. Un frammento di luce gialla brillava da sotto l'armadio.

36

IL FANTASMA DI UN'OPPORTUNITÀ

BETH SI AVVICINÒ all'armadio e si sdraiò davanti ad esso. Le nostre teste si toccarono mentre scrutavamo attraverso uno spazio largo un dito. La luce brillava nei nostri occhi.

Era sempre stata lì? Da dove veniva? Il mio cervello si rianimò, bombardandomi di domande mentre ci fissavamo in silenzio.

Mi alzai a sedere e incrociai le gambe davanti a me; la luce scomparve. "Non l'hai mai vista prima?". Dissi a Beth, che era ancora sdraiata sul pavimento e che ficcava il dito sotto l'armadietto.

"No", sussurrò.

"Torna ai materassi", dissi. Per il momento il bottone fu dimenticato. Strisciai verso la lampada prima che Beth potesse rispondere e la spensi. Quando tornai al mio letto, mi sdraiai su un fianco e mi trovai di fronte al mobile; la luce gialla brillava da sotto. Un attimo dopo, la mano di Bethany mi toccò mentre allungava la mano nel buio.

"Ci siamo scambiati, ricordi?". Sembrava delusa di essere tornata sul suo materasso.

"Sì, ora sdraiati e guardami in faccia". Nel momento in cui lo fece, la luce scomparve. "Rivolta verso l'armadietto". La sentii spostarsi sull'altro lato. "Riesci a vederla?" Dissi.

"Sì."

"Cambia". Mi spostai di nuovo sul materasso di Beth, tastando la strada per non urtare le teste. Mi sdraiai di nuovo sulla schiena e fissai l'oscurità sopra la testa. "E adesso?"

"Sei in mezzo alla strada".

"Sono in mezzo alla strada". Lo dissi più a me stesso che a Beth. "Mi chiedo se quella luce sia sempre accesa. Sei sicura di non averla mai vista?". Mi girai su un fianco.

"Sono abbastanza sicura che te l'avrei detto. Inoltre, dormo solo sul lato sinistro. Come avrei potuto vederla dietro di me?".

Sgranai gli occhi e sussurrai sottovoce.

"Cosa?" Beth non nascose l'irritazione della sua voce.

"Niente. Dormi". Sbadigliai, non riuscendo più a tenere gli occhi aperti.

"Ma sei seria? Dobbiamo fare q-qualcosa!". Disse Beth.

Gli ultimi secondi di coscienza erano svaniti e mi svegliai di soprassalto quando Beth parlò. Il cuore mi batteva forte. Sembrava molto più forte del solito.

"Ho detto...".

"Ho sentito quello che hai detto", la interruppi. "Dormi."

"Ma..."

Gemetti. "Domani." Mi girai, allontanandomi da Beth e rivolgendomi verso l'armadietto; il frammento di luce gialla tornò a essere visibile. Recuperare il bottone marrone non era più una priorità. Fissai la luce finché le mie palpebre pesanti non si chiusero. Lo scatto dell'interruttore della lampada risuonava nelle mie orecchie. Le idee tremolavano come le fiamme di una candela, finché l'oscurità circostante non le spense.

. . .

Mi sono ricordata della luce nel momento in cui mi sono svegliato. Il mio cuore accelerò quando il bagliore incontrò i miei occhi: era ancora lì. I piani che si erano formati prima di addormentarmi erano tornati, ed ero ansiosa di iniziare.

Mi avviai in punta di piedi verso la porta con le braccia tese e contai i passi nella mia testa. Erano passati giorni da quando avevamo cercato il puntino di luce che brillava attraverso la piccola porzione scoperta della finestra. Eppure, in poche ore, quel pò di luce solare aveva riacquistato la sua importanza.

Il mio piede sfiorò la base della lampada e feci un passo verso sinistra. Mi misi a camminare con le braccia distese davanti a me. Pochi passi dopo, le mie mani toccarono il muro grezzo. Mi girai e vi appoggiai la schiena. Cercai nel buio, ma non riuscii a vedere nessun punto di luce. Eravamo a metà strada tra la notte e il giorno.

"È mattina?" La voce assonnata di Beth uscì dall'oscurità.

"No", dissi, sicura della mia risposta. "Presto, però". Mi chinai e cercai la lampada. Quando la mia mano toccò la base fredda e metallica, la feci correre sul palo e cercai l'interruttore. La lampadina brillava. Schermai gli occhi dalla luminosità, poi allargai lentamente le dita e lasciai che si adattassero.

Tornata sul letto, concentrai la mia attenzione sull'armadio. L'armadio custodiva molti segreti, ricordi e fantasmi degli abitanti del C.E.C.I.L. del passato. Tuttavia, sopra e sotto di esso brillavano delle schegge di luce, schegge di speranza.

Bethany si infilò accanto a me e appoggiò la testa sulla mia spalla. Rimanemmo sedute così per molto tempo, silenziose e immobili. I pensieri e le idee erano le uniche cose che circolavano. Rimbalzavano sulle pareti della mia testa; volevano fuggire e diventare reali.

· · ·

L'ultima cosa che volevo fare era aprire l'armadietto e far uscire tutti quei fantasmi, ma non avevo altra scelta. Frugai nella mia tasca a brandelli e tirai fuori la chiave.

La serratura dell'armadio mi schernì. "Devi farlo", dissi a Bethany, con la chiave in mano e gli occhi fissi sul lucchetto.

"Come?"

Beth mi fece trasalire e la mia mano volò al petto come per trattenere il cuore. Feci un respiro profondo. "Ecco." Le passai la chiave e mi accovacciai. "Siediti sulle mie spalle e ti terrò su".

Le mie mani si posarono sul pavimento davanti a me. Beth si mise a cavalcioni sul mio collo. Mi scostai una ciocca di capelli dagli occhi, colpita dalla sua gamba mentre si metteva in posizione.

"Ok", disse.

Avvolsi le braccia intorno alle sue gambe e mi preparai ad alzarmi.

L'idea sembrava buona, ma il mio corpo non voleva collaborare con il mio cervello. Le scarse quantità di cibo mi avevano indebolito e Beth era più pesante di quanto pensassi. Ogni volta che cercavo di passare dalla posizione accovacciata a quella eretta le gambe mi tremavano e temevo che saremmo cadute.

"Non funzionerà", sbuffai. Una goccia di sudore mi colò nell'occhio. Lo chiusi in fretta, ma bruciava lo stesso.

"Riesci a raggiungere il mobile con le mani?". Disse Beth. Le sue gambe erano calde contro il mio collo.

"Sì", borbottai.

"Anch'io. Usa il mobile per aiutarti a stare in piedi e io premerò le mani contro di esso per aiutarmi a stare in piedi".

Allungai la mano finché i palmi non si appoggiarono al legno liscio. Poi li guidai verso le ante, mentre le mie gambe si raddrizzavano. Le mie ginocchia traballavano. Le mie cosce tremavano sotto la pressione, ma mi alzai e rimasi in piedi.

Mi avvicinai e appoggiai la fronte contro l'anta del mobile.

La superficie fresca mi confortò e chiusi gli occhi. Gocce di sudore mi colavano sulla guancia e mi solleticavano la pelle calda, ma non feci nulla per asciugarle.

"Ci penso io". La voce borbottata di Beth mi giunse alle orecchie nello stesso momento in cui la sbarra metallica si aprì scricchiolando. "Ok, mettimi giù".

Le mie gambe si accartocciarono in modo controllato e Beth si staccò dalle mie spalle. Mi alzai in piedi, con una mano premuta sulla schiena e l'altra che mi massaggiava il collo sudato.

"Non sono così pesante. Guardami!" Beth aprì le braccia e abbassò lo sguardo sulla sua magrezza; il lucchetto era ancora nella sua mano.

Le feci un mezzo sorriso, mi girai e mi misi di fronte all'armadio; Beth si mise al mio fianco. Ci fissammo come se aspettassimo che l'altro aprisse le ante.

Dopo qualche istante, mi avvicinai alle maniglie e chiusi gli occhi. Ero pronta a liberare un'idea dalla mia testa e i fantasmi dall'armadio.

Aprii le ante, sicura che, nel farlo, l'aria intorno a me si muovesse e i fantasmi si liberassero ancora una volta.

"Che cosa facciamo?" Beth sussurrò.

La fissai; anche nella luce gialla, la sua pelle sembrava pallida. Guardai il suo corpo molto più magro e il lucchetto che pendeva dalla sua tasca. "Svuotiamolo", risposi sottovoce.

"Perché?"

"Così possiamo spostarlo". La mia voce sembrava convincente mentre il mio sguardo cadeva sul grande mobile, ma non ero così sicuro che potessimo farlo.

"Perché?" Beth ripeté.

Non avevo bisogno di guardarla in faccia per capire che mi stava fissando. "Perché ce ne andiamo da qui".

37

ALLEGGERIMENTO DEL CARICO

LAVORAMMO IL PIÙ VELOCEMENTE POSSIBILE, tirando fuori le scatole e ammucchiandole sul pavimento. Le magre porzioni di cibo che avevamo mangiato ci indebolirono e facemmo molte pause. Quando l'armadietto fu svuotato dei piccoli cartoni, ci allontanammo e fissammo i vestiti che pendevano dal bancone. La mia pelle si è irritata. Il pensiero di toccare tutti quei capi macchiati e usurati mi faceva rivoltare lo stomaco.

Feci un respiro profondo e mi avvicinai all'armadio, afferrando la prima gruccia. Mi misi in punta di piedi e sollevai il vestito dalla barra. Puzzava di polvere e di un leggero odore sgradevole che non conoscevo. Bethany allungò la mano per prendermelo, ma io scossi la testa. Non volevo che lo toccasse; era già abbastanza grave che dovessi farlo io. Finché la mia mano si fosse aggrappata solo alla gruccia, ce l'avrei fatta. Posai il vestito con cura sopra alcune scatole. Essendo una delle poche cose rimaste di un residente della C.E.C.I.L., meritava rispetto. Tornai all'armadietto e afferrai il pezzo successivo.

"Lascia che ti aiuti". Beth si mise davanti a me prima che potessi fermarla. Si avvicinò e afferrò una gruccia. I suoi movimenti rapidi fecero sloggiare il lucchetto che ancora pendeva dalla tasca del suo vestito blu, che cadde a terra.

Rimanemmo immobili; le nostre orecchie si sintonizzarono sul suono del suo avvicinarsi.

Dopo alcuni istanti, mi avvicinai alla porta e rimasi in ascolto. I secondi diventarono minuti, ma non c'era traccia di lui. Distolsi l'orecchio e appoggiai la fronte alla porta, chiudendo gli occhi. Non sarebbe venuto.

Non sarebbe venuto, né ora né dopo. La sua assenza confermava i miei pensieri e le mie paure. Se n'era andato. Era partito e ci aveva lasciati a marcire in questo posto.

Mi diressi verso Beth, senza curarmi del fatto che i miei piedi toccassero il pavimento. Lei mi fissò con occhi spalancati.

"Andiamo". Trovai nuova energia nella mia rabbia. Mi avvicinai all'armadio, presi in mano tre grucce e le tirai fuori dall'armadio.

"Prendile". Le porsi a Beth. "Prendile!" Scossi gli indumenti. Nella luce gialla, la polvere liberata fluttuò a terra. Senza una parola, Beth prese i vestiti dalla mia mano.

Lavorammo così per diversi minuti, finché non rimase che il mio vecchio pigiama arancione. Quello che avevo indossato la notte in cui le nostre vite erano cambiate.

"Perché solo il tuo?" Disse Beth mentre glielo porgevo. "Non credo che qualcosa qui fosse mio". Agitò la mano sul mucchio di vestiti sparsi sulle scatole e sul pavimento. La nostra precedente cura per gli oggetti era durata poco.

"Non lo so", scrollai le spalle.

"E adesso?" Disse Beth.

"Ora la parte difficile".

Beth annuì e insieme ci dirigemmo verso l'armadietto vuoto.

. . .

Il sudore mi copriva la fronte e scendeva lungo il collo. Le guance mi bruciavano per il calore. Ansimando, facemmo l'ennesima pausa e ci sedemmo dentro l'armadio vuoto. Sorseggiammo piccole gocce dalla borraccia che condividevamo. In tutto il tempo in cui avevamo lavorato, eravamo riuscite a spingerlo solo a circa un pugno di larghezza dal muro. Il fondo dell'armadio non si era mosso facilmente sul pavimento di legno.

"Non funzionerà", disse Beth. Il suo viso, un tempo pallido, aveva assunto una sfumatura di rosso. Si appoggiò alla parete interna dell'armadio e chiuse gli occhi.

"Funzionerà", le sorrisi, ma dietro il mio sorriso condividevo i suoi pensieri. "Proviamo di nuovo".

"N-no." Beth scosse la testa. Si alzò e si allontanò dal mobile.

"Non arrenderti". Ma mentre pronunciavo quelle parole, sapevo che non erano sufficienti. Beth si allontanò.

Era finita prima che mi rendessi conto di cosa fosse successo. Un secondo prima Bethany stava facendo dei passi verso i nostri materassi e un secondo dopo era distesa sul pavimento. Mi ci vollero altri secondi per alzarmi e spostarmi al suo fianco.

"Stai bene?" Dissi. Beth emise degli strani rantoli. "Beth?" Non rispose e la mia preoccupazione si trasformò in paura. Posai la mano sulla sua spalla tremante; il braccio le copriva il viso e la nascondeva alla mia vista. "Bethany!" La chiamai. Cercai di allontanare il braccio, ma i suoi rantoli si fecero più forti. Alla fine, il braccio le cadde dal viso; la luce gialla si rifletteva sulle lacrime che le scendevano sulle guance. "Beth, sei ferita?". Il mio corpo si tese mentre fissavo mia sorella stesa sul pavimento.

Bethany scosse la testa; il suo rantolo sembrava una risata.

Alzai le sopracciglia e mi morsi il labbro. "Non stai piangendo?".

Lei scosse di nuovo la testa e dopo un altro momento si alzò a sedere. "Sto... sto bene", disse tra una risatina e l'altra.

"Non ti sei fatta male?".

"N-no". Inspirò e riprese fiato. "Stavo ridendo". Si asciugò gli occhi lucidi.

"Mi hai spaventata. Che cosa è successo?". Espirai un respiro di sollievo.

"Non lo so, ho calpestato qualcosa e sono scivolata".

"Cosa?" Cercai sul pavimento disseminato.

Beth si guardò intorno. "Quello!" Indicò l'unica maglietta gialla che giaceva sul pavimento in disordine e accartocciata. L'aveva messa più lontana dalle altre perché era l'unica che non aveva lo stesso debole e orribile odore.

"Questa?" Raccolsi la maglia e la porsi a Beth. Il materiale era più liscio rispetto ad altri capi di abbigliamento.

Lei annuì.

"Aiutami". Quando mi voltai, Beth era ancora in piedi dove l'avevo lasciata, con le braccia conserte sul petto. "Per favore!".

"Bene!" sbuffò e mi raggiunse.

"Vedrai. Sarà più facile". Sorrisi, anche se non ero sicura che non stessi cercando di convincere anche me stessa. Ma se non altro, valeva la pena di provare la mia idea. Non hai nulla da perdere", sussurrò nostro padre nella mia testa.

"Allora?" Beth batté il piede mentre aspettava che le spiegassi.

"Infileremo dei vestiti sotto i bordi del mobile e li faremo scorrere".

"Come?" Beth aprì le braccia e le lasciò cadere sui fianchi. Avevo la sua attenzione.

"Io lo rovescio all'indietro e tu spingi la maglia sotto". Il mio piano doveva funzionare.

Beth gemette. "Bene." Prese il capo d'abbigliamento giallo dalla mia mano. "Ma non questo". Posò la camicia e prese degli indumenti da una pila sul pavimento, staccandoli dalle grucce.

"Perché non questo?". Strinsi gli occhi.

Lei alzò le spalle. "Mi ricorda qualcosa, ma non so cosa. Questi sono abbastanza buoni". Tese i vestiti sporchi e puzzolenti verso di me e li scosse leggermente.

Mi si arricciò il naso e rabbrividii. "Avresti dovuto lasciarli sulle grucce".

"Bastava rovesciare l'armadio", disse Beth, sdraiandosi sul pavimento.

Mi misi davanti all'armadio e spinsi le ante chiuse. L'armadio era pesante. Ci volle tutta la mia forza, ma riuscii a ribaltarlo un pò. Beth fece passare un capo d'abbigliamento sotto gli angoli anteriori.

"Puoi ribaltarlo ancora un pò?". Disse Beth. "Non riesco a farli scendere abbastanza".

"È pesante, sai".

"Prova da questo lato ", borbottò Beth dalla sua posizione sul pavimento. Con una mano teneva una gruccia e la usava per spingere i vestiti sotto.

Mi spostai sul lato in cui Beth giaceva a pancia in giù e misi un piede ai suoi lati. Mi accovacciai in basso, con i piedi appoggiati sul pavimento, e appoggiai la schiena al mobile. Le mie gambe si raddrizzarono mentre mi sollevavo dal pavimento; la mia schiena spinse contro l'armadio. Si sollevò. Pochi secondi dopo Beth fece scivolare i vestiti sotto il bordo dell'armadio. Ci spostammo sull'altro lato e in pochi istanti avevamo incastrato altri due pezzi sotto.

Mi allontanai e sorrisi, fiduciosa nel mio piano. Il sudore mi colava sul viso e lo asciugai: era ora di iniziare la seconda fase della mia idea.

Ci mettemmo ai lati opposti dell'armadio, ognuna con una mano sul retro e l'altra sul lato. Al ritmo di tre, spingemmo e facemmo oscillare l'armadio. Il piccolo spazio sul retro che avevamo creato prima cresceva man mano che l'armadio scivolava. Quando fu abbastanza largo, ci infilammo dietro. Pezzi di gomma simili a schifezze si attaccarono alla pianta dei miei piedi nudi e si incastrarono tra le dita.

"Premi la schiena contro la parete e spingi il mobile in avanti!". Il mio cuore batteva forte per l'attesa. "Pronta?" Appoggiai le mani sul retro dell'armadio.

"Sì".

"Spingi!" L'armadio si mosse e le mie braccia si raddrizzarono mentre l'armadio scivolava più lontano da noi. "Ferma!" Ansimai. Mi chinai in avanti e tolsi i pezzetti di gomma tra le dita dei piedi. "Puoi spingere ancora un pò?", chiesi a Beth tra un respiro pesante e l'altro.

Era impegnata a controllarsi i piedi. "Penso di sì", ansimò Beth e tornò in posizione. Contai fino a tre e spingemmo. Il mobile scivolò un pò e si fermò. "Spingi ancora!". Chiusi gli occhi per un attimo, inspirai profondamente e, mentre facevo uscire lentamente l'aria, spinsi nell'armadio con tutto quello che mi rimaneva. Le braccia mi bruciavano. Si mosse un pò, si bloccò, e poi finalmente scivolò di nuovo. A braccia tese, appoggiai una mano sulla parete e l'altra sul retro dell'armadio.

"Ce l'abbiamo fatta!" Sorrisi a mia sorella.

Beth scosse la testa. "No, dobbiamo spingerlo di lato, adesso".

Il sorriso svanì dal mio viso; ero troppo stanca per spingere ancora.

Inclinai la testa di lato, con gli occhi socchiusi. Ero anche troppo stanca per pensare e non avevo idea di cosa volesse dire.

Beth sospirò. "È troppo buio qui dietro; abbiamo bisogno di luce".

Annuii. Ovviamente aveva ragione. Senza dire altro, mi unii a Beth. Insieme agitammo il mobile avanti e indietro finché non si mosse.

"Va bene", disse Beth, facendo un respiro profondo.

"Sei sicura?".

"Vieni a vedere". Si mise in piedi proprio sotto la finestra a vetri; la luce gialla della lampada dall'altra parte della stanza le illuminò il viso.

Il pavimento dove un tempo si trovava l'armadio non assomigliava affatto al resto. Pezzi più recenti sostituivano quelli che c'erano prima. Le tavole di ricambio coprivano un'apertura nel pavimento.

Mi inginocchiai per vedere meglio. Tra le assi più recenti era incastrato un pezzo di legno circolare, poco più grande della mia testa. Era tutt'altro che perfetto, poiché una fessura larga un mignolo correva tutt'intorno e una debole luce brillava dal basso. Non volevo alimentare le mie speranze, né quelle di Beth, ma ero sicura che eravamo più vicine alla libertà che mai.

38

A PORTATA DI MANO

PER QUANTO VOLESSI INIZIARE A STRAPPARE le assi del pavimento, l'energia si era esaurita nel mio corpo. Lo stomaco si lamentava e la testa mi girava per la fame, la stanchezza e l'eccitazione.

Beth e io attraversammo la stanza per raggiungere la piccola quantità di cibo e acqua che ci era rimasta. Mangiammo quasi tutto quello che ci era rimasto e ci riempimmo lo stomaco. Ero decisa che saremmo uscite; non avevamo più bisogno di razionare il cibo. Se per qualche motivo non fossimo riuscite a liberarci, non sarebbe importato, era finita comunque. Saremmo morte di fame, prima o poi - io preferivo prima.

I materassi sul pavimento erano invitanti. Tirarono me e Beth verso di loro e ci fecero cenno di sdraiarci. Non c'era bisogno di parlare; il momento della fuga era vicino. Chiusi gli occhi e lasciai che i crescenti ricordi di casa mi riempissero il cervello fino a sembrare che mi uscissero dalle orecchie. Poi scivolai in una tranquilla incoscienza.

.   .   .

Scossi le spalle di Beth, cercando di destarla dal sonno. Il mio cuore batteva forte e mi asciugai il sudore dalla fronte. Inspirai ed espirai, riempiendo ogni volta i polmoni mentre calmavo me stessa e le mie paure. Beth gemette e si allontanò da me.

"Beth." La scossi di nuovo con un pò più di vigore. Non si sapeva che ora fosse, e speravo che non avessimo perso l'occasione di fuggire durante le ore diurne.

I miei occhi cercarono la parete di fondo. La luce gialla e fioca della lampada non raggiungeva il vecchio legno. Continuai a scuotere una Beth ancora addormentata. Finalmente individuai ciò che stavo cercando e il mio corpo si rilassò.

Un filo di luce si fece strada attraverso la fessura. Tesi gli occhi, concentrandomi sul bagliore. Pezzi di polvere danzavano e cadevano mentre il piccolo raggio puntava verso il pavimento.

Scossi di nuovo Beth.

"Per l'amor del cielo, April. Sto cercando di dormire". Beth era tornata ad essere scontrosa.

Sorrisi. "Mettiamoci al lavoro". Sporsi il mento in direzione della nostra nuova via di fuga e allungai la mano sotto il materasso. Tirai fuori il coltellino insieme al resto della mia collezione. Il pavimento era la nostra ultima possibilità.

La lama del coltello si infilò nello stretto spazio tra l'inserto circolare e le assi del pavimento. Mi sono mossa lungo tutto il perimetro, torcendo e sollevando. I pochi chiodi che tenevano in posizione il pezzo di legno rotondo cigolavano e scattavano mentre si liberavano. Con un ultimo schiocco, l'intera toppa rotonda si allentò. Afferrai il bordo con le dita e mossi il pezzo avanti e indietro. Infine, lo estrassi dall'apertura che aveva sigillato. Usando il manico del coltello, martellai sul sottile pezzo di legno attaccato alla parte inferiore del foro. Dopo qualche colpo, cadde.

La luce del giorno filtrava attraverso l'apertura e portava con sé un leggero odore putrido. Era un odore sgradevole, ma piuttosto familiare, anche se non riuscivo a identificarlo. Mi stropicciai il naso e mi sfregai i polpastrelli doloranti.

"Pew! Che puzza!".

"Riesci a sentire questo odore?".

L'espressione di Beth indicava che non aveva intenzione di rispondere verbalmente.

Mi chinai in avanti e guardai nel buco prima di distendermi a pancia in giù. Anche il pavimento sottostante era stato riparato nello stesso modo rozzo. La luce filtrava attraverso la fessura attorno a un altro pezzo di legno circolare e mal adattato. La toppa di legno rotonda era fissata a un'asse. Le estremità affilate e arrugginite dei chiodi spuntavano attraverso la tavola come spuntoni in un pozzo.

Infilai il braccio attraverso l'apertura, facendo attenzione a non toccare i chiodi, e appoggiai la mano sulle assi sottostanti. La profondità era la distanza tra il palmo della mano e il gomito.

"Trovami qualcosa di pesante", chiamai Beth, girando la testa quel tanto che bastava per vederla.

Era seduta accanto a me con le braccia avvolte intorno alle gambe tirate, la fronte premuta sulle ginocchia. Alzò lo sguardo, con la fronte arrossata dalla pressione. "Tipo cosa?" Non abbiamo niente".

Mi raccolsi e mi sedetti a gambe incrociate davanti al buco nel pavimento. Non avevamo molto e nella mia testa vedevo i nostri scarsi averi. "Che ne dici di una di quelle lattine che non abbiamo aperto?". Avevamo mangiato quasi tutto il cibo che ci era rimasto, tranne quello che sembrava indesiderabile.

Beth saltò in piedi e si diresse verso il nostro piccolo nascondiglio. Pochi istanti dopo tornò con una delle lattine rimaste.

Le strappai di mano la lattina e martellai con attenzione sulle punte dei chiodi che spuntavano dalla tavola. Dopo diversi colpi ben assestati, uno dei chiodi perforò la lattina, che cominciò a perdere.

"Non funzionerà", dissi, appoggiando la lattina che perdeva sul pavimento accanto a me. Mi asciugai le mani bagnate e appiccicose sul vestito e tornai a guardare nel buco. Sebbene il mio martellare non avesse rimosso i chiodi, ne aveva spinti alcuni indietro attraverso l'asse. Avrei avuto bisogno di qualcosa di più pesante. Scrutai la stanza e i miei occhi si posarono sull'unica altra cosa che avrei potuto usare.

"La lampada".

Beth alzò le sopracciglia. "Dovrò staccare la spina".

Annuii. "Lo so."

Beth si diresse verso la lampada. "Sei sicura?" La prese tra le mani.

"Non abbiamo altra scelta. Comunque, se non funziona, c'è abbastanza luce che arriva dal pavimento".

"E la torcia". Beth indicò una delle scatole. Le batterie si stavano scaricando, ma del resto lo stavamo facendo anche noi se non avessimo trovato una via d'uscita.

Non mi ero resa conto di quanto odiassi quella luce gialla finché Beth non tirò il cavo da sotto la porta e la spense. Espirai e la tensione si liberò dal mio corpo. Nella stanza buia, il filo di luce che trapassava la fessura si combinava con la luce del giorno che si alzava dal pavimento. Le particelle di polvere danzavano nel suo bagliore: era l'unica luce che contava.

Beth si sedette accanto a me e mi porse la lampada. Staccai il paralume sporco e la abbassai attraverso l'apertura finché la base non entrò in contatto con i chiodi. Poi la sollevai e la abbassai con forza, facendola sbattere contro le punte affilate. I chiodi metallici raschiarono sulla base; sembrò che la lampada urlasse. La sollevai di nuovo e la spinsi sui chiodi. Ogni volta la abbattevo più forte e più velocemente, godendomi la sensazione di sfogare tutta la mia rabbia su quella brutta lampada.

"Basta!" Beth chiamò al di sopra del rumore del metallo.

La fissai con occhi spalancati. "Perché?"

"È fatta", disse indicando.

Alzai la lampada e guardai giù attraverso il buco. I chiodi non bucavano più la tavola e il pezzo di legno circolare non era più attaccato. Dal foro salivano più luce naturale e un odore più forte. Beth raggiunse l'apertura e tirò fuori l'asse. Abbassai la lampada attraverso il foro e lasciai che cadesse e si infrangesse sul pavimento sottostante.

"Perché l'hai fatto?". Chiese Beth.

Scrollai le spalle e sorrisi. "Non ci serve. Riesci a passare da lì?". L'espressione di Beth mi fece ridere.

"Stai scherzando?".

"No." Scossi la testa. "Sei più piccola".

"E se fosse ancora qui?".

Inclinai la testa. "Davvero? Dopo tutto quel rumore pensi che sia ancora qui?".

"E se rimanessi bloccata?". Beth ignorò la mia domanda.

"Non rimarrai incastrata". Misi il piede attraverso l'apertura nel pavimento e spinsi sul soffitto tra le travi. Ero sicura che non fosse di legno e speravo che cedesse. Dopo alcuni passi accurati, il materiale si staccò. Non passò molto tempo prima che ci fosse uno spazio molto più ampio tra le travi. Bethany guardò giù, attraverso l'apertura nel pavimento, verso il disordine sottostante.

"Che schifo!", si stropicciò il naso. "Cos'è questo odore?".

"Non lo so. L'ho già sentito in passato, ma non così forte".

"Vai giù, che puzza". Beth si sedette sulle ginocchia e piegò le braccia.

"Non può puzzare più di quanto puzzi qui sopra". Guardai verso l'angolo, con il nostro unico secchio pieno. "Ecco." Presi un vestito dalla pila e lo portai a Beth. "Strapperò una striscia dal fondo di questo vestito e tu potrai avvolgerla intorno al naso". Strappai la stoffa logora e ne porsi una striscia. Bethany non ebbe il tempo di protestare.

"E se non dovessi passare per il primo buco?". Indicò quello del nostro pavimento mentre portava il pezzo di stoffa al viso, pronto per essere annodato. "Merda!", gridò e lasciò cadere il pezzo di stoffa. "C'è l'odore di qualsiasi cosa stia salendo dal pavimento". Indicò l'apertura.

Raccolsi il pezzo di stoffa e lo portai al naso. L'odore era debole, ma era lo stesso che saliva dal buco nel pavimento.

Recuperai il mio pigiama arancione e giallo da una piccola pila di scatole. Lo avvicinai al naso e inspirai. Odorava di polvere e di sudore di vecchia data, ma niente a che vedere con gli altri indumenti.

"Useremo questi". Mi sedetti di nuovo sul pavimento e tirai fuori l'attrezzo per le forbici dal coltellino. Tagliai due strisce dai pantaloni del pigiama sbiaditi e ne legai una intorno al naso di Beth. "Pronta?"

Beth si chinò e infilò la testa nel buco del pavimento. Sospirò. "Non riuscirò a infilare le spalle nel pavimento". Si sedette di nuovo sulle ginocchia.

Misurai la larghezza delle spalle di Beth con le mani e poi la confrontai con l'apertura. Aveva ragione: le sue spalle non sarebbero mai entrate. Avremmo dovuto allargare l'apertura nel pavimento.

39

CADUTA LIBERA

FISSAI il buco nel pavimento e mi premetti la punta delle dita sulla fronte. Mi chinai in avanti, afferrai il bordo dell'asse del pavimento e tirai. I bordi ruvidi del legno mi graffiavano la pelle delle dita, ma non mi fermai. L'asse si muoveva su e giù; i chiodi arrugginiti cigolavano a ogni trazione. Ma la mia forza non bastava a liberare la tavola dal pavimento.

Vidi il pezzo che avevamo rimosso dall'interno del buco. Chissà, si chiedeva la mia mente, mentre prendevo la tavola e la riponevo nell'apertura. Lo angolai in modo che un'estremità fosse sotto l'asse del pavimento e l'altra sporgesse dal foro. Misi un piede sull'estremità sporgente e, con tutto il mio peso, feci rimbalzare la leva di fortuna.

Dopo un paio di tentativi, l'asse scivolò e per poco non caddi nel mobile dietro di me. Riprovai, ma come la volta precedente mi ritrovai a perdere l'equilibrio dopo pochi rimbalzi. Il sudore mi colava sulle guance e la mia frustrazione cresceva. Non avevo intenzione di arrendermi. Eravamo così viciei alla libertà. L'unica cosa che mi avrebbe fatto desistere era la morte.

"Aiutami". Mi passai una mano sulla fronte prima che il

sudore potesse pungermi gli occhi. Era la quinta volta che cadevo dal pezzo di legno.

"Mi chiedevo quando me lo avresti chiesto". Beth si alzò dal pavimento; la striscia del mio vecchio pigiama arancione le pendeva ancora intorno al collo.

Chiusi gli occhi ed espirai. "Mettiti accanto a me".

Ancora una volta spostai l'asse in posizione e mi ci misi sopra. Appoggiai la mano sulla spalla di Beth per stabilizzarmi. Dopo qualche tentativo, l'asse scivolò dal buco. Urlai per la frustrazione; la mia voce risuonò nella stanza vuota.

"Mettilo da quel lato". Beth indicò l'apertura.

"Perché?" Chiesi girandomi di scatto. Le mie labbra si strinsero in una linea stretta.

"Quel pianale è più largo. Forse la tua leva non scivolerà via così facilmente".

Fissai il pavimento sotto i miei piedi e poi l'altro lato del buco. Inclinai la testa: Beth aveva ragione.

"Va bene". Annuii e raccolsi l'asse mentre ci spostavamo dall'altra parte dell'apertura.

Come prima, Beth prese posizione al mio fianco e mi sostenne. A ogni rimbalzo, l'asse del pavimento gemeva mentre i chiodi grattavano contro il legno.

"Vediamo se adesso riusciamo a tirarlo su". Beth e io ci mettemmo ai lati opposti del buco. Muovevamo avanti e indietro il pavimento allentato, ma non si liberava.

"Resisti". Afferrai l'asse, mi sedetti sul pavimento di fronte all'asse allentata e la posizionai all'interno del buco. La manovrai in modo da poter colpire il pavimento da sotto come un martello. Non è stato facile e non c'era molto spazio per i movimenti, ma l'asse del pavimento saltava a ogni colpo. Quando sembrò che fosse abbastanza allentato, smisi di martellare.

"Vuoi una mano?" Disse Beth.

"No.... io... credo... che sia... a posto!". L'asse del pavimento si liberò improvvisamente. Lo slancio mi mandò all'indietro e per poco non mi colpii con il pezzo di legno che ancora stringevo. Beth si portò la mano alla bocca. "Stai bene?" I suoi occhi erano spalancati mentre si precipitava al mio fianco.

"Sì. Ora, pensi di poterci stare?". Dissi, indicando l'apertura molto più grande nel pavimento.

Beth guardò lo spazio e sospirò. "Credo che ora ci entrerò".

Ci accovacciammo e guardammo attraverso il buco, giù nella stanza sottostante. Pezzi del soffitto e della vecchia lampada erano disseminati sul pavimento.

"Sembra ancora molto in basso". Beth mi guardò con occhi spalancati e scintillanti.

"L'ascensore di vetro!" Gridai quando all'improvviso mi tornò in mente un ricordo di una Beth molto più giovane. Eravamo in un ascensore di vetro e, mentre la vista mi stupiva, non potevo dire lo stesso di Beth. Aveva seppellito il viso nel fianco di nostra madre, mentre le sue braccia si stringevano attorno alle sue gambe. Le sue grida soffocate erano state quasi altrettanto forti della musica all'interno dell'ascensore. Non aveva mai superato la sua paura dell'altezza.

"Cosa?" Beth si stropicciò il viso.

"Il motivo per cui hai paura dell'altezza". Sorrisi.

"Proprio così". Beth piegò le braccia e annuì. La luce diffusa che filtrava dal pavimento metteva in risalto il suo viso pallido.

"Sei riuscita ad arrivare in cima all'armadietto. Anche questo andrà bene. Legheremo insieme le lenzuola e ti calerò giù. Non è così alto". Sorrisi a mia sorella.

Beth scosse la testa, ma la sua bocca acconsentì. "Bene." Girò i tacchi e si diresse verso i nostri materassi prima che io potessi muovermi. "Spero che queste siano abbastanza lunghe", disse tenendo in mano entrambe le lenzuola.

"Lo sono". Presi le lenzuola dalle sue mani e ne legai le estremità.

"Prendi questo". Passai a Beth un'estremità del lenzuolo. Ci allontanammo l'una dall'altra e tirammo la nostra corda improvvisata. Il nodo si strinse; le lenzuola rimasero attaccate.

"Bene". Sorrisi in modo rassicurante. Beth allargò lo sguardo gelido. "Andrà tutto bene".

"È meglio che sia così". Si è appallottolata la parte del lenzuolo che le spettava.

"Quando scendi, vieni su e fammi uscire". Ignorai il cipiglio sul suo volto.

Beth sgranò gli occhi e si avvicinò all'apertura. Guardò nel buco. "Dovresti farlo".

Ho sospirato. "Sono più pesante di te; non puoi reggermi. Puoi farcela, Beth".

"Bene. Sbrigati a legarmi questo intorno prima che cambi idea". Beth mi lanciò l'estremità del lenzuolo e alzò le braccia in aria. Avvolsi una parte del lenzuolo intorno a lei un paio di volte e mi ritrovai con entrambe le estremità in mano. Sembrava che fosse seduta su un'altalena. Tirai, assicurandomi che le lenzuola tenessero.

Beth si sedette sul pavimento davanti al buco, con le gambe che penzolavano attraverso l'apertura. "Non mollare", disse mentre si tirava su per il naso il pezzo arancione del mio vecchio pigiama.

Si mise a pancia in giù e avvolse le braccia intorno alle lenzuola. Io ne afferrai le estremità. Le nocche di entrambe le mani erano diventate bianche per la tensione.

"Non lo farò. Te lo prometto". Strinsi forte le lenzuola e misi un piede su entrambi i lati del buco, sostenendomi. "Ok, ti tengo. Inizia a scendere".

Beth si dimenò e scese attraverso il buco. Le mie braccia sussultarono mentre lei pendeva liberamente di sotto. I miei bicipiti si tendevano e tremavano mentre il suo peso tirava sulle lenzuola avvolte intorno alle mie braccia per sostenerle. Il sudore mi imperlava la fronte; i miei piedi premevano sul pavimento e le gambe mi facevano male.

Il lenzuolo si strinse intorno alle mie braccia. Le mani mi formicolavano. Ansimai e allentai lentamente la presa, lasciando che le lenzuola mi scivolassero tra le mani e sulle braccia. La pelle mi bruciava, la schiena mi faceva male.

"Ci sei quasi?" La mia voce si sforzò. La voce soffocata di Beth mi richiamò e io lasciai la presa. Le lenzuola mi scivolarono tra le mani e sulle braccia. Un forte tonfo si levò dal basso, mi accovacciai e guardai attraverso il buco.

Beth era seduta a terra sui resti del soffitto. Mi guardò con occhi sporgenti e gelidi; la sua pelle pallida brillava nella luce intensa. "Ho detto NO!", urlò attraverso la sua maschera arancione.

Piegai le labbra sotto le labbra mentre un ghigno cercava di sfuggire. "Stai bene?".

"Bene." Beth si alzò in piedi e si pulì la polvere bianca e i pezzetti di soffitto dal suo vestito blu. "Perché diavolo mi hai fatto cadere?". Chiamò, con le mani sui fianchi, mentre aspettava la sua risposta.

"Scusa, non ho sentito quello che hai detto". Mi sfregai le mani irritate sulle impronte delle braccia lasciate dalle lenzuola.

"Hmph", sbuffò Beth.

"Stai attenta e fammi uscire".

Beth si girò e sparì.

Mi raddrizzai e mi sfregai via il dolore residuo della schiena mentre mi avvicinavo alla porta. Il cuore mi batteva forte; mi strofinai le mani mentre aspettavo.

"Andiamo", sussurrai, battendo il piede sul pavimento. Ogni secondo che passava mi si annodava lo stomaco. Appoggiai l'orecchio alla porta e chiusi gli occhi. Ero sicura che l'avrei sentita presto.

Con il passare dei momenti, pensieri terribili mi attraversavano la mente e immaginavo il peggio. Era ancora qui ad aspettarci? Conosceva il nostro piano? Che cosa avevo fatto?

"Oh, Beth", sussurrai e appoggiai la fronte all'ingresso sigillato. Le lacrime mi bruciavano dietro le palpebre chiuse, ma prima che potessero trasudare attraverso le ciglia, un rumore mi raggiunse le orecchie. I miei occhi si aprirono di scatto.

"B-Beth?" Ho chiamato. Le mie mani tremavano mentre le appoggiavo alla porta e vi appoggiavo l'orecchio ancora una volta. "Oh, per favore, sia Beth", sussurrai. Tamburellai le dita sulla parete accanto a me. Improvvisamente il mio peso si spostò. Feci un salto indietro e la porta si aprì.

40

QUANDO SI APRE UNA PORTA

"Che cosa è successo?" Afferrai Beth per le spalle mentre si trovava sulla soglia della porta.

Mi fissò con occhi spalancati. "È inquietante laggiù", sussurrò.

"È ancora qui?". Guardai dietro di lei e nel corridoio buio, aspettandomi di vedere Cecil in agguato nell'oscurità.

Lei scosse la testa. "No, non credo. Ma c'è una gran puzza e ci sono queste disgustose cose nere volanti dappertutto".

"Hai visto qualcos'altro?".

Beth scosse la testa. "Ero troppo impegnata a trovare la strada per arrivare fin qui per notare qualcosa, oltre alla puzza". Agitò una mano davanti alla faccia.

Annusai l'aria nel corridoio e mi stropicciai il naso. C'era un odore inconfondibile.

"Quindi... non hai visto Jasper?".

Beth scosse la testa. "L'unica cosa a cui ho prestato attenzione è stato il mio stomaco che rotolava e non... il vomito". Attraversò la soglia, costringendomi a fare un passo indietro nella stanza.

"Non dovremmo andarcene?". Feci un cenno con la mano

verso la porta aperta. Non volevo rimanere un secondo di più in quella stanza.

"Questo", Beth infilò il pollice nella striscia di stoffa arancione che aveva al collo e la tenne sollevata, "non è abbastanza spesso. Aggiungo un altro strato. Dovresti farlo anche tu". Indicò la stoffa intorno al mio collo.

Raggiunsi Beth ai materassi e le passai il coltellino. Tagliò due stretti pezzi di stoffa dal mio vecchio pigiama. Mi passò una striscia mentre si slegava l'altra dal collo. Ognuno di noi piegò insieme i due strati.

"Spero che funzioni", disse Beth mentre si riannodava le strisce intorno al collo e saltava in piedi.

Io presi il coltello e lo misi in tasca. "Pronte!" Dissi, alzandomi in piedi. Il mio cuore batteva forte. Ero eccitata e nervosa allo stesso tempo.

Beth annuì. "Certo che sì!", sorrise. I suoi gelidi occhi blu si riempirono di più vita di quanta ne avessi vista da settimane.

Era strano stare fuori dalla porta. Ancora più strano fu scoprire che la stanza in cui avevamo vissuto era l'unica al secondo piano. La scala si trovava al centro di un'area aperta e il pianerottolo era a pochi passi dall'ingresso della stanza. Una ringhiera di legno correva lungo entrambi i lati e sul retro della scala. Non c'erano altre porte, tranne quella dietro di noi.

Una piccola e sporca finestra rettangolare in fondo sembrava non aver mai visto un detergente. Le scatole erano allineate contro le pareti e riempivano lo spazio lungo ogni lato della scala e in fondo. Tra gli scatoloni e la ringhiera correva un'area libera larga circa un metro e mezzo che circondava la scala. In alcuni punti, i cartoni raggiungevano quasi il soffitto. Spinto contro la parete alla mia sinistra c'era il carrello che Jasper aveva usato quando eravamo arrivate. Sopra c'erano contenitori di cibo sporchi, croste di pane ammuffite e ciotole piene di farina d'avena secca.

"Diamo un'occhiata a questi". Indicai i cartoni.

Le più vicine alla stanza erano le scatole di libri e altre cose che Cecil ci aveva regalato e poi portato via. Accanto a loro c'erano un paio di grandi secchi e li riconobbi come quelli che avevamo usato. Il coperchio di uno si era sollevato; l'odore di rifiuti permeava l'aria. Mi stropicciai il naso e trattenni un conato di vomito mentre allungavo la mano e spingevo il coperchio al suo posto.

Gli scheletri metallici delle nostre brande erano appoggiati al muro. Passai un dito su una delle doghe metalliche fredde. Beth mi seguì; i nostri passi risuonarono.

Allungai la mano e passai la mano sul piano del tavolo che avevamo usato un tempo. Il legno era liscio sotto le mie dita, tranne che in un punto. Mi fermai per un secondo quando le mie dita trovarono i bordi ruvidi di una sgorbia. Non c'era bisogno di guardare il segno. La sensazione dell'intaglio in sé era sufficiente ad accendere il ricordo della sua creazione.

Ci eravamo riempite la bocca e la pancia con la farina d'avena calda che Jasper ci aveva fornito. Mentre mangiavamo, raccontai a Bethany un sogno. Era il sogno in cui avevo ricordato il suo nome. Beth aveva preso il cucchiaio che stava usando e aveva graffiato il suo nome sul tavolo di legno.

Chiusi gli occhi e scrollai via il ricordo mentre i miei piedi continuavano a trascinarmi lungo la fila di scatole. Mi fermai quando raggiunsi la prima piccola pila di scatole sconosciute. Gli scatoloni erano di dimensioni diverse e, mentre alcuni erano vuoti, la maggior parte non lo era. Alcune scatole non erano sigillate e il loro contenuto fuoriusciva dalla parte superiore, con i lati rigonfi. Altri cartoni contenevano solo pochi articoli.

Intinsi la mano in una delle scatole più vuote e tirai fuori una statuetta di un ragazzo e della sua pecora. Tracciai con un dito la testa della pecora, notando che mancava una delle orecchie. I bordi della rottura erano ruvidi al tatto ma non taglienti. La rimisi nella scatola che sembrava essere stata la sua casa per molti anni. Frugai tra gli altri oggetti e trovai un'accozzaglia di ninnoli, alcuni piatti e persino una vecchia scarpa.

"C'è qualcosa di buono lì dentro?". Beth sussurrò accanto a me mentre tirava indietro uno dei lembi per avere una visuale migliore. Anche se la sua voce era tranquilla, alla sua domanda inaspettata trasalii. Il mio cuore ha avuto un sussulto.

Scossi la testa quando mi fui calmata e passai al cartone successivo. Era una scatola molto più grande e, dal modo in cui il coperchio si gonfiava, era sicuramente piena. Tirando leggermente i lembi ripiegati, il contenuto si rivelò.

Estrassi una coperta blu dalla parte superiore e la porsi a Beth. La portò al viso e appoggiò la guancia alla sua morbidezza, chiudendo gli occhi. Sorrisi e tornai al resto degli oggetti. C'erano altre coperte, lenzuola e federe, e anche un paio di tovaglie. Quando finii di rovistare, li infilai di nuovo dentro. Continuammo lungo la parete di fondo. C'erano meno scatole e la maggior parte erano vuote, ma alcune contenevano oggetti che ritenevo inutili.

Mentre Beth e io continuavamo a risalire lungo l'altro lato, un'altra scatola rigonfia attirò la mia attenzione. Mi avvicinai per liberare i lembi.

"Ma cosa stai cercando?", disse Beth; la sua voce era un pò più alta di un sussurro.

Scrollai una spalla. "Non lo so". Tirai i lembi di cartone e aprii la scatola. I miei occhi si allargarono. Conteneva abiti. Erano abiti vecchi, ma puliti e, sebbene alcuni articoli fossero troppo piccoli, la maggior parte poteva rivelarsi utile. Sorrisi quando presi in mano un paio di pantaloni della tuta grigio scuro. Premetti per un attimo il morbido materiale sulla mia guancia prima di riporli sopra il resto degli indumenti.

"Dovremmo andare", dissi rivolgendomi a Beth che era

intenta a esaminare un vecchio maglione. All'improvviso mi assalì il terribile pensiero che Cecil potesse tornare e scoprire che eravamo fuggite. Dovevamo andarcene da lì.

Guidai Beth giù per le scale. A ogni passo, l'odore putrido si faceva più forte e le cose nere volanti si materializzavano.

"Mosche", dissi a Beth mentre ricordavo il nome e ne colpivo una che mi ronzava intorno al viso.

Quando raggiungemmo il fondo, avevo tirato su il tessuto arancione sopra il naso. Per un pò fu d'aiuto.

In fondo alle scale, girammo a destra. Una volta girato l'angolo, potevamo andare da una parte o dall'altra. Girammo a sinistra ed entrammo in una zona giorno. La stanza si trovava proprio sotto quella in cui ci aveva tenuto.

L'arredamento era scarno e consisteva in un piccolo divano marrone e una sedia. Un cuscino e una pila di coperte piegate coprivano un'estremità del divano. C'era anche uno strano schermo che apparteneva a un computer o a un televisore. Qualunque fosse, era vecchio e dubitavo che funzionasse. Pezzi del soffitto e della lampada di ottone erano sparsi sul pavimento. In fondo alla stanza c'era la porta, la nostra via d'uscita.

Mi inoltrai nella zona giorno. Sotto il buco nel soffitto c'era una stufa a legna. Appena la vidi capii subito di cosa si trattasse. Nostro nonno ne aveva una insieme ad altre reliquie che aveva nascosto nel suo vecchio fienile. L'angolo del mio labbro si contrasse mentre il ricordo tornava a galla.

Fissai il buco e poi di nuovo la stufa. Pezzi di soffitto coprivano la parte superiore, insieme a libri, una lampada luminosa e diversi altri oggetti senza nome. Come quella del nonno, anche questa mancava del tubo della stufa. La sua presenza spiegava i buchi rotondi sul soffitto e sul pavimento della stanza. Un tempo era stata usata. Mi accovacciai e guardai attraverso la porta di vetro. All'interno c'erano diversi oggetti, tra cui carta, stoffe, piatti e quelli che sembravano i resti scheletrici di un piccolo animale.

"Andiamo!" Beth mi strinse il braccio cercando di tirarmi avanti, ma io non riuscivo ad andarmene. Nonostante la fretta di prima, la curiosità mi spingeva a esplorare ulteriormente la nostra prigione.

"Aspetta, Beth. Voglio dare un'occhiata in giro".

"Davvero? E se tornasse?".

"Presto, Beth". Sapevo che era un rischio che stavo correndo, ma dovevo vedere.

Tornammo indietro e passammo davanti all'ingresso delle scale. C'erano due porte, una a sinistra e una a destra, entrambe chiuse. Misi la mano sulla maniglia della porta di destra.

Beth protestò con un forte sussulto. "Forse non è una buona idea", disse.

La ignorai e girai la maniglia.

41

A PORTE CHIUSE

IL FETORE ERA COSÌ forte che mi ritrassi e sbattei la porta, ma non prima che mi sfuggisse una mosca.

"È disgustoso!" Beth piagnucolò.

Mi girai e vidi Beth che si copriva il naso con entrambe le mani, nonostante il doppio strato di stoffa legato intorno al viso.

Annuii e, mentre ci allontanavamo dalla porta, un rumore improvviso proveniente dall'interno della stanza attirò la mia attenzione.

"Sh!" Alzai la mano verso Beth e mi voltai verso la porta. Appoggiai l'orecchio contro di essa.

"Cosa..."

"Sh!" Mi interruppi. Chiusi gli occhi e mi concentrai, sicura di aver sentito un rumore.

"Probabilmente è solo un... topo o qualcosa del genere".

Alzai l'indice e mi battei le labbra, facendo segno a Beth di fare silenzio. Mentre stavo per rinunciare ad ascoltare, un altro suono entrò dalla porta, ed ero sicura che fosse un gemito. Misi la mano sulla maniglia.

"Cosa stai facendo?" Beth mi afferrò il braccio.

"C'è qualcuno lì dentro".

"Probabilmente è Cecil", sussurrò Beth.

"Potrebbe essere Jasper", sussurrai io.

Beth scosse la testa. "È morto". Scosse la mosca che le ronzava intorno alla testa.

"Vado dentro".

Beth mi lasciò il braccio, si portò dietro la testa con entrambe le mani e si slacciò la maschera. "Avrai bisogno di questo più di me". Mi porse i due pezzi di stoffa arancione. Li presi senza discutere e me li legai intorno al viso. La fissai con occhi spalancati, con il cuore che già batteva forte.

"Aspetto qui". Indicò il punto in cui si trovava. "Ma chiudi la porta".

Annuii e girai la maniglia. La puzza mi assalì il naso attraverso la stoffa quando entrai nella stanza; mi lacrimarono gli occhi.

La stanza era piccola e ordinaria. Le pareti bianche, spoglie e sporche, sembravano non aver visto la vernice da anni. Nell'angolo e contro il muro c'era un letto singolo. Non aveva né testiera né pediera e su di esso giaceva un corpo immobile e silenzioso, completamente coperto da un lenzuolo azzurro e sporco. Un comodino vecchio e di legno scuro era a pochi centimetri dalla testa del letto. Una piccola lampada blu era posta al centro e una bottiglia d'acqua quasi vuota giaceva su un lato. Un comò un tempo bianco si trovava di fronte ai piedi del letto e tra loro c'era la finestra.

Le mosche ronzavano intorno a un secchio pieno di rifiuti umani, con il coperchio mezzo tolto. Lo stomaco mi si è rivoltato e ho avuto un conato di vomito sotto la maschera. La gola mi bruciava per il sapore dei succhi gastrici che prontamente ingoiai. Mi diressi verso la finestra sporca di fronte alla porta della camera da letto, facendo attenzione a evitare il secchio pieno.

Il telaio era vecchio e crepato in diversi punti, e sperai che reggesse mentre spingevo su l'anta. Il legno scricchiolava per protesta. Allentai la presa e sentii la finestra scivolare; non sarebbe rimasta su da sola. Il mio sguardo cadde sul davanzale della finestra. Le crepe attraversavano la vecchia vernice e alcuni pezzi si erano staccati e avevano disseminato il pavimento. Un pezzo di legno rovinato dalle intemperie era appoggiato al telaio. Con una mano tenevo la finestra e con l'altra afferravo la tavola, puntellandola.

Una brezza fresca attraversò l'apertura senza zanzariera. Sporsi la testa fuori e chiusi gli occhi. La luce del sole mi ha riscaldato la sommità del capo e un'altra brezza mi ha scompigliato i capelli. Immaginai quanto sarebbero stati più belli se non fossero stati appesantiti dalla sporcizia. Mi alzai e mi grattai la testa.

La mia mano scese fino alla copertura del viso e la scostai quel tanto che bastava per far spuntare il naso. Inspirai; i miei polmoni si dilatarono a dismisura, l'aria profumata e pulita era un paradiso. Girai la testa verso destra e aprii gli occhi. La foresta si estendeva intorno alla casa in tutte le direzioni. Socchiusi gli occhi quando una radura tra gli alberi attirò la mia attenzione. Diversi oggetti spuntavano dal terreno. Non erano alberi, ma da quella distanza non riuscivo a capire cosa fossero. Li fissai cercando di mettere a fuoco le forme, ma numerosi alberi erano d'intralcio. Per quanto muovessi la testa, non riuscivo a vedere bene.

Un gemito improvviso mi fece trasalire e sbattei la testa sul fondo della finestra. Emisi un gemito di risposta e ritirai la testa all'interno. Mi girai e ispezionai la parte superiore della testa con le dita. Allo stesso tempo, i miei occhi si concentrarono su una gruccia solitaria appesa all'armadio aperto nell'angolo della stanza vicino alla porta.

Girai intorno al secchio puzzolente, scacciando le mosche, e raggiunsi la gruccia. Appoggiai l'estremità uncinata sul bordo del coperchio e la rimisi sul secchio. L'azione intrappolò diverse mosche all'interno; il loro ronzio si amplificò.

L'aria fresca circolava attraverso la finestra e mi avvicinai al letto.

Allungai una mano tremante e pizzicai il lenzuolo sporco tra il pollice e l'indice. Lo tirai indietro, sussultai e caddi in ginocchio. Mi coprii la bocca con la mano mentre il mio stomaco rotolava di nuovo e minacciava di riempirmi la bocca con il suo contenuto. Le lacrime bruciavano, ma questa volta non per l'odore. Chiusi gli occhi e mi tranquillizzai.

Una ciocca dei suoi capelli scuri gli era caduta sulle palpebre e io la scostai delicatamente. La sua pelle marrone, un tempo bellissima, era cinerea e fredda al tatto. Gli spigoli vivi e duri degli zigomi gli davano l'aspetto di una persona molto più vecchia. Il sangue secco riempiva le fessure delle sue labbra e, dove non erano screpolate, assumevano un tono grigio e bluastro.

"Jasper", sussurrai. Con grande attenzione, gli posai una mano sulla spalla. Fu facile percepire il profilo duro delle ossa sotto la manica della camicia. Era magro e quasi uno scheletro.

Gli occhi di Jasper si abbassarono sotto le palpebre. Un debole gemito uscì dalle sue labbra divaricate. Le sue palpebre sbatterono e poi si aprirono; i nostri occhi si bloccarono. Mi tornarono in mente i suoi morbidi occhi marroni che scrutavano, al di sopra della sua maschera bianca, i miei occhi quasi privi di vita, quando eravamo nel C.E.C.I.L..

Come sono cambiate le cose, pensai, mentre scrutavo sopra la mia maschera arancione i suoi occhi marroni quasi senza vita. Si concentrarono e si accesero di riconoscimento.

"Ap..."

"Sh!" Gli impedii di parlare.

Esalò un respiro affannoso e io trattenni il mio aspettando

che il suo petto si sollevasse di nuovo. Le sue labbra si mossero per parlare. Mi chinai in avanti e appoggiai l'orecchio sulla sua bocca. Le sue parole erano lente e strozzate, ma le capii tutte. Le lacrime mi offuscarono la vista mentre mi concentravo su ciò che stava cercando di dire.

Annuii e mi allontanai. Raggiunsi la bottiglia sul comodino, svitai il coperchio e lo avvicinai alla sua bocca, inclinandolo lentamente. Il liquido chiaro gocciolò lungo il collo della bottiglia e nelle sue labbra divaricate. Deglutì con forza. Allontanai la bottiglia vuota e la feci cadere sul pavimento. Ci fissammo ancora per qualche secondo prima che chiudesse gli occhi.

Mi tolsi la maschera dal viso, senza curarmi della puzza, e mi chinai a baciare la guancia di Jasper. Accarezzai il dorso della sua mano; le mie dita si scontrarono con ogni osso. I miei occhi osservavano l'alzarsi e l'abbassarsi del suo petto. Non so quanto tempo ci volle. Potrebbero essere stati secondi o ore. In quel momento il tempo aveva poca importanza. Quando finì mi appoggiai al comodino, abbracciai le gambe al petto e appoggiai la testa sulle braccia. Le lacrime mi sgorgarono dagli occhi come pioggia, mentre mi abbandonavo ai singhiozzi.

Bussarono silenziosamente alla porta, seguiti dalla voce di Beth. "April!", chiamò. Con gli occhi annebbiati, vidi mia sorella in piedi sulla porta. La mano premuta sulla bocca e sul naso, gli occhi spalancati. "Lui è....", cominciò.

Annuii. "Solo", soffocai.

"Mi dispiace", sussurrò.

"Mi fai un favore?". Mi alzai dal mio posto sul pavimento e mi tirai su la maschera sul naso; l'odore era più forte quando si stava in piedi.

Beth annuì.

"Prendimi una di quelle coperte dalla scatola, per favore".

"Quale?"

Mi voltai e fissai Jasper. Nella morte, sembrava più sereno e tranquillo di qualche istante prima.

"Qualcosa di colorato e luminoso", dissi. "Credo che gli piacerebbe". Guardai di nuovo Beth e mi asciugai le lacrime rimaste dagli occhi.

Lei annuì e uscì dalla stanza.

Tornai da Jasper e mi inginocchiai sul pavimento accanto al letto. Feci scorrere la mano lungo il lato del materasso fino all'incontro con la rete e la spinsi tra di loro.

Il diario era facile da trovare, proprio dove aveva detto che sarebbe stato, e lo tirai fuori. Era spesso e la sua copertina di pelle nera era consumata dall'età e dall'uso. Infilai il dito all'interno del dorso e cercai il pezzo di spago che Jasper mi aveva detto essere lì.

Gli diedi uno strattone e si liberò un piccolo sacchetto di stoffa nera. Appoggiai il diario sul comodino e mi sedetti sul pavimento. Slegai i lacci dorati e rovesciai il contenuto nella mia mano.

Fissai il piccolo cuore d'oro sulla catenina, copia esatta del mio, quello destinato a Beth. Lo presi tra le dita e lo feci penzolare davanti a me. Il cuore ondeggiava, catturando di tanto in tanto un pò di luce che entrava dalla finestra. Sorrisi della sua perfezione.

"Che cos'è?" La voce di Beth mi fece trasalire un pò.

"Una collana".

"Tua?"

Lasciai cadere la catenina in tasca e guardai Beth in piedi sulla porta. Sorrisi e indicai la coperta che teneva tra le mani.

Beth abbassò lo sguardo. "Non ho trovato altro".

"È perfetta". Mi alzai e andai verso mia sorella. Mi porse la coperta arancione e oro e io la presi dalle sue mani. Mi voltai verso il letto e diedi un ultimo bacio a Jasper sulla guancia prima di tirargli il lenzuolo sulla testa. Posi la coperta colorata sul suo corpo e infilai il bordo tra il materasso e la rete. Tornai al comodino e presi il diario prima di incontrare Beth sulla soglia.

"Perché non indossi la tua collana?". Disse Beth.

Allungai la mano sul davanti del mio vestito e tirai fuori il cuore d'oro da sotto.

"Ma..." Mi guardò con occhi stretti.

Misi la mano in tasca e tirai fuori l'altro. "Questa è tua". Sorrisi e le porsi le estremità. Beth si girò, io gliela misi al collo e la fissai.

"Non capisco", disse, voltandosi verso di me. Abbassò lo sguardo sul cuore d'oro con la piccola farfalla che le pendeva sul petto e lo toccò con un dito.

"È tutto qui", le dissi, tenendo in mano il diario.

Gli occhi di Beth si allargarono.

"Ti spiego". Indicai l'uscita con la mano e Beth uscì dalla stanza. Mi voltai e guardai la forma coperta di Jasper; nuove lacrime mi punsero gli occhi. Le asciugai prima che potessero colare sulla mia guancia. Mi premetti la punta delle dita sulle labbra e soffiai un bacio in direzione di Jasper. "Addio", sussurrai e chiusi la porta.

42

LIBERA

"HAI intenzione di dirmi cosa c'è in quel libro di serie B? Da dove viene?" Disse Beth.

Trattenni il respiro e mi tolsi la maschera, pulendomi il naso ancora colante con il dorso della mano. Rimisi la maschera prima di annusare. Mi facevano male gli occhi.

"Più tardi, prima voglio dare un'occhiata in giro", dissi. La mia mano si posò sulla maniglia dell'altra porta chiusa. Una parte di me temeva il ritorno di Cecil. Mi venne in mente il ricordo della strana radura sul retro della casa: c'era anche quello.

I cardini cigolarono quando la porta si aprì. Il piccolo bagno ospitava un gabinetto e un lavandino. Il water non aveva la tavoletta e una scia di ruggine correva sul retro del lavandino. L'acqua gocciolava a ritmo costante come un orologio che ticchettava. Ogni goccia risuonava mentre cadeva nello scarico. Chiusi la porta.

Le strisce di stoffa non facevano effetto e mi ritrovai a respirare superficialmente. Beth mi seguì, imprecando sottovoce per l'odore. C'era solo un'altra zona da controllare sul retro della casa e, dall'aspetto dell'ingresso, sospettavo che fosse la cucina.

Lo vedemmo appena varcata la soglia. Era seduto accasciato sul tavolo della cucina nell'angolo della stanza. I suoi occhi grigi e torbidi ci fissavano; l'odore putrido saturava l'aria.

"Ugh!" Beth sussultò, con le mani si coprì il viso. "È disgustoso!".

"Vai ad aspettare nella sala d'ingresso".

"Per me non è un problema". Si girò e uscì dalla cucina.

Mi avvicinai al tavolo, con una rabbia superiore al disgusto.

"Spero che tu abbia sofferto. Spero che ti sia soffocato con la lingua". Le parole mi uscirono dalla bocca con una voce che non riconoscevo. Sghignazzai alla vista di una ciotola di caramelle dure davanti a lui; la sua mano ne teneva ancora qualcuna. "Beh, va bene lo stesso". Scrollai le spalle e uscii dalla cucina per tornare in sala. Tirai un sospiro di sollievo. Quello che avevo trattenuto per mesi, o forse anche di più.

Beth era in piedi in salotto e fissava qualcosa che non riuscivo a vedere dal mio posto sulla porta.

"Cosa stai guardando?" Dissi, entrando nella stanza e voltandomi per mettermi accanto a lei.

"Quello". Mi indicò. Sulla parete c'era una cornice digitale. "Ho solo... premuto un pulsante". Beth alzò le spalle.

Sul display digitale scorrevano immagini di bambini. Alcuni erano molto più giovani di noi, altri della stessa età o un pò più grandi, ma tutti si trovavano sullo stesso portico. In ogni foto c'era una persona vestita con un'ingombrante tuta bianca. Un respiratore e dei guanti completavano il costume. Non riuscivo a vedere gli occhi dietro la maschera, ma fissando ogni foto sapevo che era lui. Era Cecil che aveva posato con quei bambini. Non potevo vedere il suo volto, ma sapevo che sorrideva dietro quel respiratore.

Riconobbi i vestiti. Erano gli stessi articoli che erano stati appesi all'interno dell'armadio e che ora erano sparsi per la stanza. Erano i bambini che erano rimasti qui molto prima di noi, i topi da laboratorio. Mi si strinse il cuore guardando i loro volti sorridenti; erano completamente ignari del loro destino.

"Credo che siano in trenta", disse Beth con voce non molto più alta di un sussurro.

Annuii e mi concentrai sui volti. Avevo già incontrato qualcuno di loro al C.E.C.I.L.? Non mi erano familiari, almeno non in nessuno dei ricordi che avevo recuperato. "Aspettate!" Chiamai mentre sullo schermo scorreva un'immagine.

"Hai visto qualcuno? disse Beth.

"Puoi riavvolgerla o qualcosa del genere?".

Beth si avvicinò alla cornice e premette un paio di pulsanti finché le immagini non tornarono indietro.

"Basta!" Chiamai, indicando la foto che era apparsa. "Fermati lì".

Beth premette un altro pulsante e la foto si bloccò.

"Chi è?" Disse Beth tornando a mettersi accanto a me.

Fissai la foto del ragazzo e aprii il diario al centro. All'interno c'era un foglio di carta logoro e piegato. Riconoscevo ogni ruga mentre tracciavo le dita sul foglio. Lo tirai fuori e lo dispiegai. Il ragazzo mi fissava con i suoi occhi ancora ridenti. Sollevai lo schizzo accanto alla foto.

"Cosa ne pensi?" Chiesi a Beth.

Beth si avvicinò. I suoi occhi si restrinsero mentre si muovevano avanti e indietro tra lo schermo e il disegno. "Penso che sia molto bello". Sorrise. "Sembrano identici. Chi è?", ripeté.

Piegai il foglio in quattro e lo rimisi nel diario. Mi misi accanto a Beth. "Lui", dissi, "è il nostro fratellino". Nel momento stesso in cui pronunciai quelle parole ad alta voce, mi venne in mente un debole ricordo.

"Cosa? Sei sicura?" Beth si voltò a guardarmi. Nonostante la maschera, potevo dire che sotto la sua bocca era spalancata.

Annuii. "È una delle cose che Jasper mi ha detto prima di... Comunque, sì".

Beth abbassò lo sguardo sul pavimento. "Questo significa che lui...". Si schiarì la gola, si girò e indicò la foto del nostro fastidio.

Sospirò. "No, o sì... Jasper ha detto che è scappato. È stato l'unico a farlo".

"Quindi, potrebbe essere ancora vivo?".

"Sì, potrebbe."

"Cos'altro c'è in quel libro di serie B?". Beth scosse un pò la testa all'indietro e puntò il mento in direzione del diario che tenevo tra le mani.

"Jasper mi ha detto che ha scritto quello che sapeva. Qui ci sono informazioni su Cecil e sul suo piano". Strinsi la presa sul diario.

"Il suo piano", si schernì Beth. "Jasper era coinvolto nel suo piano".

"Sì, ma quando ha capito che non si trattava di salvare le persone, ma di molto di più, ha fatto di tutto per fermarlo".

Il suo sguardo lasciò per un attimo il mio viso. "Ha detto tutto questo?".

"Non con tante parole. Ma per me è stato sufficiente per mettere insieme i pezzi". I sussurri deboli e affannosi di Jasper si ripetevano nella mia testa.

Beth si passò una mano sulla fronte e si aggiustò la maschera di stoffa. "Sì, ma comunque...".

"Era dispiaciuto. Mi ha chiesto perdono e io gliel'ho dato".

"Come si chiama?". Si girò e si mise di fronte alla cornice digitale.

Io sorrisi. "Caleb". Il suo nome mi fece venire in mente il ricordo e passai davanti a Beth per raggiungere il mucchio di detriti sul pavimento. Mi misi in ginocchio e passai al setaccio i pezzi di soffitto.

"Cosa stai facendo?" Il tono della sua voce oscillava.

"Aiutami a guardare". Mi fermai un attimo e guardai mia sorella. Lei si avvicinò e mi raggiunse sul pavimento.

"Cosa stiamo cercando?" Disse mentre gettava via un grosso pezzo di stoffa.

"Un bottone".

Beth smise di cercare e si sedette sulle ginocchia. "Un bottone?".

"Sì, un bottone marrone, era nella mia tasca. Mi è caduto; è rotolato sotto il mobile e attraverso le assi del pavimento e ora è qui". Gettai un pezzo di soffitto sopra la spalla. "Deve essere qui", dissi più che altro a me stesso.

Cercammo tra i frammenti, gettandoci dietro grandi pezzi. Alla fine, rimase solo un mucchietto di polvere bianca e piccoli pezzi di legno e di carta. Mi sedetti sulle ginocchia e mi asciugai il sudore dalla fronte con il dorso della mano bianco polvere. Strinsi le palpebre e sigillai l'emozione che stava per sfuggire. Era stato solo un bottone, ma man mano che i miei ricordi tornavano, il bottone diventava sempre più significativo. Dovevo trovarlo.

"Eccolo!" Disse Beth.

Un grosso respiro mi uscì dalle labbra. Tra le dita sporche di polvere di Beth c'era un bottone marrone altrettanto polveroso. Lo strappai dalle sue dita e lo pulii sul mio vestito verde. Il bottone di plastica marrone brillava.

"Perché è così importante?". Disse Beth.

"Hai presente il tuo orsetto? Si dà il caso che questo sia il suo occhio. Beh, quello con cui stavo per sostituire quello originale. Quell'orsetto era il preferito di Caleb. Ha pianto quando l'occhio si è staccato e poi l'ha perso. Ho trovato questo bottone e stavo per cucirlo, ma Caleb era già andato a letto con il suo orso con un occhio solo. Ho messo il bottone nella tasca del mio pigiama arancione e giallo e sono andata a letto. Quella fu la notte in cui arrivarono". Il ricordo delle ombre nella mia camera che mi svegliavano nel cuore della notte mi fece accapponare la pelle.

Beth scattò in piedi e si affrettò verso il corridoio.

"Dove stai andando?" Mi alzai e mi tolsi i detriti del soffitto dai vestiti.

"A prendere l'orso".

"Più tardi. C'è altro da esplorare. Poi prenderemo quello che possiamo e ce ne andremo".

"Va bene." Beth mi raggiunse in salotto. Infilai il bottone marrone nell'angolo della tasca.

"Pensi di poter uscire dalla porta sul retro della cucina?". Dissi a Beth, ricordando la sua precedente reazione alla vista del cadavere di Cecil.

"Certo che sì. Quel verme è morto, puzza e basta, ma tratterrò il fiato".

Sorrisi sotto la maschera, ma ero sicura che si vedesse nei miei occhi come in quelli di Beth.

Fu una passeggiata veloce e silenziosa lungo il corridoio. La mia attenzione si concentrava sulla nuca di Beth mentre mi faceva strada. Entrambi trattenemmo il respiro.

Aprì la porta della zanzariera e uscimmo. Come farfalle che escono dal bozzolo, eravamo pronte a spiegare le ali e a sperimentare l'ambiente circostante. Non ci preoccupammo di slegare le nostre strisce di stoffa e le tirammo sopra la testa. I nostri polmoni si riempirono di aria fresca. Il fresco dell'erba mi tranquillizzava i piedi nudi. Inclinai il viso verso il cielo. Anche se era ancora presto, il sole era scomparso e sospettavo che fosse dietro qualche nuvola.

"Andiamo, voglio vedere una cosa. Abbiamo il resto della nostra vita per goderci l'aria fresca". Presi la mano di Beth.

Camminammo mano nella mano attraverso l'erba lunga verso il limitare degli alberi e ci fermammo davanti alla radura. Dal nostro nuovo punto di osservazione era più facile vedere ciò che non riuscivo a vedere bene dalla camera da letto. Dal terreno spuntavano delle croci di legno, su ognuna delle quali era inciso un numero identificativo.

"Che cos'è?" Beth sussurrò.

"Un...", la parola mi sfuggì per un attimo, "un cimitero, una specie".

Lasciai la mano di Beth e ci condussi attraverso i pochi alberi e nella radura.

Il terreno era incassato prima di ogni croce di legno, tranne una. Sotto quella croce c'era un buco aperto. Nel legno era stato inciso un documento d'identità, lo stesso di quello inciso all'interno dell'armadietto. Era la tomba di Caleb.

Caro lettore,

Speriamo che leggere *Giocare sotto la pioggia* ti sia piaciuto. Per favore, prenditi un attimo per lasciare una recensione, anche breve. La tua opinione è molto importante.

Saluti

Sandra J. Jackson e il team Next Chapter

INFORMAZIONI SULL'AUTORE

 Sandra J. Jackson ha due libri pubblicati con Next Chapter, Anima Promessa e Giocare sotto la pioggia – della serie La Fuga Libro 1 . Entrambi i romanzi hanno ricevuto recensioni a 5 stelle da Readers' Favorite e Giocare sotto la pioggia ha vinto il Golden Quill Book Award for Sci-Fi nell'agosto 2018. Un racconto breve, Not Worth Saving, è stato pubblicato nel numero autunnale del 2016 della rivista New Zenith. E nell'ottobre 2017 il suo racconto China Doll ha vinto il secondo premio del concorso per racconti del Prescott Journal. È iscritta alla Canadian Author Association ed è membro di Writers' Ink.

Sandra vive con la sua famiglia in un ambiente rurale nell'Ontario orientale. Attualmente sta lavorando all'editing del libro 3 della serie La Fuga.

Giocare sotto la pioggia
ISBN: 978-4-82417-099-6

Pubblicato da
Next Chapter
2-5-6 SANNO
SANNO BRIDGE
143-0023 Ota-Ku, Tokyo
+818035793528

3 marzo 2023